AF211592

Der Autor

Jürgen Vogler wurde 1946 in der Holsteinischen Schweiz geboren und wohnt heute an der Ostseeküste. Nach seinem Dienst als Pressesprecher bei der Bundespolizei arbeitet er seit 1988 als Freier Journalist und Autor. „Ostholstein gestern" zeigt sehr anschaulich sein Interesse an geschichtlichen Ereignissen. 2012 wurde sein erster historischer Roman „Der Mohr von Plön" veröffentlicht, dem die tatsächliche Geschichte um den schwarzen Feldtrompeter Christian Gottlieb zu Grunde liegt. Es folgten die historischen Romane „Der Narr von Eutin" und „Der Marquis von Lübeck" und „Die rechte Hand des Herzogs". 2021 setzte er mit „Schleswig-Holstein gestern" und 2023 mit „Schleswig-Holstein vor langer Zeit" seine Ausflüge in die Geschichte des Landes zwischen den Meeren fort. „Musketenfeuer" ist sein neuester Roman über die Geschichte Schleswig-Holsteins. Wenn er nicht mit der Recherche für seine historischen Geschichten beschäftigt ist, schreibt der Autor auch Kurzkrimis und Kriminalromane.

www.juergenvogler.de

Jürgen Vogler

Musketenfeuer

Historischer Roman

Impressum

Bibliografische Information der Deutschen Nationalbibliothek:
Die Deutsche Nationalbibliothek verzeichnet diese Publikation in der Deutschen Nationalbibliografie; detaillierte bibliografische Daten sind im Internet über http://dnb.dnb.de abrufbar.

© 2024 Jürgen Vogler
Verlag: BoD · Books on Demand GmbH, In de Tarpen 42, 22848 Norderstedt
Druck: Libri Plureos GmbH, Friedensallee 273, 22763 Hamburg
ISBN: 978-3-7597-7980-9

Vorwort

Bei einem Spaziergang durch Schleswig-Holsteins bewegte Geschichte werden wir immer wieder auch über kriegerische Auseinandersetzungen stolpern. Es gibt kein Jahrhundert, in dem nicht marodierende Heerscharen unterschiedlicher Nationen durch das Land zogen. Streitbare Fürsten und Könige hetzten ihre Soldaten gegeneinander, um Territorien zu erobern sowie Macht und Ansehen zu erlangen. Am meisten hatte die Bevölkerung unter den Einquartierungen, Plünderungen, Bränden und Vergewaltigungen zu leiden. So auch während des Dreißigjährigen Krieges. Selbst als die kaiserlichen katholischen Truppen und protestantischen Heere ihre Konfessionskriege im Norden mit einem Friedensvertrag beendeten, kam das Land nicht zur Ruhe.

Im Kampf um die Vormachtstellung im Ostseeraum fallen 1643 erneut die beiden Erzfeinde Schweden und Dänemark übereinander her. Kampfplätze waren einmal mehr weite Teile von Schleswig und Holstein. Besonders in der Region zwischen Hamburg und Segeberg, das zu der Zeit zum dänischen Herrschaftsgebiet gehörte, wüteten die schwedischen Truppen auf bestialische Weise. Es regte sich Widerstand unter der Bevölkerung. Die „Freyen holsteinischen Knechte" formierten sich. Es waren Bauern, Kätner, Tagelöhner und ehemalige Soldaten, die der Willkür der schwedischen Armee entgegentreten wollten. Schlecht ausgerüstet, aber voller zornigem Ehrgeiz bildeten sie einzelne Rotten und fügten den Schweden bei ihren Überfällen auf deren Versorgungswegen erhebliche Schäden zu. „Schnapphähne" wurden sie sehr bald genannt. Ein Begriff, der in erster Linie Räuber, Rebellen und Freiheitskämpfer beschrieb. Die Schweden bezeichneten sie als „heimtückisches, räuberisches Lumpenpack, als Krawallmacher und Bauerntölpel" und erklärten sie für vogelfrei.

Mein historischer Roman „Musketenfeuer" erzählt von dem heroischen, aber letztlich doch vergeblichen Kampf der Schnapphähne. Im Geschehen der Weltgeschichte ist es ein kaum glühendes und unbeachtetes Flämmchen. Für mich ein Grund mehr, mit diesem Buch auf meine Weise an ihre tapferen Taten zu erinnern.

Jürgen Vogler

Kapitel 1

Dichte Nebelschwaden hüllten das Gut ein. Die Gebäude waren nur schemenhaft zu erkennen. Auch die Geräusche aus den Ställen erklangen wie durch Watte gedämpft. Das klagende Bellen eines Hundes unterbrach für kurze Zeit die Stille. Mühsam versuchten die ersten Sonnenstrahlen des Tages, den Dunst zu durchdringen. Selbst die Vögel schienen ihr morgendliches Konzert vergessen zu haben.

Seit einer Stunde wälzte sich Georg von einer Seite auf die andere. Er konnte nicht wieder einschlafen. Was beunruhigte ihn? War es der Befehl des Barons, am Morgen um acht Uhr bei ihm im Herrenhaus zu erscheinen? Eine Anordnung, die ihn auch in der Vergangenheit nicht sehr bekümmert hatte. Gottlob kam sie relativ selten vor. Georg vermied es nach Möglichkeit, das Herrenhaus zu betreten, wenn es nicht unbedingt nötig war. Aus gutem Grund. Leopold Baron von Leonthal gefiel sich als ein selbstgefälliger Herrscher über sein Anwesen. Zu allem Übel war er mit einer Ehefrau verbunden, einer verwitweten Gräfin von Castelbüren, deren Charakter mit den Worten „arrogante Hexe" noch milde beschrieben war. Georg mochte sie nicht. Allein schon aus dem Grunde, da sie den Anlass dafür lieferte, ihn und seine Mutter in das Torhaus des Gutes zu verbannen.

Georg setzte sich in seinem Bett auf. Mit beiden Händen fuhr er sich über das Gesicht. Er hatte wirklich keine Lust, sich am frühen Morgen Gedanken über seine missliche Lebenslage zu machen. Es gab kaum einen Tag, an dem er nicht auf sehr deutliche Weise daran erinnert wurde, wie gnädig man ihn und seine Mutter auf dem Gut Leonthal duldete. Allen voran die Familie des Barons. Beherzt schwang Georg sich aus dem Bett und zog sich an. Ohne viel Lärm zu verursachen, verließ er das Torhaus und begab sich in den Marstall. Ein Lächeln ging über sein Gesicht, als er den langen Gang zu den Pferdeboxen betrat. Das war die Welt, die er liebte. Der Geruch und die Wärme, die die Leiber der Tiere ausstrahlten. Das Schnaufen und Scharren der Pferde waren Musik für seine Ohren. Ein junger Stallbursche trat aus dem Strohlager in den Gang, als er das Klappern der Stalltür hörte. Verlegen zupfte er sich den einen oder anderen Halm aus den Kleidern, als er den unerwarteten Eindringling erkannte.

„Guten Morgen, Herr Rittmeister! Es war alles ruhig heute Nacht", stieß er aufgeregt atmend hervor.

„Ist schon gut, Paul. Was ist mit den beiden Schimmeln, die gestern so herrenlos vor dem Stall standen?"

„Wir haben sie in die Kammer neben dem Hengststall gebracht, wie Ihr befohlen habt, Herr Rittmeister. Aber ich glaub', die sind nicht ganz gesund."

Georg runzelte die Stirn. Vor einem Jahr hatte ihm der Baron das Amt des Stallmeisters übertragen. Genau genommen war es sein Großvater, der alte Götz Baron von Leonthal, gewesen, der darauf bestanden hatte, Georgs profundes Wissen über Pferde zu nutzen. Aufgewachsen war er auf dem Gestüt Fredersdorf im Mecklenburgischen bei seinen Großeltern mütterlicherseits. Von Kind auf an waren seine Spielkameraden die Pferde gewesen. Kaum herangewachsen, ging er zum Militär und versah seinen Dienst als Offizier bei der mecklenburgischen Kavallerie. Sehr bald stieg er bis zum Rittmeister auf. Später kümmerte er sich um das Gestüt seiner Großeltern. „Du hast die Leidenschaft für die Pferde von deinem Vater geerbt", hatte seine Mutter stets betont.

Seinen Vater, Siegfried Baron von Leonthal, der jüngere Bruder des heutigen Gutsherrn, hatte bis zu seinem Tod das Gestüt Fredersborg im Auftrag seiner Schwiegereltern geführt. Doch Georg hatte ihn nie kennengelernt, da er als berittener Oberst in dänischen Diensten im Krieg gegen die kaiserlichen Heere von Tilly und Wallenstein kurz vor Georgs Geburt gefallen war. Der Krieg zerstörte Jahre später auch auf grausame Weise das Gestüt seiner Großeltern. Die schwedische Armee besetzte Mecklenburg und konfiszierte alle Pferde. Als der Großvater sich widersetzt hatte, wurde er kurzerhand von marodierenden schwedischen Soldaten erschlagen. Die Großmutter starb aus Gram, wenige Wochen darauf. Nur Georg und seine Mutter konnten entkommen.

In ihrer Not trieb es sie nach Hamburg. Ein entfernter Cousin seiner Mutter, Sohn einer bedeutenden hanseatischen Kaufmannsfamilie, betrieb einen regen Handel mit Portugal. Samuel Kellermann verfügte über mehrere Lagerhäuser und sogar über eigene Segelschiffe. Er war ein angesehener, vermögender Kaufmann und sogar Mitglied der Bürgerschaft in Hamburg. Georg war anfangs fasziniert von der quirligen Großstadt. Doch sehr bald merkte er, dass die schmalen Gassen, die Häuser, die dicht an dicht standen, und die vielen Menschen, die auf engem Raum zusammenleben mussten, nicht seine Welt war. Er liebte die Natur, Felder und Wälder, die er auf dem Rücken eines Pferdes erkunden konnte. So wie er es auf dem Gut seiner Großeltern in Mecklenburg kennengelernt hatte und wo er aufgewachsen war. Samuel Lehmann bot ihnen ein angenehmes Leben. Er zeigte sich äußerst großzügig, indem er ihnen ein eigenes Haus mit Personal zur Verfügung stellte, und auch Georg an die Hand genommen hatte, um ihm das Kaufmannsleben nahezubringen. Doch Georgs Mutter merkte sehr schnell, wie verloren sich ihr Sohn in der Großstadt vorkam. Nur mit großer Überwindung hatte sie sich an ihren Schwiegervater, den alten Götz Baron von Leonthal, gewandt. Zu sehr war ihr die Erinnerung gegenwärtig, wie sehr ihr Mann, Georgs Vater, mit seinem Bruder Leopold, dem jetzigen Gutsherrn, zerstritten war. Nicht ahnend, dass sie in der Zukunft noch mit ganz anderen Vorbehalten zu kämpfen hatten.

Auf dem Gut Leonthal wurden sie wie Bittsteller empfangen. Die neue Hausherrin verstieg sich sogar zu der Behauptung, dass Georg gar nicht der leibliche Sohn ihres Schwagers Siegfried wäre, sondern ein Bastard. Gezeugt von einem Unbekannten, der die Gunst von Georgs Mutter erschlichen haben sollte. Felicitas von Leonthal, die von allen aufgrund ihrer Herkunft mit „Frau Gräfin" angeredet werden wollte, weigerte sich vehement, Georg und seine Mutter auf dem Gut zu beherbergen. An ihrer Seite auch ihr erwachsener Sohn Tobias von Castelbüren aus erster Ehe, der in seiner ablehnenden Haltung und Gehässigkeit seiner Mutter in keiner Weise nachstand. Lediglich die Tochter Caroline verhielt sich den beiden Flüchtlingen gegenüber zurückhaltend freundlich. Erst ein Machtwort des alten Barons führte zu einer einvernehmlichen Lösung. Das Torhaus wurde Georgs

Zuhause und er bekam die Aufgabe als erster Stallmeister zugewiesen.

„Paul, hast du Meister Fretwurst heute Morgen schon gesehen?" Der Junge verneinte.

Meister Fretwurst war der stellvertretende Stallmeister. Ein altgedienter Mann, der aufgrund seines fortgeschrittenen Alters nur noch mühsam die voll verantwortliche Aufgabe als Stallmeister erfüllen konnte. Als Georg erster Stallmeister wurde, wollte er nicht auf die langjährige Erfahrung des alten Fretwurst verzichten und hat ihn kurzerhand zu seinem Stellvertreter erklärt. Zum Zorne seines Onkels, dem Gutsherrn, doch ein Machtwort des Großvaters hatte Georgs Entscheidung legalisiert. Der alte Stallmeister war beiden ewig dankbar.

„Komm, Paul, dann schauen wir uns die beiden Ausreißer einmal genauer an", forderte Georg den Stalljungen auf. Zügig durchschritt er den langen Gang und verließ den Marstall am Ende. Wenige Schritte zur Linken öffnete er eine Pforte zu einem weiteren Stallgebäude, den Hengststall, dem eine separate Kammer angeordnet war.

„Seit wann gehören Klepper zu unserem Bestand, Rittmeister?"

Georg fuhr herum, als er so unvermutet und barsch von hinten angesprochen wurde. Doch dann musste er lächeln. Vor ihm stand kein anderer als der Schmied des Gutes, Hannes Klingbeil. Ein Riese aus echtem Schrot und Korn. Muskelbepackt wie er war, traute man ihm ohne weiteres zu, dass er sogar seinen Amboss mit einer Hand heben könnte. So grob und wuchtig, wie er auf alle wirkte, war auch seine

Ausdrucksweise. Georg mochte diesen Mann, der sich von niemandem einschüchtern ließ und jedem seine Meinung kundtat, ob er sie hören wollte oder nicht. Selbst der Baron schien den Schmied und alle seine Eigenarten zu respektieren. Wohl wissend, dass ein Gestüt ohne einen fähigen Schmied nicht funktionieren konnte.

„Meister Klingbeil. So früh schon aktiv?"

„Der frühe Wurm …, Rittmeister. Ihr wisst doch. Aber ganz im Vertrauen, habt Ihr eine Ahnung, woher die beiden Klepper da kommen?" Dabei zeigte der Schmied mit seinem dicken Zeigefinger auf die Kammer, in dem die beiden Schimmel standen.

„Ihr hört Euch an, Meister Klingbeil, als ob Ihr Näheres wisst."

„Nun, ich habe mir die Viecher gestern einmal etwas genauer besehen. Das sind kranke Tiere. Die haben beide zweifelsfrei die Mauke."

„Seid Ihr sicher?" Georg wandte sich dem Stalljungen zu. „Paul, hol die beiden Schimmel heraus. Wir werden sie uns bei Tageslicht einmal etwas näher ansehen."

Der Junge verschwand hinter der Stalltür und kam kurze Zeit später mit den beiden Pferden am Halfter wieder heraus. Georg hielt den ersten von ihnen fest und betrachtete die Fesseln des Tieres.

„Ihr habt recht, Meister Klingbeil. Kein Zweifel." Georg warf einen kurzen Blick auf das zweite Pferd und nickte. „Die Symptome sind eindeutig. Sie haben die Mauke. Und nicht erst seit gestern. Woher kommen die Viecher?"

„Das ist nicht so leicht festzustellen", antwortete der Schmied zögerlich. „Die Brandzeichen sind nicht klar zu erkennen. Was mich nicht wundert, denn ich meine vor ein paar Tagen kurz einen alten Bekannten hinter dem Marstall gesehen zu haben, der sich intensiv mit dem Stiefsohn des Barons unterhalten hat."

Georg horchte auf und sah den Schmied fragend an. „Einen alten Bekannten?"

„Koloschko, heißt der Dreckskerl. Dem würde ich noch nicht einmal einen verrosteten Hufnagel anvertrauen. Der bescheißt die Leute, wo er nur kann. Hat sich in seinem armseligen Leben vom betrügerischen Pferdehändler inzwischen bis zum angesehenen Abdecker hochgearbeitet."

„Und den habt Ihr im Gespräch mit Tobias gesehen?" Georg wollte es nicht glauben.

„Ohne Frage. Man könnte es auch ein Streitgespräch nennen."

Georg schüttelte ungläubig den Kopf. Was steckte dahinter? Er fand keine Erklärung dafür. Die Pferde waren, unabhängig von der Krankheit, grundsätzlich nicht in einem guten Zustand.

„Was habt Ihr vor, mit den alten Zossen, Rittmeister?" unterbrach der Schmied Georgs Gedanken.

„Wem sie auch immer gehören, sie sind krank und sie leiden. Der Abdecker wird für sie eine Erlösung sein. Ich muss jetzt zum Baron." Georg wandte sich an den Stalljungen. „Paul, binde die Tiere hier draußen an. Gib ihnen zu fressen und zu saufen. Dann reinigst du die Kammer. Verbrenne das Stroh und seife die Wände ab. Wenn Meister Fretwurst auftaucht, dann informierst du ihn über meine Weisungen. Hast du das verstanden?"

„Jawohl, Herr Rittmeister". Der Junge unterstrich seine Antwort beflissen mit mehreren angedeuteten Verbeugungen.

Auf dem Weg zum Herrenhaus traf Georg auf den Gutsverwalter. Alfred Reichenberg war der Mann, der die Aufsicht über alle Bediensteten des Gutes hatte, ihre Arbeiten überwachen und die Weisungen des Gutsherrn umsetzen sollte. Es war ein ständig mürrischer Mann. Vermutlich lag es auch daran, dass bestimmte Personen, wie beispielsweise der Schmied, sich von ihm wenig sagen ließen.

„Gut, dass ich Euch treffe, Meister Reichenbach. Habt Ihr möglicherweise beobachten können, wie diese beiden kranken Pferde auf das Gut gekommen sind?"

Der Verwalter sah Georg ahnungslos an. „Kranke Pferde? Davon hab' ich noch nichts gehört."

„Hätte ja sein können. Vielen Dank."

Georg setzt seinen Weg zum Herrenhaus fort. Er betrat es aber nicht über die Freitreppe und den Haupteingang, sondern steuerte die Hinterseite des Hauses an. Durch die geöffnete Küchentür hörte er bereits geschäftiges Klappern. Schmunzelnd blieb er im Eingang stehen und betrachtete die Küchenmädchen, die eifrig damit beschäftigt waren, das Frühstück vorzubereiten. Aufmerksam überwacht von den strengen Blicken der Köchin Magda, die die Mädchen nur ehrfurchtsvoll Mamsell nannten. Sie war die Seele der Gutsküche. Ausgestattet mit einer stattlichen Figur und uneingeschränkter Befehlsgewalt über ihr Reich. Ihren flinken Augen entging nicht die geringste Unregelmäßigkeit. Die

Küchenmädchen reagierten auf ihren kleinsten Fingerzeig. Gleichwohl hatte sie trotz ihres robusten Auftretens das Herz auf dem rechten Fleck.

„Elsbeth, pass auf, dass die Pfannkuchen nicht wieder zu braun werden. Du weißt, die Gräfin liebt sie honigfarben. Erna, wir haben nicht genug Milch. Wo bleibt denn nur der Bengel mit dem Holz für den Kamin?" Die Köchin hielt plötzlich inne, als sie Georg in der Küchentür entdeckte. „Herr Rittmeister, welche Freude am frühen Morgen. Tretet ein. Ihr habt sicherlich noch nichts gegessen." Mit wedelnden Armen scheuchte sie die Küchenmädchen vom Tisch, um Platz für den unerwarteten Gast zu schaffen.

„Bitte, nehmt Platz, Herr Rittmeister. Wir werden Euch sofort ein vernünftiges Mahl servieren. Mit Verlaub, Ihr müsst viel häufiger essen. Ihr seid viel zu mager. Woher wollt ihr denn die Kraft nehmen, die Ihr für Euer wichtiges Amt im Marstall benötigt?"

Georg ließ sich mit Dankesworten am Küchentisch nieder. Er wusste genau, dass jedes Widerwort auf taube Ohren stoßen würde. Die Köchin Magda hatte ihn vom ersten Tag an ins Herz geschlossen. Anscheinend waren auch die Küchenmädchen von dem gut aussehenden Rittmeister angetan. Seine schlanke, aber muskulöse Erscheinung, sein mittelblondes, schulterlanges Haar, das er stets als Zopf gebunden trug, und seine ebenmäßigen und doch markanten Gesichtszüge unterstrichen die Attraktivität seiner Erscheinung. Es gab kaum jemanden, der seinen aufrechten Charakter, sein freundliches Wesen und die gelegentlich aufblitzenden schelmischen Augen an ihm nicht schätzte.

Ausgenommen der Hausherr mit seiner angeheirateten missgünstigen Familie.

„Was verschlägt Euch denn in so früher Stunde ins Herrenhaus, Herr Rittmeister?" Auch wenn Magda ihr Küchenreich selten verließ, war sie über die Geschehnisse auf dem Gut stets bestens informiert. Was nicht zuletzt auch ein Ergebnis ihrer ausgeprägten Neugierde war, die sie jedoch hervorragend hinter der Kulisse mütterlicher Fürsorge zu verbergen wusste.

„Der Baron möchte mich sehen", antwortete Georg bereitwillig, während er schmunzelnd die Küchenmädchen beobachtete, die eifrig die Weisungen der Köchin befolgten und ihm Brot, Käse, Wurst und gekochte Eier servierten.

„Gibt es dafür einen bestimmten Grund?" Magda ließ nicht locker.

Georg zuckte mit den Schultern. „Ich weiß es nicht. Möglicherweise haben ein paar im Weg liegende Pferdeäpfel die Herrschaften gestört". Die Küchenmädchen fingen an, zu kichern. Magdas strafender Blick ließ sie augenblicklich wieder verstummen. Vorsichtig näherte sie sich Georg und beugte sich zu ihm nieder. „Ihr solltet vorsichtig sein mit solchen Äußerungen, Herr Rittmeister", flüsterte sie. „Es gibt im Haus einige Geister, die Euch nicht unbedingt wohlgesonnen sind."

Georg lächelte die Köchin verständnisvoll an. „Ich danke Euch von ganzem Herzen, liebe Magda. Ich weiß Eure Obhut wohl zu schätzen. Aber zu Eurer Beruhigung, es gibt in diesem Haus niemanden, der mir das Leben schwer machen kann. Dafür braucht es ganz andere Kaliber. Aber trotzdem nochmals Dank für Euren gut gemeinten Rat."

Nachdem Georg sein Frühstück in der Gutsküche genossen hatte, begab er sich über den Dienstbotenaufgang nach oben. In dem großzügig angelegten und repräsentativen Foyer verweilte er einen Augenblick. An den Wänden bis hoch zur Empore waren die Ahnen derer von Leonthal versammelt. Aus großen, mit dekorativen goldverzierten Rahmen versehenen Gemälden schienen sie jeden Betrachter kritisch zu mustern. Vor einem Bild blieb Georg stehen. Es zeigte einen gut aussehenden Mann in einem Reitanzug, der sich von den anderen Figuren auf ganz dezente Weise unterschied. Man musste schon genau hinsehen, um dieses Detail zu erkennen. Während alle Personen der Ahnenreihe, männlichen oder weiblichen Geschlechts, bedeutungsvoll und ernst dreinblickten, schienen die Lippen dieses Mannes ein spöttisches Lächeln zu umspielen. Georg meinte sogar, diesen Ausdruck in den Augen des Mannes ablesen zu können. „Siegfried von Leonthal 1580-1616" stand unten auf dem Bilderrahmen. Es war Georgs Vater.

„Darf ich erfahren, auf welche dubiose Weise Ihr in das Herrenhaus eingedrungen seid?", wurde Georg aus seinen Gedanken gerissen. Vor ihm stand Hektor. Ein spindeldürrer Mann mit Hakennase, dessen Überheblichkeit förmlich aus allen Knopflöchern sprang. Er war im Windschatten der Gräfin auf Leonthal gelandet, als diese den Baron geheiratet hatte. Und von ihr zum Haushofmeister des Gutes erklärt worden. Wie die Köchin Magda zu berichten wusste, betonte er bereits in den ersten Tagen seiner Ankunft, dass er bisher nur Herzögen und Fürsten gedient hätte und er folglich von allen Dienstboten des Hauses entsprechenden Respekt erwarten würde. Die Feindschaft von Magda war ihm damit sicher. Unter den anderen Dienstboten im Gut hatte er keine Freunde. Auch Georg mochte den aufgeblasenen Gutsdiener nicht.

„Kann es sein, dass Ihr in Eurem Amt überfordert seid oder diesem womöglich nicht gewissenhaft nachkommt, Hektor? Wenn Ihr noch nicht einmal wisst, wer im Herrenhaus ein und aus geht?" Georg musterte den Gutsdiener mit betont kritischer Miene.

„Ihr erdreistet Euch, meine Kompetenz infrage zu stellen?", entrüstete sich der Maßgeregelte. Mit einer solchen Antwort schien er nicht gerechnet zu haben.

„In keiner Weise, verehrter Hektor. Kompetenz ist ein hohes Gut. Infrage stellen kann man es somit nur bei einer Person, die eine solche auch besitzt." Bevor der Gutsdiener sich erneut empören konnte, waren Schritte zu hören. Georg drehte sich um. Götz von Leonthal, der alte Baron, trat auf sie zu. Er ging ein wenig schwerfällig und stützte sich auf einen Spazierstock mit Silberknauf.

„Georg, welch Glanz am frühen Morgen in unserer betrübten Hütte. Was führt dich her?" Mit einer Kopfbewegung wandte er sich dem Gutsdiener zu. „Ihr habt sicherlich etwas anderes zu tun, als meinen Enkel zu belästigen. Oder irre ich mich da?" Gleichzeitig wedelte der Baron mit der Linken, als wollte er lästige Fliegen verscheuchen. Wie es schien, hatte er Teile von dem Wortwechsel zwischen Georg und dem Diener mitbekommen.

„Eine penetrant lästige Kreatur", bemerkte der alte Baron, nachdem der Gutsdiener ohne ein Wort mit beleidigter Miene davongezogen war. „Nun, mein Junge, was führt dich her?"

„Der Onkel hat Sehnsucht nach mir".

Baron von Leonthal runzelte die Stirn. „Gibt es dafür einen plausiblen Grund?"

„Sicherlich, nur er ist mir bisher nicht bekannt, Großvater."

„Na, dann wollen wir einmal sehen, was deinen Onkel denn schon am frühen Morgen so beunruhigt, dass er seinen Stallmeister einbestellt. Ich bin gespannt."

Gemeinsam betraten sie den Raum, den sich Leopold von Leonthal zu seinem Arbeitszimmer auserkoren hatte, nachdem er die Leitung des Gutes übernommen hatte. Es war eigentlich die Bibliothek des Herrenhauses. Georg verstand es nicht, wie man einen solchen gemütlichen Raum mit seinen bis an die Decke reichenden Bücherregalen, einem Kamin und großen Fenstern, die einen weiten Blick auf den angrenzenden Park erlaubten, mit einem protzigen Schreibtisch verunzieren konnte.

Leopold Baron von Leonthal schrak auf, als die Tür zur Bibliothek so unvermutet geöffnet wurde. Mit offenem Mund starrte er die beiden Eindringlinge an.

„Was soll das?", fing er an zu stottern, als er seinen Vater und Georg erblickte.

„Du hattest Georg zitiert. Hier ist er. Und da es mich auch interessiert, weshalb du deinen Stallmeister so früh am Morgen sehen möchtest, bin ich gleich mitgekommen." Ohne eine Antwort seines Sohnes abzuwarten, ging der alte Baron auf einen Lehnstuhl zu und setzte sich.

„Vater, ich glaube nicht, dass Eure Anwesenheit vonnöten ist, wenn ich Gutsinterna mit Georg besprechen muss."

Leopold von Leonthal schien sich von der ersten Überraschung erholt zu haben.

Der alte Baron hob seinen Spazierstock. „Du scheinst etwas Elementares vergessen zu haben, mein Sohn. Dieses Gut gehört mir. Du hast nur das von mir gnädig gewährte Privileg, dich um das Gut kümmern zu dürfen. Und was wolltest du nun von Georg?"

Der Gutsherr wandte sich seinem Stallmeister zu, der immer noch vor dem Schreibtisch stand. „Mir wurde berichtet, dass eine große Gefahr in Form einer Pferdekrankheit für den gesamten Bestand unseres Gestüts besteht, da du unbedacht infizierte Pferde im Marstall duldest."

Georg holte tief Luft. „Richtig ist, verehrter Onkel, dass auf unerklärliche Weise gestern zwei kranke Klepper vor dem Marstall angebunden waren. Sie wurden sofort isoliert. Eine Infektion der anderen Pferde ist kaum möglich."

„Ich muss also feststellen, dass du nicht weißt, was in meinem Marstall vor sich geht. Und außerdem verbiete ich dir die vertraute Anrede Onkel, solange deine wahre Identität bislang nicht geklärt ist …"

„Leopold, jetzt reicht es aber", unterbrach der alte Baron seinen Sohn. Er klopfte dabei mit dem Spazierstock energisch auf den Boden. „Es genügt, wenn dein verschrobenes Eheweib solche Gerüchte in die Welt setzt. Niemand hat das Recht, meinen Enkel zu beleidigen, auch du nicht."

Leopold von Leonthal funkelte seinen Vater wütend an, ging aber auf dessen Vorwurf nicht ein.

„Gibt es irgendeinen Hinweis, woher die kranken Tiere kommen?", wandte sich der alte Baron Georg zu.

„Nichts Konkretes, Großvater." Georg wählte ganz bewusst die Anrede, wohl wissend, wie sehr sein Onkel dieses missbilligte. „Allerdings soll sich vor ein paar Tagen ein dubioser Pferdehändler auf dem Gut herumgetrieben haben."

„Und du meinst, der ist dafür verantwortlich, dass diese beiden Klepper plötzlich hier aufgetaucht sind? Wie glaubhaft ist das denn?" Leopold von Leonthal schüttelte den Kopf.

„Die Frage ist doch wohl, was sollte diese ganze Aktion bezwecken?", meldete sich Götz von Leonthal, der alte Baron, wieder zu Wort. „Wie es aussieht, wollte jemand, dem Gut Schaden zufügen. Welches Interesse sollte dieser eigenartige Pferdehändler haben, uns zwei kranke Tiere unterzuschieben? Es sei denn, er hat einen Auftraggeber, der damit ein ganz besonderes Ziel verfolgt."

„Vater, was sind das denn für fantastische Abenteuergeschichten. Entscheidend ist doch, dass Georg den Marstall nicht im Griff hat …"

„Unterbrich mich nicht, Leopold", fuhr der alte Baron seinen Sohn an. „Möglicherweise galt dieses Attentat gar nicht dem Gut, sondern sollte nur eine Person in Misskredit bringen, nämlich Georg."

„Das ist doch lächerlich, Vater. Wer sollte das denn sein?"

„Nun, kurioserweise fällt mir da nicht nur ein Name ein", entgegnete der alte Baron schmunzelnd „Aber vielleicht kann dein Stiefsohn Tobias diese ganze Scharade aufklären. Fragen wir ihn doch einmal."

„Vater, jetzt übertreibt Ihr aber …"

„Mich würde schon interessieren, mein Sohn, von wem du deine Informationen über die kranken Pferde erhalten hast.

Und wieso du, ohne Georg gehört zu haben, bereits in ihm den Schuldigen siehst?"

„Nun gut, Ihr lasst ja ohnehin keine Ruhe", resignierte der Gutsherr und läutete mit einer kleinen Glocke. Kurz darauf klopfte es und der Gutsdiener Hektor trat ein.

„Hektor, ist mein Stiefsohn Tobias im Haus?"

„Sehr wohl, Herr Baron. Er nimmt gerade das Frühstück mit Eurer werten Frau Gemahlin ein."

„Ich muss ihn unverzüglich sprechen."

„Sehr wohl, Herr Baron".

„Es wird noch eine Weile dauern, bis sich der junge Herr von seinem Frühstück lösen kann, nehme ich an", bemerkte der alte Baron lächelnd. Dabei klopfte er auf einen Stuhl neben sich und signalisierte Georg damit, dass er sich setzen sollte. Leopold von Leonthal widmete sich wieder seinen Unterlagen auf dem Schreibtisch.

„Mache dir keine Sorgen, Georg. Es wird sich alles aufklären", flüsterte der alte Baron Georg zu.

„Ich bin mir keiner Schuld bewusst, Großvater. Nur zu Eurer Information, der windige Pferdehändler heißt Koloschko. Unser Schmied Klingbeil kennt ihn und er hat ihn zufällig im vertrauten Gespräch mit Tobias beobachtet. Und noch eins. Die Pferde haben nichts anderes als die Mauke.", antwortete Georg ebenso leise.

Der alte Baron nickte nur, weil in diesem Augenblick die Tür zur Bibliothek mit Vehemenz aufgerissen wurde und Felicitas von Leonthal, die alle nur die Gräfin nannten, hereinrauschte. In ihrem Schlepptau ihr Sohn Tobias.

„Kannst du mir einmal verraten, was diese Hysterie am

frühen Morgen soll, Leopold?" Verwundert sah die Gräfin die anderen Anwesenden an, mit denen sie offensichtlich nicht gerechnet hatte.

Bevor der so heftig Angesprochene reagieren konnte, hob der alte Baron die Hand. „Auch wir wünschen Euch, verehrte Schwiegertochter, einen guten Morgen. Doch zu Eurer Beruhigung, es geht einmal nicht um Euer wertes Wohl. Wir wollen nur mit Eurem Sprössling ein paar Worte wechseln."

„Was soll das bedeuten? Ist das hier ein Tribunal?" Die Gräfin ließ sich nicht beruhigen.

„Wie immer Ihr es auch sehen wollt. Setzt Euch bitte und lasst uns unsere Arbeit machen", wies der alte Baron seine Schwiegertochter unmissverständlich an.

„Leopold, sag doch auch einmal etwas dazu", wandte sie sich ihrem Gatten zu.

„Wie schon Vater sagt, wir möchten nur mit Tobias sprechen. Ich wäre dir dankbar, wenn du es uns jetzt ermöglichst", bat der Gutsherr mit einem entschuldigenden Gesichtsausdruck.

Die Gräfin warf ihren Kopf in den Nacken, drehte sich um und setzte sich kerzengerade auf die vordere Kante eines Stuhls. Georg hatte den Eindruck, dass sie dort wie ein auf seine Beute lauernden Raubvogel saß. Er konnte ohnehin nicht nachvollziehen, weshalb sein Onkel diese unattraktive Person mit ihren beiden erwachsenen Kindern geheiratet hatte. Er musste bei Gelegenheit doch einmal die Köchin Magda aushorchen. Felicitas von Leonthal, verwitwete Gräfin von Castelbüren, geborene von Seckenstatt, war eine Frau, der jeglicher Liebreiz abging. Sie verfügte über keinerlei weibliche

Rundungen. Ihre hagere Erscheinung wurde noch durch ein längliches, schmales Gesicht unterstrichen. Sie ging stets sehr aufrecht und reckte dabei das wenig ausgeprägte Kinn nach vorn. Eine Position, die vermutlich den Ausdruck herrschaftlicher Überlegenheit suggerieren sollte, Georg aber eher an einen stolzierenden Reiher erinnerte.

„Tobias, ich möchte dich beglückwünschen, da du jetzt auch dein Interesse an der Pferdezucht bekundest hast", wandte sich der alte Baron an den Sohn der Gräfin. Leopold von Leonthal sah seinen Vater irritiert an, schwieg aber. Auch Georg wunderte sich im ersten Augenblick über die Wortwahl seines Großvaters.

Tobias starrte den alten Baron erschrocken an. „Ich weiß nicht, was Ihr meint?"

„Hast du es denn schon vergessen? Ich soll dir schöne Grüße vom Pferdehändler Koloschko bestellen", fuhr der Baron fort.

Tobias trat von einem Bein auf das andere. „Ich kenne keinen Pferdehändler Kolosskopf oder wie der auch heißen mag."

„Nun, das wundert mich aber. Denn immerhin hast du erst kürzlich zwei Pferde von ihm gekauft. Doch wie es scheint, war er mit dem Kaufpreis nicht ganz einverstanden. Denn er bat mich, dir auszurichten, dass du ihm noch 20 Taler schuldest."

Dem Sohn der Gräfin wich jede Farbe aus dem Gesicht. „Ich muss mir diesen Mist nicht anhören. Hat der da mich denunziert? Das würde gut zu ihm passen." Damit zeigte er mit dem Finger auf Georg.

„Tobias, mäßige dich", schaltete sich jetzt der Gutsherr ein.

„Mein Vater hat dir eindeutige Fragen gestellt. Wir erwarten von dir entsprechende Antworten."

„Ich muss auf gar nichts antworten. Ich habe es nicht nötig, mich zu den Anschuldigungen eines dahergelaufenen Bastards zu rechtfertigen."

„Schluss jetzt!", fuhr der alte Baron dazwischen. „Was bildest du dir eigentlich ein? Wer bist du, dass du hier so ein selbstgefälliges Wort führen kannst? Sei einmal im Leben ein Mann und steh zu dem, was du angerichtet hast."

„Was soll diese ganze Farce?", begehrte die Gräfin jetzt auf, als sie sah, in welcher unangenehmen Situation ihr Sohn sich befand.

„Da wir davon ausgehen müssen, dass Euer ehrenwerter Herr Sohn uns nicht die Wahrheit sagen wird, werde ich Euch aufklären. Im Marstall wurden gestern zwei kranke Pferde abgestellt. Offensichtlich mit dem Ziel, die anderen Tiere zu infizieren und somit den Stallmeister zu kompromittieren. Nun setzt ein solch hinterhältiges Vorhaben allerdings auch eine gewisse Kenntnis über Pferde und ihre Krankheiten voraus. Von einem schlitzohrigen Pferdehändler kann man das erwarten, von einem blauäugigen dummen Jungen allerdings nicht. Nur zu deiner Information, Tobias, Mauke ist zwar eine Pferdekrankheit, ansteckend für andere Tiere ist sie allerdings nicht. Kurzum, du hast dich von Koloschko über den Tisch ziehen lassen. Einfach nur erbärmlich."

Der alte Baron stand auf und ging auf Tobias zu. Der schritt erschrocken zurück, als dieser seinen Spazierstock hob. „Du hast Schande über die Familie gebracht und einmal mehr deinen wahren Charakter gezeigt. Eine solche Geisteshaltung kennt das Haus derer von Leonthal nicht. Geh mir aus den Augen, du Wurm!"

Felicitas von Leonthal sprang auf. „Ihr werdet Euch entschuldigen, Baron. Beleidigungen dulde ich nicht ..."

Der alte Baron unterbrach die Bemerkung der Gräfin mit einer einfachen Handbewegung. „Hättet Ihr Euch zeitgerecht um die angemessene Erziehung Eurer Brut gekümmert, müssten wir uns heute nicht mit solchen Widerwärtigkeiten beschäftigen. Hier ist alles gesagt. Georg, würdest du mich bitte begleiten?"

Dann drehte er sich um und verließ mit erhobenem Haupt die Bibliothek, ohne die anderen Personen eines Blickes zu würdigen. Georg folgte ihm eilig.

Auf dem Weg über den Gutshof verloren beide kein Wort. Erst als sie den Marstall erreicht hatten, wandte sich der alte Baron Georg zu. „Lass uns einen Augenblick die wärmenden Sonnenstrahlen genießen." Damit setzte sich der Baron auf einen Strohballen und lehnte sich entspannt an die Stallwand.

„Wie wäre es mit einem erfrischenden Trunk, Großvater?"

„Eine hervorragende Idee, mein Junge."

Georg setzte sich ebenfalls und pfiff anschließend auf zwei Fingern.

Es dauerte keine Minute, als ein Stalljunge um die Ecke gerannt kam. Kaum hatte er Georg und den Baron entdeckt, blieb er stehen und riss seine Kappe vom Kopf.

„Jacob, bring dem Baron und mir zwei Becher Brunnenwasser. Aber verschütte nicht wieder die Hälfte."

„Jawohl, Herr Rittmeister. Kommt sofort." Er deutete noch eine Verbeugung an und eilte wieder davon.

„Du hast deine Jungs gut im Griff", bemerkte der Baron anerkennend.

Georg lachte. „Es ist wie mit jungen Fohlen, Großvater. Sie brauchen anfangs eine führende und strenge Hand, wenn aus ihnen später zuverlässige Kreaturen werden sollen."

„Wohl wahr, mein Junge. Es tut mir leid, dass dieser Morgen für dich so unerfreulich begonnen hat", wechselte der Baron das Thema. „Ich wollte ohnehin mit dir sprechen."

Georg sah seinen Großvater erwartungsvoll von der Seite an.

„Du sollst wissen, dass deine Mutter und du auf Leonthal herzlich willkommen sind. Auch wenn das für euch in den letzten Monaten nicht immer deutlich geworden ist. Der Grund, weshalb ich euch im Torhaus einquartiert habe, diente in erster Linie dem allgemeinen Gutsfrieden. Hätten wir alle unter einem Dach im Herrenhaus gelebt, dann hätten wir Auseinandersetzungen wie die heute Morgen täglich erleben müssen."

Der Baron unterbrach sich, als Jacob mit zwei Zinnkrügen in der Hand um die Ecke kam.

Georg nahm dem Jungen die beiden Krüge ab und überreichte einen davon seinem Großvater. Beide tranken und lobten das erfrischende Nass.

Derweil stand Jacob vor ihnen und beobachtet die beiden Männer neugierig.

„Was ist, Jacob, hast du nichts zu tun?", fuhr Georg den Jungen an.

„Entschuldigung, Herr Rittmeister. Aber Meister Fretwurst hat gesagt, ich soll Euch sagen, dass der Abdecker heute Mittag kommt, wegen die kranken Pferde."

Georg musste schmunzeln. „Ist gut, Jacob. Aber es heißt richtig wegen der kranken Pferde. Und nun hau ab."

Georg wandte sich wieder seinem Großvater zu. „Mutter und ich sind Euch sehr verbunden für Eure rücksichtsvolle Fürsorge, Großvater. Wir haben uns im Torhaus gut eingerichtet. Allerdings ist Mutter sehr betrübt, dass Onkel Leopold und allen voran sein garstiges Eheweib ihr das Leben so schwer machen. Auch wenn ihr Stolz es nicht zulässt, es nach außen zu zeigen, aber sie ist zutiefst verletzt, dass die Gräfin sie auf das Niveau einer Dirne reduziert und mich zum Bastard erklärt."

Der alte Baron legte versöhnlich die Hand auf Georgs Arm. „Das verstehe ich sehr gut. Aber du kannst ganz sicher sein, dass ich hinsichtlich deiner Abstammung keinen Zweifel hege. Du hast deinen Vater bedauerlicherweise nie kennengelernt, aber glaube mir, deine Ähnlichkeit mit ihm ist unverwechselbar. Ich erkenne immer mehr Wesenszüge an dir, die ich auch bei deinem Vater sehr geschätzt habe. Und eines versichere ich dir, solange ich lebe, werde ich meine schützende Hand über dich und deine Mutter halten. Es ist nur eine Sache der Zeit, dann wird sich schon alles regeln."

„Hast du eine Erklärung dafür, weshalb die Gräfin einen solchen Hass auf Mutter und mich hat?"

Der Baron sah seinen Enkel von der Seite an. „Nun, das ist ganz offensichtlich, mein Junge. Sie hat Leopold geheiratet, um das Feld für ihre Nachkommen zu bestellen. Ihr Ziel, Tobias erbt das Gut und Caroline wird mit reichlicher Aussteuer verheiratet. Und jetzt tauchst du als erbberechtigtes Familienmitglied auf und zerstörst ihre Pläne."

Kapitel 2

Das Grün der weitläufigen Wiesen vor der Stadt, auf denen noch vor einigen Tagen die Kühe weideten, hatte seine Farbe gewandelt. Vergessen waren die ländliche Idylle und der beschauliche Blick über die Hügel. Ein unendliches Meer von grauen Leinwänden erstreckte sich über die weite Fläche und endete im Nirgendwo. Kein Vogelgezwitscher war mehr zu hören, abgelöst durch Hundegebell, zeitweise lautes Lachen und einem ständigen Summen und Brummen. Der eigentümliche Choral eines mächtigen Heerlagers.

„Ich habe die Schnauze voll. Wir müssen diese Sauerei doch nicht einfach so hinnehmen." Um das Lagerfeuer zwischen den Zelten saßen rund zehn schwedische Soldaten zusammen. Erhitzte Gemüter. Vom Schnaps gerötete Gesichter.

Ein Kerl mit einer auffälligen Narbe auf der rechten Wange, der bisher mit einem Stock teilnahmslos im Feuer herumgestochert hatte, hob den Kopf. „Was willst du denn machen, Karlsson, du Klugscheißer? Zu den Offizieren gehen und denen eins vors Maul hauen? Damit haben wir immer noch keinen Sold. Da müssen ganz andere Geschütze aufgefahren werden."

„Der Sergeant hat recht. Sieh sie dir doch an, die hohen Herrn mit den Federn am Hut. Die lassen sich es doch weiter gut gehen. Leben in Saus und Braus. Bekommen jeden Tag gebratene Hühner, Rehrücken und Schweinshaxen serviert, während sie für uns nur dünne Kohlsuppe haben. Wir können uns das nicht länger gefallen lassen", meldete sich ein Dritter zu Wort, den die anderen Hartung riefen.

„Hast du denn eine Idee, Sergeant?", fragte der Soldat, den er zuvor Karlsson genannt hatte.

Der stocherte weiter im Feuer herum. „Zunächst müssen wir sicher sein, dass weitaus mehr, als nur wir davon überzeugt sind, dass es an der Zeit ist, den hohen Herren einmal kräftig den Marsch zu blasen. Die Offiziere müssen wissen, dass es ohne uns nicht weitergeht. Was wollen sie machen, wenn wir uns weigern, zu kämpfen?"

„Wir wissen doch ohnehin nicht, gegen wen wir kämpfen sollen. Seit Wochen liegen wir hier im Mecklenburgischen im Brei. Die Offiziere hüllen sich in Schweigen oder wissen selbst nicht, wie es weitergehen soll", murrte ein Soldat, den sie nur Trommel nannten, da er zu den Feldtrommlern gehörte.

„Es soll gegen die Dänen gehen", brummte der Sergeant vor sich hin.

„Woher willst du das denn wissen? Das sind doch alles nur Latrinenparolen", warf der Soldat Karlsson ein.

„Marietta hat es bei den Offizieren aufgeschnappt", antwortet der Sergeant.

„Marietta, ich lache mich tot. Der alten Hure glaubst du ein Wort? Die lügt doch, wenn sie nur das Maul aufmacht", amüsierte sich Karlsson.

Der Sergeant warf seinen Stock, mit dem er im Feuer gestochert hatte, in die Flammen, sprang auf und stand nach drei schnellen Schritten vor Karlsson. Mit einem kurzen Griff packte er ihn am Kragen und riss ihn auf die Beine. „Ich weiß nicht, welches Problem du mit Marietta hast, Karlsson? Aber solange du deine Geilheit regelmäßig bei den Huren des Trosses abreagierst, spricht in meiner Gegenwart nie wieder jemand schlecht über die Frauen. Die machen genauso wie jeder aufrechte Soldat ihre Arbeit. Ist das klar, du Hornochse?"

Karlsson hob entwaffnend die Hände. „Ist ja gut, Sergeant. Ich wusste ja nicht, dass Marietta unter deinem speziellen Schutz steht."

Der Sergeant holte mit der Rechten aus und verpasste dem Soldaten einen heftigen Faustschlag mitten ins Gesicht. Der taumelte rückwärts und wäre um ein Haar ins Feuer gefallen, wenn nicht andere Soldaten ihn aufgefangen und auf den Boden gelegt hätten.

Der Sergeant setzte sich wieder, als wäre nichts gewesen.

„Karlsson ist auf die Huren nicht ganz so gut zu sprechen, weil er sich letztens wieder die Pfeife verbogen hat", bemerkte Hartung grinsend.

„Das ist nicht mein Problem, wenn er so blöd ist, sich immer nur die billigen Weiber aussucht und sich regelmäßig einen Tripper holt", grunzte der Sergeant abfällig. Karlsson bekam von dem Gespräch nichts mit. Er war nach dem Schlag des Sergeanten immer noch bewusstlos. Seine Nase hingegen hatte ihre bisherige Geradlinigkeit verlassen und zeigte einen deutlichen Knick nach rechts an.

Sergeant Karl Kohlhaas war, wie die meisten seiner Kameraden, ein Söldner. Er hatte noch vor drei Jahren an der Grenze zum Lauenburgischen als Förster gearbeitet. Eine verantwortungsvolle Aufgabe. Zu allem Übel war sein Vorgesetzter, der Forstmeister, ein Säufer. Er bezahlte seine Leute schlecht und war korrupt. In seinem Rausch prügelte er Mensch wie Tier. Seine Frau, eine Matrone, kümmerte sich lieber um ihr leibliches Wohl, als die Arbeiter gut zu versorgen. Als Kohlhaas von dem Forstmeister bei dem Grafen denunziert und ihm Unterschlagungen unterstellt wurden, um von eigenen Verbrechen abzulenken, verließ Kohlhaas die Försterei über Nacht. Die Werber der schwedischen Armee, die er wenig später in einem Nachbardorf traf, waren ihm da sehr willkommen. Ihr Angebot klang zwar nicht verlockend. Sechs Taler im Monat würden sie ihm bezahlen. Die Ausrüstung wurde ihm gestellt. Eine Muskete und einen Säbel. Außerdem garantierte man ihm regelmäßige Kost. Inzwischen hatte Kohlhaas an mehreren Schlachten teilgenommen und sich als erbarmungsloser Kämpfer ausgezeichnet. Was ihm letztlich auch die Beförderung zum Sergeanten eingebracht hatte. Seine Männer, die er befahl, gehorchten und folgten ihm, da er auch keine Mühe hatte, in militärischen Kategorien zu denken und die Befehle seiner Vorgesetzten zielgerichtet umzusetzen. Und sollte tatsächlich einer einmal aufbegehren, wie der aufsässige Karlsson eben, dann wusste er ganz genau, welche Sprache solche Kreaturen verstanden. Auch wenn Karlsson grundsätzlich recht hatte. In der Truppe gärte es. Und es war nicht nur der ausbleibende Sold, der die Soldaten meutern ließ. Die Verpflegung war immer schlechter geworden und wurde nur unregelmäßig ausgegeben. Auch der Nachschub an Munition und Ausrüstung stockte immer mehr. Doch auch Kohlhaas wusste nicht, wie er das Dilemma ändern sollte. Seinem Hauptmann gegenüber hatte er in der Vergangenheit nicht nur einmal entsprechende Bemerkungen gemacht. Doch der hatte ihn stets barsch abgewiesen und gesagt, er sollte sich um seine eigenen Angelegenheiten kümmern. Kohlhaas konnte auch nicht verhindern, dass seine

Männer regelmäßig übers Land zogen und Bauernhöfe überfielen. Auf irgendeine Weise mussten sie sich ja verpflegen. Auch wenn in der Armee das Plündern offiziell unter Strafe stand, kümmerte sich darum niemand. Jeder war sich selbst der Nächste.

Ein kräftiger Schulterstoß ließ den Sergeanten aus seinen Gedanken aufschrecken.

„Sergeant, der Hauptmann will dich sehen."

Kohlhaas rappelte sich auf. „Was will der denn schon wieder?"

„Vielleicht braucht er jemand, der seinen Arsch putzt", kam es aus den Reihen der Soldaten.

Der Sergeant fuhr herum. „Seid vorsichtig, Männer, wenn es euch nicht wie Karlsson ergehen soll."

Der Weg zum Zelt seines Hauptmanns war nicht weit.

„Wo bleibst du denn, Kohlhaas? Brauchst du noch eine schriftliche Einladung?" Der Sergeant hatte keine andere Begrüßung erwartet. Hauptmann Bengtsson war ein alter Gnatterkopf, der stets mit mürrischer Miene herumlief und dem noch nie ein freundliches Wort über die Lippen gekommen war.

Doch Kohlhaas ließ sich von ihm nicht einschüchtern. „Wo brennt es denn, Hauptmann? Was kann ich für Euch tun?"

Der Hauptmann trat ein paar Schritte auf den Sergeanten zu, sodass er keinen Meter mehr vor ihm stand. „Glaubst du, Kohlhaas, dass du nur für ein paar Minuten einmal dein vorlautes Maul zügeln kannst?"

Kohlhaas grinste seinen Vorgesetzten an „Wenn Ihr Euch dann besser fühlt, Hauptmann, werde ich mich bemühen.

Aber das ist doch wohl nicht der Grund, weshalb ihr mich her befohlen habt, oder?"

Hauptmann Bengtsson schüttelte resignierend den Kopf. „Jetzt hör genau zu, Kohlhaas. Der General hat die Absicht, uns zu sehen. Ich war so leichtsinnig und habe ihm von deinen Ortskenntnissen und deinen Fähigkeiten berichtet. Wie es scheint, hat er einen speziellen Auftrag für dich. Blamiere mich nicht."

Der Sergeant hob skeptisch die linke Augenbraue. „Ihr wollt mich aber jetzt nicht auf den Arm nehmen, Hauptmann? Humor war doch bisher nicht Eure Stärke. Ihr meint allen Ernstes, dass der General den Sergeanten Karl Kohlhaas sehen will?"

„Kohlhaas, du bringst mich noch um. Schluss jetzt mit der Diskussion. Der General wartet nicht gerne. Abmarsch."

Der Sergeant war sichtlich beeindruckt, als sie sich dem Zelt des Kommandeurs der schwedischen Truppen näherten. Während man in die Zelte der Mannschaften auf allen Vieren hineinkriechen musste und man darin gerade aufrecht sitzen konnte, sah das Zelt des Generals wie ein Haus aus. Der mannshohe Eingang wurde durch ein Baldachin geschützt. Davor standen zwei Wachsoldaten. Als sie den Hauptmann erkannten, nickten sie nur und ließen ihn und den Sergeanten passieren. Im Zeltinneren trat ihnen ein Major entgegen. „Es wird auch Zeit, dass Ihr kommt, Bengtsson. Der General hat schon nach Euch gefragt."

„Das ist Major Magnusson, der Adjutant des Kommandeurs. Vor dem musst du dich in Acht nehmen", flüsterte Hauptmann Bengtsson Kohlhaas zu, während sie nähertraten.

Kohlhaas sah, dass um einen großen Tisch herum, auf dem Landkarten ausgebreitet waren, mehrere Offiziere standen, die einem Mann zuhörten, der an der Stirnseite saß. Der Major trat vor und kündigte Hauptmann Bengtsson und den Sergeanten Kohlhaas an. Die Offiziere drehten sich zu den beiden Neuankömmlingen um.

„Tretet näher, Bengtsson", befahl der Offizier an der Stirnseite, Generalmajor Carl Gustav Wrangel.

„Ihr seid also der hochgelobte Sergeant Kohlhaas", wandte sich der Kommandeur dem Sergeanten zu.

„Jawohl, Herr General. Wie kann ich Euch zu Diensten sein?", antwortete Kohlhaas erkennbar unbeeindruckt von der Anzahl der hohen Offiziere. Ein betretenes Murmeln ging durch deren Reihen. Die freimütige Antwort des Sergeanten dem Befehlshaber gegenüber wurde offensichtlich als unangemessen empfunden.

„Verzeiht, Herr General …", versuchte Hauptmann Bengtsson den forschen Ton des Sergeanten zu entschuldigen. Doch der Kommandeur würgte den Versuch mit einer schroffen Handbewegung ab.

„Sergeant, Euer Ton gefällt mir nicht. Ihr wisst anscheinend nicht, wen Ihr vor Euch habt."

„Durchaus, Herr General. Ihr habt mich herbefohlen. Hier bin ich." Sergeant Kohlhaas war sich keiner Schuld bewusst.

„Bengtsson, Ihr solltet diesem Kerl erst einmal Manieren beibringen. Dieser Ton dem Befehlshaber der schwedischen Truppen gegenüber grenzt an Subordination", schaltete sich Major Magnusson ein.

„Ich bitte vielmals um Verzeihung, Herr General. Sergeant

Kohlhaas ist ein vorzüglicher Soldat. Er hat sich in zahlreichen Schlachten mehr als bewährt. Im Umgang mit Offizieren ist er jedoch ein wenig ungeübt."

„Ein ungehobelter Klotz ist er. Mein Adjutant hat absolut recht. Schafft mir diesen aufsässigen Schuft aus den Augen."

Kohlhaas sah Hauptmann Bengtsson verständnislos an. Er wusste nicht, warum sich die Offiziere so erregten. Er hatte doch keinem von ihnen etwas getan. Ein Oberst trat vor, beugte sich zu dem Kommandeur nieder und flüsterte ihm etwas ins Ohr. Der Major, der mitgehört hatte, schüttelte heftig den Kopf. „Das widerspricht der Disziplin in der Armee, wenn wir so etwas durchgehen lassen. Absolut inakzeptabel."

„Ich glaube, wir haben einen Auftrag, Major, und verfolgen ein weitaus höheres Ziel, als die Bestrafung eines vorlauten Sergeanten", entgegnete der Oberst schroff.

„In Gottes Namen, dann macht es", grunzte der General unwillig.

Der Oberst wandte sich Kohlhaas zu. „Ist es richtig, Sergeant, dass Ihr Euch in der Gegend auskennt?"

„Das stimmt, Herr Oberst. Ich bin in Hagenow geboren und habe eine Zeit lang nicht weit von der Grenze zum Lauenburgischen in einem Wald gearbeitet."

„Könnt Ihr lesen und schreiben?"

„Jawoll, Herr Oberst. Kein Problem für mich."

„Könnt ihr auch eine Karte lesen?"

„Ja, kann ich auch", beteuerte der Sergeant unbefangen.

Der Oberst sah den General fragend an. Der nickte kurz zustimmend.

„Seht Euch einmal diese Karte an, Sergeant." Dabei zeigte der

Oberst mit einem Stock auf eine der Landkarten, die auf dem Tisch lagen. „Was seht Ihr da?"

Kohlhaas beugte sich über den Tisch und studierte die Karte. „Ich weiß nicht, was Ihr von mir wissen wollt? Auf dieser Karte sind Wittenburg und Büchen eingezeichnet. Irgendwo dazwischen liegt die Grenze zwischen dem Mecklenburgischen und dem Lauenburgischen. Und unser Heerlager befindet sich in etwa hier." Er zeigte mit dem Finger auf einen Punkt auf der Karte. Dann sah er die Offiziere fragend an.

„Gut, Sergeant. Wir haben einen Auftrag für Euch. Wir wissen gegenwärtig nur sehr vage, wo sich die dänischen Truppen aufhalten und wie stark sie sind. Ihr werdet mit Euren Männern das Areal südlich des Schaalsees erkunden." Zeitgleich zeigte der Oberst mit seinem Stock auf das angesprochene Gebiet auf der Karte. „Ich erwarte Euch morgen Punkt sieben Uhr in meinem Zelt zur Lageeinweisung. Bereitet Eure Männer vor, sodass ein Abmarsch noch am Vormittag möglich ist. Kleines Gepäck. Keine Musketen. Noch Fragen?"

„Keine Fragen, Herr Oberst. Wir werden das Ding schon schaukeln." Die umstehenden Offiziere holten tief Luft. Der Kommandeur funkelte Kohlhaas und Hauptmann Bengtson ungnädig an. „Jetzt raus hier. Eure aufsässige Penetranz ist unerträglich."

Der Adjutant des Kommandeurs begleitete die beiden vor das Zelt. „Ihr werdet noch von mir hören, Sergeant, wenn Ihr zurückkehrt. Eure Dreistigkeit bleibt nicht ohne Folgen. Da könnt Ihr Euch darauf verlassen." Dann kehrte er um und verschwand wieder im Zelt.

„Was sind das denn für Arschlöcher …?" Hauptmann Bengtson fasste Kohlhaas am Arm und zerrte ihn vom Befehlszelt fort. „Bist du denn von allen guten Geistern verlassen, so mit dem Kommandeur zu sprechen?"

„Ich weiß gar nicht, weshalb Euer Hochwohlgeboren sich so aufgeplustert hat? Er wollte doch was von mir. Und außerdem machen er und sein arroganter Adjutant auf dem Donnerbalken genauso eine beschissene Figur wie der kleinste Trommler".

„Mein Gott, Kohlhaas. Hast du es denn bislang nicht gehört? Wrangel ist ein ganz harter Hund. Der hat schon eigene Leute aus banaleren Gründen auspeitschen und hinrichten lassen. Respektlosigkeit gehört sicherlich auch dazu. Du kannst von Glück sprechen, dass er deine Ortskenntnisse benötigt und Oberst Mahnholz ein gutes Wort für dich eingelegt hat."

„Wisst Ihr, was, Hauptmann? Der kann mir mal im Mondschein begegnen. Erst wenn er uns keinen Sold mehr schuldig ist, darf er sein Maul so weit aufreißen."

„Ich bin ja froh, dass du dieses heiße Thema nicht auch noch angesprochen hast. Wer weiß, wo du dann gelandet wärst? Schluss damit. Bereite deine Männer vor. Mehr als acht solltest du nicht einteilen. Wir sehen uns morgen um sieben beim Oberst."

Tagsüber war es unproblematisch für Sergeant Kohlhaas und seine Männer auf den Feldwegen zu marschieren. Hier im Mecklenburgischen bestand keine Gefahr, von feindlichen Truppen überrascht zu werden. Je mehr sie sich allerdings Holstein nähern würden, hielt der Sergeant Nachtmärsche für angezeigt, um nicht entdeckt zu werden. Oberst Mahnholz hatte ihm am Morgen noch einmal den Auftrag detailliert beschrieben. Es ging darum, aufzuklären, wo und in welcher Stärke der Feind, also die Dänen, zu finden waren. Mehrfach hatte er betont, dass selbst bei Feindberührung kein Kampf stattfinden dürfte. Rückzug wäre die einzige Devise. Ein Befehl, der ganz und gar nicht nach dem Geschmack des Sergeanten war. Doch Befehl war Befehl. Sie sollten unentdeckt bleiben. Folglich trugen sie nur leichte Bewaffnung. Sie verzichteten auf die unhandlichen langen Musketen mit ihren Lade- und Gabelstöcken und trugen nur Säbel und Dolch. Kohlhaas und drei weitere Soldaten verfügten auch jeder über eine Pistole.

Der Sergeant hatte sich reiflich überlegt, wie er den Befehl des Generals am besten umsetzen konnte. Es ging darum, über den Feind so viele Informationen wie möglich zu erlangen. Einen Weg sah Kohlhaas darin, dass er Leute aushorchte. Und wo konnte man das besser, als an Treffpunkten, wo ohnehin die Zungen locker saßen, in Gasthäusern. Allerdings vorher musste er noch eine dringende Sache erledigen.

Kohlhaas und seine Männer marschierten weiter nach Westen. Inzwischen abseits der Wege. Sie umgingen die Dörfer und nutzten die Dunkelheit. Kohlhaas hatte ein Ziel. An einem Waldrand hielt der Sergeant plötzlich an. Durch Handzeichen befahl er den Männern, dass sie Deckung suchen sollten. Er selbst kniete sich hinter einen auf der Erde liegenden Baumstamm und beobachtete mit seinem Fernrohr eine ganze Weile das Gelände. Hartung robbte näher. „Was gibt es denn so Aufregendes, Sergeant?"

Kohlhaas schwieg eine Weile und beobachtete weiter. „Das Forsthaus da vorn kenne ich."

„Und? Was ist daran so Besonderes?"

„Ich habe hier noch eine alte Schuld zu begleichen."

„Jetzt verstehe ich. Das ist das Forsthaus, wo du gearbeitet hast. Was hast du vor?" Hartung ging ein Licht auf.

„Gut erkannt, Kamerad. Wir werden hier am Waldrand übernachten und den Herrschaften morgen früh einen Besuch abstatten, der ihr Herz nicht erfreuen wird."

Noch bevor die Sonne aufging, weckte Kohlhaas seine Männer. „Wir werden heute das vor uns liegenden Forsthaus besuchen. Bedient euch an allem, was wir nötig haben. Die Speisekammer wird prall gefüllt sein. Ich werde mich etwas intensiver mit dem Forstmeister und seiner Frau beschäftigen."

Bis auf das Krähen eines Hahns herrschte am Waldrand noch morgendliche Ruhe, als die Soldaten auf das Forsthaus zumarschierten. Sergeant Kohlhaas allen voran.

„Holt die Leute aus dem Gesindehaus", befahl der Sergeant und zeigte dabei auf eine etwas abseits liegende Kate. „Treibt sie vor dem Forsthaus zusammen. Behandelt sie nicht allzu grob. Sie haben schon genug unter der Fuchtel des alten Säufers zu leiden. Hartung, du kommst mit mir."

Mit einem Fußtritt sprengte Kohlhaas die Eingangstür zum Forsthaus. Krachend knallte sie gegen die Wand.

Mit wenigen Schritten überwand Kohlhaas den ersten Raum. Hartung folgte ihm. Zielgerichtet steuerte der Sergeant auf eine größere Tür am Ende des Flurs zu und öffnete sie. Er ging durch den Raum und riss die Vorhänge zur Seite. Das erste

Morgenlicht erhellte das Schlafgemach ausreichend. Aufgeschreckt durch die Unruhe, fuhr der Forstmeister im Bett hoch. Seine Frau neben ihm gab nur ein unwilliges Grunzen von sich.

„Was ist hier los? Was wollt Ihr hier?", stammelte der Forstmeister noch im Halbschlaf.

Kohlhaas trat auf ihn zu, ergriff ihn an seinem Nachthemd und zerrte ihn aus dem Bett, sodass ihm die Nachtmütze vom Kopf flog. „Das wirst du noch früh genug erfahren. Damit du richtig wach wirst, geht es erst einmal an die frische Luft." Kohlhaas schubste den Forstmeister vor sich her.

„Was ist mit der Alten?", wollte Hartung wissen.

„Ein bisschen musst du ja auch tun. Bring sie auf Trab und dann raus mit ihr. Aber vergiss die Bibel nicht, die auf dem Nachttisch liegt."

Hartung zog dem immer noch schlafenden Weib des Forstmeisters die Decke weg. Ihr praller Leib unter dem dünnen Nachthemd füllte fast das ganze Bett aus. Kurzerhand ergriff er den halbgefüllten Nachttopf neben dem Bett und schüttete ihn über den Kopf der Schlafenden.

Prustend fuhr die eben noch Schnarchende auf. Das Bett knarrte verdächtig unter der plötzlichen Gewichtsverlagerung.

„Auf, auf du junge Elfe. Der Morgen naht." Hartung amüsierte sich königlich.

Verwirrt starrte die Frau den fremden Mann in ihrem Schlafgemach an. Sie riss die Augen auf und fing schrill an zu schreien. Hartung zögerte nicht lange und schlug ihr mit der flachen Hand ins Gesicht, was sie wieder in die Horizontale warf. Das Bett ächzte erneut verdächtig.

„Jetzt ist aber genug mit dem morgendlichen Liebesspiel, meine Teuerste." Hartung verlor langsam die Geduld. Mit der Linken riss er ihr die Nachthaube vom Kopf, während er ihr fast zeitgleich mit der Rechten ins Haar griff und sie aus dem Bett zerrte. Ihr Schreien war in ein Jammern übergegangen. Mit gezielten Stößen trieb er sie aus dem Zimmer, nicht ohne vorher die Bibel vom Nachtisch ergriffen zu haben.

Vor dem Forsthaus schubste er das winselnde Eheweib neben ihren am ganzen Leib schlotternden Mann, der immer noch von Kohlhaas am Schlafittchen gehalten wurde. Ihnen gegenüber versammelten sich gerade die Waldarbeiter und Mägde aus dem Gesindehaus. Mit großen Augen verfolgten sie das Spektakel vor dem Forsthaus. Die ersten Sonnenstrahlen warfen ein geradezu gespenstisches Licht auf die Szenerie.

„Leute, dieser Morgen wird euch in Erinnerung bleiben", begann Kohlhaas, nachdem er alle eine Weile schweigend gemustert hatte. „Manche von euch mögen sich noch an mich erinnern. Andere von euch werden sich in Zukunft an mich erinnern. In erster Linie diese beiden Kreaturen, die nicht nur mir das Leben schwer gemacht haben, sondern allen anderen auch, die nur in die Nähe dieses Forsthauses geraten waren ..."

„Das wirst du noch bereuen, du Tagedieb", stieß die Frau des Forstmeisters keifend hervor. Wie es schien, hatte sie den ersten Schreck überwunden und Kohlhaas erkannt.

„Ich werde ungern unterbrochen. Eine Abkühlung wird Eurem erhitzten Gemüt sicherlich guttun." Kohlhaas nickte seinen Soldaten kaum merklich zu. Sie verstanden ihn sofort. Vier Männer ergriffen die Frau an Armen und Beinen und wuchteten sie mit Schwung in die gefüllte Pferdetränke. Ein gewaltiger Wasserschwall schwappte über, begleitet von ihren schrillen Schreien. Mit rudernden Armen versuchte sie sich aus dem Trog zu befreien, doch die eisernen Griffe der Soldaten hielten sie in der Tränke fest. Die Soldaten konnten unter den Waldarbeitern einige zufrieden grinsende Gesichter entdecken.

„Nun zu dir, verehrtes Försterlein. Knie dich nieder!", befahl Kohlhaas.

„Ich denke gar nicht daran. Diese verbrecherische Tat wird seine Folgen haben. Ich werde dem Gutsherrn berichten", begehrte der Forstmeister auf.

Ohne auf seine aufsässige Reaktion zu reagieren, trat Kohlhaas dem Mann von hinten in die Kniekehle. Der knickte stöhnend ein und fiel auf alle Viere.

„So, mein verehrter Forstmeister, jetzt befindest du dich in der Lage, in der du in Zukunft deinen Arbeitern und Mägden begegnen wirst." Kohlhaas drehte sich um.

„Hast du die Bibel?", fragte er Hartung. Der reichte sie ihm wortlos. Der Sergeant warf die Bibel vor den knienden Mann auf den Boden und schob sie ihm mit dem Fuß zu. „Leg deine Rechte auf die Bibel."

Der Forstmeister tat, wie ihm befohlen wurde.

„Jetzt sprich mir nach: Ich Forstmeister Anselm Rupprecht schwöre …"

Der Mann schwieg. Kohlhaas versetzte ihm einen kräftigen Tritt in den Hintern, sodass dieser nach vorn kippte und mit dem Gesicht in den Dreck fiel. Einer der Soldaten zog ihn am Nachthemd wieder in die kniende Position.

„Noch einmal: Ich Forstmeister Anselm Rupprecht schwöre

bei dem Allmächtigen ..." Der Kniende wiederholte die Worte des Sergeanten wie auch den anschließenden Schwur: „... meine Bediensteten in Zukunft gerecht zu behandeln, sie angemessen zu entlohnen und zu beköstigen, so wie keine strafenden Handlungen an ihnen zu begehen. Dieser Schwur gilt auch für meine Ehefrau. So wahr mir Gott helfe."

„Steh auf, du hinterhältige Ratte", befahl der Sergeant anschließend, stellte sich unmittelbar vor ihn und zog dann seinen Dolch aus der Scheide. Die Spitze hielt er dem Forstmeister direkt unter das linke Auge. „Ich nehme an, du willst auch in Zukunft alle deine Bäume mit vollem Augenlicht zählen können, oder?"

Der so Bedrohte wollte zurückweichen, stieß aber gegen Hartung, der hinter ihm stand.

„Ich werde heute gnädig sein, Försterlein. Aber damit du deinen Schwur nicht vergisst, habe ich noch einen kleinen Denkzettel für dich. Jeden Morgen bei dem Blick in den Spiegel wirst du dich garantiert an mich erinnern." Eine kurze Handbewegung mit dem Dolch ritzte dem Forstmeister eine klaffende und heftig blutenden Wunde in die linke Wange. Dieser kippte ohnmächtig zur Seite. Ein Raunen ging durch die Reihen der Waldarbeiter und Mägde. Der erneute Schrei der Frau des Forstmeisters ging in ein Blubbern unter, als die Soldaten sie kurzerhand in der Pferdetränke untertauchten.

„Bringt die beiden wieder in ihr Schlafzimmer, aber zurrt sie gut fest", befahl der Sergeant. „Dann nehmt aus der Speisekammer mit, was ihr tragen könnt."

Kohlhaas hielt seine Männer an, kniete sich nieder und studierte die Karte, die er vom Oberst erhalten hatte.

„Wir werden heute Abend in Basedow sein. Wir müssen behutsam vorgehen. Wir sind jetzt schon in Holstein. Hier herrschen die Dänen. Also Vorsicht. Karlsson, du suchst ein Quartier am Waldrand, während Hartung und ich uns einmal in der Schänke umhören werden."

„Ihr geht saufen und wir sitzen auf dem Trockenen. Wir können alle einen guten Schluck vertragen", beschwerte sich Karlsson.

„Karlsson, halt das Maul oder soll ich dir deine Nase wieder richten? Ihr wisst genau, dass wir nicht auffallen dürfen. Was garantiert der Fall ist, wenn wir geschlossen in der Schänke einfallen würden."

Laute Stimmen und ein Schwall stickiger Luft schlugen Kohlhaas und Hartung entgegen, als sie die alte Kaschemme an der Dorfstraße in Basedow betraten. Sie hatten sich verschlissene Pferdecken umgehängt, um nicht an ihrer ledernen soldatischen Kleidung erkannt zu werden. Mit Mühe fanden sie noch einen Platz zwischen den Zechern. Auch wenn sie anfangs als Fremde skeptisch beäugt wurden, so half doch die Nähe zum trinkenden Nachbarn sehr bald, um in ein Gespräch zu kommen.

„Was seid ihr denn für einsame Wanderer in der Nacht?", wollte der Zecher zu Kohlhaas` Linken wissen.

„Wir sind auf der Wanderschaft", erklärte der Sergeant. „Wir beide sind Zimmerleute. Aber kaum jemand hat Arbeit für uns."

„Wer hat denn heute schon Geld, um sich sein Haus wieder

aufbauen zu lassen? Und keiner weiß, wann die nächsten Horden einfallen und alles niederbrennen", klagte auch der Zecher.

Kohlhaas horchte auf. „Hat es denn in der letzten Zeit in der Gegend Ärger mit irgendwelchen Soldaten gegeben?"

„Das kann ich dir sagen", fiel der andere Saufkumpan mit ein. „Vor rund einem Jahr haben sie hier in der Gegend wie verrückt gewütet."

„Welche Truppen waren das denn?", hakte Hartung nach.

„Keine Ahnung. Irgendwelche wilden Horden aus dem Osten. Die sprachen so ein komisches Kauderwelsch."

„Dann waren es vielleicht Dänen", startete Kohlhaas einen Versuch.

„Nee, nee. Ganz bestimmt nicht. Die Sprache erkenne ich sofort. Ein Onkel mütterlicherseits wohnt irgendwo im hohen Norden in Jütland. Wenn der uns besucht und spricht, denkst du, der ist schon am frühen Morgen besoffen." Die Zecher am Tisch fingen prustend an zu lachen, als ihr Kumpan begann, den Onkel und sein Dänisch nachzumachen.

Als Kohlhaas und Hartung eine Stunde später die Kaschemme wieder verließen, wussten sie sicher, dass immer einmal auch Dänen hier anzutreffen waren. Keine Soldaten, meistens nur Pferdeknechte. Andere wiederum hatten berichtet, dass vor Wochen nur wenige Kilometer Richtung Westen ein dänisches Heerlager gestanden hat.

Kohlhaas war sich nicht sicher, ob er den Aussagen der Zecher trauen konnte. Deshalb ordnete er am nächsten Morgen an, das Heerlager zu suchen. Wiederum bewegten sie sich nur im Schutz des Waldes und warteten die

Abenddämmerung ab, als sie glaubten in der Region zu sein, die die Männer in der Kaschemme beschrieben hatten.

Der Sergeant und Hartung wagten sich wenig später weiter vor.

„Da haben wir sie ja", bemerkte Kohlhaas, als er durch die letzten Bäume am Waldrand in der Ferne einzelne Feuer flackern sah. Er zog sein Fernrohr hervor und beobachtete die Szene, die sich vor ihnen in einer Senke zeigte. Mehrere Zeltreihen, dazwischen Lagerfeuer, vereinzelte Soldaten, am linken Rand des Lagers eingezäunte Pferde, vereinzelt flatterte ein Danebrog, die dänische Flagge, im Wind.

„Und, was meinst du?", fragte Hartung nach. Kohlhaas reichte ihm das Fernrohr. „Guck selbst."

Hartung warf nur einen kurzen Blick auf das Heerlager. „Scheint nicht viel los zu sein."

Kohlhaas nickte. „Das denke ich auch. Irgendetwas stimmt hier nicht. Vom Tross ist gar nichts zu sehen. In einem Lager dieser Größe ist normalerweise weitaus mehr Bewegung. Wir werden es überprüfen."

„Ich nehme an, du hast einen Plan."

Der Sergeant versammelte seine Leute um sich, nachdem sie sich zurückgezogen hatten. „Vor uns liegt ein Heerlager der Dänen. Wir wissen nicht, wie stark es ist. Die geringe Anzahl der dort versammelten Soldaten, die Hartung und ich beobachtet haben, stimmt nicht mit der Menge der Zelte überein. Das werden wir aber in den nächsten Stunden erfahren. Folgender Plan: Hartung und Karlsson, ihr schnappt euch jeder einen zweiten Mann. Gedeckte Annäherung von Süd und Nord. Auf meinen Käuzchenruf zündet ihr jeweils zwei Zelte an. Rückzug. Dann werden wir sehen, wie viele Dänen im Lager sind."

„Wann soll es losgehen?", fragte Hartung nach.

„Um Mitternacht. Lassen wir unsere dänischen Freunde erst einmal zur Ruhe kommen. Umso größer ist die Überraschung", bemerkte Kohlhaas grinsend.

Der Sergeant bezog wieder seinen Beobachtungsposten am Waldrand. Geduldig wartete er die Zeit ab, bis nach seiner Rechnung die beiden Trupps ihre Position erreicht haben müssten. Kurz nach Mitternacht erklang der klagende Ruf eines Käuzchens, was niemand im dänischen Lager aufgrund des nahen Waldes als besonders auffällig wahrnahm.

Befriedigt lächelnd beobachtete Kohlhaas, dass fast zeitgleich am südlichen und nördlichen Lagerrand zwei Zelte in Flammen aufgingen. Im Lager wurde es unruhig. Alarmglocken und Hörner erklangen. Aus den Zelten stürzten wenig bekleidete Soldaten. Einige von ihnen versuchten mit geringem Erfolg, die lichterloh brennenden Zelte mit Wassereimern zu löschen. Andere formierten sich, ergriffen ihre Waffen, um Verteidigungsstellungen einzunehmen. Keiner wusste, wo der Feind lauerte.

„Hab' ich es mir doch gedacht", flüsterte Kohlhaas vor sich hin, als er die Szenerie verfolgte. Die Anzahl der Soldaten, die die Zelte verließen, war äußerst gering. Manche waren anscheinend gar nicht belegt. Die Größe des Lagers hätte nach Schätzung des Sergeanten ohne weiteres 1.000 Soldaten unterbringen können. Jetzt waren es nicht einmal 100, die aufgescheucht durch die Zeltreihen hasteten. Vage erinnerte er sich an einen Nebensatz der Zecher. „Die meisten dänischen

Soldaten wohnen in den Stadthäusern und lassen es sich dort gut gehen." Kohlhaas hatte genug erfahren. Wie es schien, war der Auftrag erfüllt. Rückmarsch hieß die Devise.

Kapitel 3

Die Gräfin konnte sich nicht beruhigen. Mit hochrotem Kopf ging sie in ihrem Salon auf und ab. Einer der Räume, den sie sich auf dem Gut Leonthal reserviert hatte, und den sie ganz allein für sich beanspruchte. Zum wiederholten Mal ergriff sie die kleine Glocke und schüttelte sie energisch. Kurz darauf erschien ein Zimmermädchen und vollzog einen vollendeten Hofknicks vor der Gräfin.

„Ich habe vor 15 Minuten bereits die Hausdame angewiesen, meinen Sohn und meine Tochter zu instruieren, dass ich sie zu sehen wünsche. Wieso werden meine Befehle nicht unverzüglich befolgt?", blaffte sie das junge Mädchen an, das mit hochrotem Kopf ihre Hände rang. „Verzeiht, Frau Gräfin, aber ich weiß nicht, wo sich Euer Herr Sohn und Euer Fräulein Tochter aufhalten. Es scheint, dass die Hausdame und auch der Hausdiener nach ihnen suchen."

„Es wird nötig sein, andere Seiten in diesem Lotterhaushalt aufzuziehen. Sieh zu, dass meine Befehle befolgt werden. Du kannst gehen." Die Gräfin verscheuchte das Zimmermädchen mit einer Handbewegung. Diese verließ nach einem erneuten Knicks fluchtartig den Salon. Es dauerte noch ungefähr zehn Minuten, bis Caroline eintrat.

„Wo hast du dich wieder herumgetrieben, dass ich so lange auf dich warten muss?", fauchte die Gräfin ihre Tochter an.

„Beruhigt Euch, Mutter. Mir war nicht bewusst, dass ich mich bei Euch abmelden muss, wenn ich das Haus einmal verlasse."

„Ich erwarte von dir mehr Respekt, Caroline. Bedenke bitte, dass euer Wohlergehen ausschließlich von meiner Gnade und Großzügigkeit abhängt …"

„Ach, Mutter, nicht schon wieder diese Leier …"

Das Gespräch zwischen den beiden wurde durch das Eintreten von Tobias unterbrochen. „Wie ich sehe, ist die Stimmung schon jetzt auf dem Höhepunkt. Und das alles, obwohl ich noch gar nicht anwesend war."

Mehrmaliges entrüstetes Luftschnappen der Gräfin sorgte für einen kurzen Moment für Ruhe im Salon. Fuchsteufelswild funkelte sie ihre Kinder an. „Wozu seid ihr eigentlich gut? Warum seid ihr nicht da, wenn man euch braucht? Und warum weiß ich nichts von dieser dilettantischen Attacke mit den kranken Pferden?"

Caroline hob nicht wissend die Hände. Tobias zuckte nur gelangweilt mit den Schultern. „Hätte ja klappen können."

„Das ist alles, was du dazu zu sagen hast? Du versuchst auf diese dümmliche Weise, den hochgelobten Georg vorzuführen? Merkst du denn gar nicht, wie du mit dieser nicht durchdachten Aktion unser Vorhaben gefährdest?"

„Verehrte Mutter, wärt Ihr einmal so gut, und erläutert einer ungebildeten Tochter, von welchem Vorhaben Ihr sprecht?" Caroline sah die Gräfin stirnrunzelnd an.

„Es ist mir unbegreiflich, mit welcher Einfalt ihr beide bedacht seid. Von mir habt ihr das nicht. Caroline, du dummes Ding, was glaubst du denn, wer dich einmal ohne angemessene Mitgift heiraten wird? Erst meine Hochzeit mit Leopold von Leonthal hat uns doch in diese komfortable Lage versetzt. Ein Fortbestand ist jedoch nur durch eine Erbschaft garantiert, wenn mein Gatte das Zeitliche segnen sollte. Diese ist jedoch gefährdet, wie du nur zu gut weißt, liebe Caroline, wenn Georg als wahrer Spross der Leonthals anerkannt wird. Was wir mit allen Mitteln verhindern müssen. Jedoch nicht auf diese wahnwitzige Weise, wie dein dümmlicher Bruder es versucht hat."

„Da seid Ihr überrascht, Mutter? Das wundert mich aber. Als Herrin eines großen Gutes müsst Ihr doch wissen, dass man von einem Ochsen nicht mehr als Rindfleisch verlangen kann." Caroline lächelte ihren Bruder süffisant an.

„Dir hat wohl lange keiner mehr aufs Maul gehauen, du dumme Gans", fuhr Tobias auf.

„Hört endlich auf. Ihr benehmt euch ja wie Kinder aus der Gosse. Nur, wenn wir zusammenhalten, können wir auch erfolgreich sein. Oder wollt ihr wieder vor dem Nichts stehen, wie nach dem katastrophalen Ende eures Vaters?"

Caroline sah ihre Mutter fragend an. „Was meint Ihr mit katastrophalem Ende? Seine finanzielle Lage oder seinen überraschenden Tod?"

„Von finanzieller Lage kann ja wohl nicht dir Rede sein. Der hochverehrte Graf hatte durch seine Liebschaften und Spielleidenschaft Schulden wie ein Gardeleutnant. Habt ihr euch einmal überlegt, was aus uns geworden wäre, wenn euer Vater weiter in Saus und Braus gelebt hätte? Das Schloss und unsere Ländereien hätte er verspielt und uns in den Schuldenturm gebracht."

„Ihr wollt damit sagen, dass sein Tod Euch durchaus gelegen kam?", fragte Caroline ungläubig nach.

„Für dich ist es ein Leichtes, jetzt den Moralapostel zu spielen, Caroline. Es musste zum Wohl aller gehandelt werden. Nur durch den rechtzeitigen Verkauf unseres Anwesens konnte ich die Schulden eures Vaters ausgleichen und einen bescheidenen Betrag für unseren Lebensunterhalt sichern", erläuterte die Gräfin die einstige familiäre Lage.

„So wie Ihre es schildert, liebe Mutter, könnte man fast meinen, dass Ihr nicht ganz unbeteiligt am plötzlichen Tod unseres Vaters wart", warf Tobias wie nebensächlich ein. Er hatte sich inzwischen in einen Sessel geflegelt, ein Bein lässig über die Armlehne gelegt.

„Tobias, jetzt reicht es aber. Ich opfere mich für euch auf, versuche uns ein einträgliches Leben zu verschaffen. Und du wirfst mir einen solchen Unsinn vor. Euer Vater hatte ein schwaches Herz. Und glaubt ihr denn im Ernst, dass ich aus Zuneigung und Leidenschaft Leopold von Leonthal geheiratet habe? Ich habe einfach die Notwendigkeit für uns gesehen. Deswegen ist es so wichtig, dass wir alle drei an einem Strang ziehen und nicht diese dahergelaufene Maria von Leonthal mit ihrem Bastard uns die Butter vom Brot nimmt."

Caroline schüttelte kaum merklich den Kopf, während Tobias zustimmend nickte. „Tut mir leid, Mutter, wenn ich mit meinem Eifer Eure Pläne durchkreuzt habe. Aber was habt Ihr denn jetzt vor?"

Die Gräfin senkte die Stimme. „In dieser Angelegenheit muss behutsam und strategisch vorgegangen werden. Dazu halte ich es für nötig, Menschen mit besonderen Fähigkeiten einzubinden. Dazu werde ich in den nächsten Tagen einen Advokaten in Hamburg aufsuchen. Mit Einzelheiten müsst ihr euch nicht belasten."

Caroline hatte gedankenverloren auf den Boden gesehen. Jetzt hob sie ihren Kopf. „Ich glaube, Ihr habt bei Euren Überlegungen einen entscheidenden Faktor nicht bedacht."

Die Gräfin schien irritiert zu sein. „Und der wäre nach deiner Ansicht?"

„Auch wenn Euer Einfluss auf Euren Gemahl bestimmend und für Eure Interessen wegweisend sein kann, so dürft Ihr nicht den alten Baron vergessen", erklärte Caroline ihre Bedenken.

„Ein durchaus berechtigter Einwand, liebe Schwester. Solchen Weitblick hätte ich dir gar nicht zugetraut", stimmte Tobias hämisch lächelnd zu.

Caroline verzog das Gesicht. Die Gräfin würgte eine mögliche heftige Reaktion ihrer Tochter mit erhobener Hand ab. „Keine Sorge, Caroline, Götz von Leonthal ist alt. Auch er hat nur noch wenige Tage vor sich. Er wird nicht unsere größte Sorge sein. Es findet sich für alles eine Lösung."

Die Sonne senkte sich langsam hinter den Wipfeln des Buchenwaldes. In den Senken bildeten sich erste Nebelschwaden. Wenn es seine Zeit erlaubte, setzte Georg sich auf die Bank vor dem Torhaus und genoss die abendliche Stille. Nur die Frösche begannen ihr eintöniges Konzert. Es war ein unruhiger Tag gewesen, der Georg mehr beschäftigte, als ihm lieb war. Erst die unangenehme Auseinandersetzung wegen der kranken Pferde. Auch das anschließende Gespräch mit seinem Großvater ließ ihn nicht zur Ruhe kommen. Ohnehin waren die vergangenen Monate nicht dazu geeignet, erwartungsvoll in die Zukunft zu blicken. Die Wut über den grauenhaften Überfall der Schweden auf den Gutshof seiner Großeltern und deren Tod, die Flucht mit seiner Mutter, der unfreiwillige Aufenthalt in Hamburg und die wenig erfreuliche Aufnahme durch seinen Onkel und dessen Ehefrau auf Leonthal, dem Geburtsort seines Vaters, konnte er nur mit großer Willenskraft unterdrücken. Allein der Vorwurf, dass er nicht der rechtmäßige Sohn von Siegfried von Leonthal sein sollte, empfand er als beleidigende Posse auch seiner Mutter gegenüber. Gleichwohl nagte es täglich an seinem Gerechtigkeitssinn. Lediglich das Wohlwollen seines Großvaters gab ihm ein wenig Zuversicht und die Arbeit als Stallmeister des Gutes lenkte ihn von dieser kaum erträglichen Lebenslage ab. Hinzu kam seine Ohnmacht, die letztlich sein Unbehagen noch verstärkte, da er nicht wusste, auf welche Weise er diese missliche Situation ändern konnte.

„Verzeiht, Herr Rittmeister, aber Eure Frau Mutter erwartet Euch zum Abendessen", wurde Georg von Greta, einem der Küchenmädchen, in seinen Gedanken gestört.

„Ich komme sofort, Greta. Richte meiner Mutter bitte aus, dass ich mich erst noch vom Duft des Pferdestalls befreien muss."

„Du weißt, dass mich der Geruch der Pferde nie gestört hat", empfing Maria von Leonthal ihren Sohn wenig später im Speisezimmer des Torhauses und umarmte ihn. Georg hatte sich inzwischen gewaschen und umgezogen. Er musste lachen. „Wie oft habt Ihr mir das schon erzählt, Mutter?" Beide setzten sich an den Esstisch.

Maria von Leonthal entfaltete die Serviette und legt sie auf ihren Schoß. Lächelnd sah sie ihren Sohn an. „Eine alte Frau wiederholt sich schon einmal, mein Sohn."

„Mutter, Ihr und alt. Jetzt übertreibt Ihr aber." Georgs Mutter war eine attraktive Frau. Durch ihr fein geschnittenes Gesicht und ihre schlanke Figur hatte sie sich ihren mädchenhaften Charme erhalten. Gleichzeitig vermittelte sie ihrem Betrachter eine unterschwellige stolze Würde, die ihren besonderen Reiz hatte und fern aller Überheblichkeit war.

„Du bist ein Charmeur, mein lieber Georg. Nun aber erzähl einmal, was wollte mein Schwager so früh am Morgen von dir?"

„Ach, der übliche Pferdemist. Nichts Aufregendes." Georg hatte nicht vor, seiner Mutter von Tobias` kläglichem Versuch, ihn zu denunzieren und den erneuten Attacken der Gräfin zu berichten.

Maria von Leonthal neigte den Kopf zur Seite und sah ihren Sohn lächelnd über den Tisch hinweg an. „Ach Georg, das hast du von deinem Vater geerbt, der konnte auch nicht glaubhaft lügen. Nun erzähl schon, was war tatsächlich los?"

Georg seufzte vernehmlich. „Mutter, im Vergleich zu Euch ist die Inquisition ein Nonnenchor. Bevor Ihr mich noch weiter quält, in Gottes Namen." Anschließend berichtete Georg in einer etwas abgemilderten Form von dem Gespräch im Herrenhaus. Seine Mutter hörte aufmerksam zu. Mit leicht geneigtem Kopf sah sie ihren Sohn eine Weile schweigend an, nachdem er geendet hatte.

„Es tut mir leid, dass ich dir keine anderen Möglichkeiten

bieten kann. Ich weiß, deine Situation ist kaum zu ertragen, aber ich hoffe, du kannst dich ein wenig damit arrangieren."

Georg stand auf, ging auf seine Mutter zu und kniete sich vor sie hin. „Mutter, Ihr müsst Euch um mich keine Gedanken machen. Vielmehr mache ich mir Sorgen um Euer Wohl. Die Haltung der Familie, Großvater einmal ausgenommen, ist eine einzige Zumutung. Wie ertragt Ihr es bloß? Ich verspreche Euch, ich werde einen Weg finden, dass wir aus dieser peinlichen Lage herauskommen. Es ist nur eine Frage der Zeit."

Maria von Leonthal legte ihre Rechte an die Wange ihres Sohnes. „Ich bewundere deinen Optimismus, mein Sohn. Spielst du möglicherweise mit dem Gedanken, wieder zu den Soldaten zu gehen?"

Georg schüttelte den Kopf. „Mutter, ich gebe zu, ich habe ernsthaft mit diesem Gedanken gespielt. Aber ich kann Euch hier nicht alleine lassen."

„Du musst deinen Weg gehen, Georg. Wie beschwerlich er auch sein mag."

Georg erhob und setzte sich wieder. „Ich gebe Euch recht, Mutter. Es sind schwierige Zeiten. Niemand weiß genau, was kommen mag. Überall wird unaufhaltsam mit dem Säbel gerasselt. Hoffen wir nur, dass wir hier abseits der kriegerischen Horden einigermaßen sicher sind. Dagegen sind die familiären Reibereien kaum der Rede wert."

Ein Räuspern an der Tür unterbrach das Gespräch zwischen Georg und seiner Mutter. „Verzeiht, Baronin, ein Brief ist soeben abgegeben worden."

Antonia, die Hausdame, die der kleinen Schar von

Bediensteten im Torhaus vorstand, reichte Maria von Leonthal den Brief auf einem silbernen Tablett.

„Wer schreibt Euch denn auf solchem edlen Papier?", wollte Georg neugierig wissen.

Die Baronin runzelte die Stirn, als sie das Siegel sah. Behutsam erbrach sie es und öffnete den Brief. Ein Schmunzeln umspielte ihre Lippen, als sie die wenigen Zeilen gelesen hatte. Dann reichte sie das Papier an Georg weiter. „Lies selbst!"

In verschnörkelter schwungvoller Schrift lud Götz Baron von Leonthal Georg und seine Mutter zu seinem 70. Geburtstag ein und bat sie in drei Tagen zu einem abendlichen Diner in das Herrenhaus.

Georg hatte den Eindruck, dass der alte Baron kein großes Aufsehen um seinen Geburtstag machen wollte. Aus irgendeinem Grund schien er es aber für nötig zu halten, dieses Fest angemessen und würdig zu begehen. Morgens hatten die Bediensteten des Gutes ihm vor dem Herrenhaus ein Ständchen gesungen. Fröhlich hatte er ihre Glückwünsche entgegengenommen. Mit großer Begeisterung feierten sie seine Ankündigung, dass es am Abend Spanferkel und Freibier für alle geben würde.

Zum Diner am Abend hatte der alte Baron zahlreiche Gäste und Freunde aus der Umgebung eingeladen. Unter ihnen befreundete Gutsbesitzer mit ihren Ehefrauen wie auch alte Weggefährten vergangener Tage. Rund dreißig Gäste hatten sich in feierlicher Robe im großen Speisesalon des Herrenhauses eingefunden. Verwundert hatte Georg registriert, dass sein Großvater zur gemeinsamen Begrüßung der Gäste seine Mutter an seine Seite gebeten hatte. Marie von Leonthal erfüllte diese Pflicht mit Charme und Eleganz, als ob sie in ihrem Leben nie etwas anderes getan hätte. Ihr war durchaus bewusst, wie auch Georg, dass der alte Baron ein eindeutiges Zeichen setzen wollte. Wohl wissend, dass er damit die Gräfin brüskieren würde, da diese sich als alleinige Hausherrin des Gutes empfand. Ihr verkniffener Gesichtsausdruck sprach Bände. Georg hoffte nur, dass ihr Zorn nicht die sonst gelöste Stimmung des Festes seines Großvaters sprengen würde.

Nachdem sich alle gesetzt hatten und ein wenig Ruhe eingekehrt war, erhob sich Graf von Ehrentraut. „Mein lieber Leonthal, ich erlaube mir, als Ältester in dieser Runde ein paar Worte an Euch zu richten. Zunächst meinen Dank für die Einladung. Es tut den alten Knochen sehr gut, wenn sie unter Freunden nicht vergessen werden. Glückwünsche und weise Ratschläge habt Ihr heute schon zur Genüge empfangen. Ich werde folglich darauf verzichten. Leonthal, Ihr kennt mich als einen Mann, der seine Emotionen nie öffentlich zur Schau stellt. Heute allerdings habt Ihr mich in eine Lage versetzt, die mich an meine gefühlsmäßigen Grenzen geführt hat. Einerseits müsste ich Euch dafür böse sein, dass Ihr auf Euren alten Tagen noch solche Macht über mich habt. Doch der Grund für meine irritierte Gemütslage entschuldigt alles. Als ich heute Leonthal betrat und Euch, verehrte Maria, an der Seite des alten Zausels sah, blieb mein Herz fast stehen. In Bruchteilen von Sekunden rauschten Bilder aus vergangenen Tagen durch meinen Kopf. Zeiten, an die ich mich nur zu gerne erinnere. Als ich dann Euren Sohn erblickte, glaubte ich, mich in einem Traum." Georg sah, dass seine Mutter dem alten Grafen milde lächelnd zunickte. Gleichzeitig erkannte er aber auch an der verbitterten Miene der Ehefrau seines Onkels, der Gräfin, dass ihr die Worte des Redners überhaupt nicht gefielen. Sie schien sich nur mit Mühe beherrschen zu können. Unaufhaltsam würgte und zerknüllte sie ihre Serviette. Graf Ehrentraut wandte sich jetzt Georg zu. „Ich sehe dich heute das erste Mal, mein lieber Georg. Ich glaubte, meine alten Augen würden mir einen Streich spielen, denn die Ähnlichkeit mit deinem Vater ist derart verblüffend. Ich kann mit Stolz verkünden, dass ich der Erste war, der deinen Vater auf ein Pferd gesetzt hat. Wie ich höre, ist der Apfel nicht weit vom Stamm gefallen." Graf Ehrentraut hob sein Glas und blickte wieder Georgs Großvater an. „Leonthal, ich erhebe mein Glas voller Freude und Ehrfurcht, trinke auf Euer Wohl, mit einem beruhigenden Gefühl für die Zukunft und den familiären Fortbestand derer von Leonthal." Alle Gäste erhoben gleichfalls ihre Gläser. Ausgenommen die Gräfin.

Götz Baron von Leonthal blickte ernst in die Runde, dann stand er langsam von seinem Stuhl auf. „Mein lieber Ehrentraut, Ihr versteht es immer wieder, selbst einen alten Mann verlegen zu machen. Ich danke Euch von Herzen für Eure einfühlsamen Worte. Die vergangenen unruhigen Jahre waren für uns alle schicksalshaft. Keiner weiß, was noch kommen wird. Umso mehr wärmt mein altes Herz der Umstand, dass Maria und Georg nach Leonthal und in den Schoß der Familie zurückgefunden haben. Auch wenn die Umstände grausam waren. Gottes Wege sind bekanntermaßen unergründlich. Schauen wir trotz allem hoffnungsfroh in die Zukunft." Bevor der alte Baron sich wieder setzte, ergriff er die Hand von Georgs Mutter und küsste sie zärtlich.

Ein helles Klirren unterbrach die wohlwollende Stimmung. Mit Entsetzen starrten die Gäste Felicitas von Leonthal, die Gräfin, an. Sie hatte ihr Weinglas in der Hand zerbrochen. Blut färbte ihren weißen Handschuh bereits rot. Sekunden später sprang sie auf. Ihr Stuhl polterte zu Boden, bevor einer der Diener helfen konnte. „Wie es scheint, sind Wahrheit und Gerechtigkeit auf Leonthal keine Güter, die beachtet und gepflegt werden. Möge die Macht des Schicksals das richtige Zeichen setzen." Voller Hass funkelte sie Götz von Leonthal an. Mit erhobener, blutender Hand rauschte sie aus dem Salon. Ein erschüttertes Raunen flog durch den Raum. Mit Entsetzen hatten die Gäste den Auftritt der Gräfin verfolgt.

Götz von Leonthal erhob sich erneut und versuchte die Erregung mit beschwichtigenden Handbewegungen zu dämpfen. „Liebe Gäste, ich bitte das Verhalten meiner Schwiegertochter zu entschuldigen. Offensichtlich hat sie das eine oder andere Wort an diesem Abend falsch interpretiert. Leopold, ich glaube, es wäre jetzt angezeigt, dass du dich um deine Ehefrau kümmerst."

Alle blickten Georgs Onkel erwartungsvoll an. Der hatte sich bisher verhalten, als ob ihn der spektakuläre Auftritt seiner Gattin nichts anging. Gemächlich erhoben er sich, warf seinem Vater einen ungnädigen Blick zu und verließ den Speisesalon.

Kapitel 4

Die Stimmung, die im Befehlszelt des schwedischen Kommandeurs herrschte, kam einem Gewitterhimmel unmittelbar vor Wolkenbruch, Blitz und Donner gleich. Mit hochrotem Kopf schrie General Wrangel die um den Kartentisch versammelten Offiziere an. „Gibt es unter Euch denn keinen Strategen, der mir eine genaue Lage des Feindes beschreiben kann? Bin ich denn nur von Dilettanten umgeben?"

Mit einer unbeherrschten Handbewegung fegte der General mehrere Landkarten vom Tisch. Eilig und beflissen klaubte ein junger Leutnant die Blätter wieder zusammen, wagte es aber nicht, sie wieder auf den Tisch zu legen.

„Wrangel, Ihr wisst doch wie wir alle, dass Aufklärung Zeit benötigt. Und Geduld ist für die Kriegsführung nicht immer die schlechteste Taktik, wie wir alle wissen." Es war der alte General Vollmers, der Kommandeur der schwedischen Kavallerie, der sich traute, seinen Feldherrn auf diese Weise anzusprechen.

„Vollmers, wollt Ihr mich belehren?" General Wrangel funkelte den alten Streiter wütend an. „Ihr erdreistet Euch, mir angesichts der ungeklärten Lage allgemeine, wenig ergiebige Ratschläge zu erteilen? Ist es Euer Ziel, dass ich Euch von Eurem Kommando entbinde? Oder um es noch etwas deutlicher zu sagen, wollt Ihr, dass ich Euch vor ein Kriegsgericht stelle?"

Ein entsetztes Raunen ging durch die Reihen der Offiziere.

General Vollmers war ein verdienter Offizier, der sich in so manchen Schlachten bewährt hatte, der hochdekoriert war und der zudem die Gunst des schwedischen Königshauses genoss. Dieser Position war der alte General sich durchaus bewusst.

„Mein lieber Wrangel, Euer Engagement in Ehren, aber Ihr solltet einen klaren Kopf bewahren. Auch wenn uns gegenwärtig die genaue Stärke der Dänen nicht bekannt ist, so scheint Euch eine ganz andere Bedrohung offensichtlich noch nicht zu Ohren gekommen zu sein."

General Wrangel blickte irritiert von einem Offizier zum anderen. Wie es schien, war er verwundert darüber, wie gelassen General Vollmers auf seine verbalen Attacken reagierte. Andererseits konnte er den Hinweis auf eine vermeintliche Bedrohung anscheinend nicht einordnen. „Was soll das, Vollmers? Wollt Ihr von Euren eigenen Unzulänglichkeiten ablenken?"

Der alte General hob die Hand. „Meine Kuriere berichten mir, dass kein anderer als unser spezieller Freund Gallas mit einer stattlichen Armee auf dem Weg gen Norden ist. Wann er die Elbe erreichen wird, ist noch ungewiss. Aber wie wir wissen, kommt er nicht in friedlichen Absichten."

General Wrangels Augen weiteten sich. Er holte tief Luft. Ein hektisches Gemurmel unter den Offizieren kommentierte diese überraschende Nachricht. „Das ist doch nur eine Finte von Euch, Vollmers, um Eure Respektlosigkeit zu kaschieren."

„Wenn Ihr es so beurteilen wollt, in Gottes Namen, Wrangel. Ihr seid der Herrscher über die schwedische Armee. Tut, was Ihr für richtig haltet."

General Vollmers ging einen Schritt vom Kartentisch zurück, setzte sich demonstrativ auf einen Sessel und schlug die Beine übereinander.

Der Kommandeur beobachtete die Szenerie mit gerunzelter Stirn. Er wusste die Haltung des alten Kavallerieoffiziers nicht recht einzuschätzen. Was sollte er tun? Ihn wegen seiner Anmaßung und seines mangelnden Respekts zur Rechenschaft ziehen oder doch der Nachricht über General Gallas anrückender Armee der verfeindeten kaiserlichen Truppen nachgehen? General Wrangel sah General Vollmers eine Weile mit zusammengekniffenen Lippen an. „Vollmers, Ihr scheint gut informiert zu sein. Wir haben lange nichts von Gallas gehört. Es werden haarsträubende Gerüchte über ihn berichtet. Was wisst Ihr über ihn?"

General Vollmers lachte. „Wie lange habt Ihr Zeit, Wrangel? Dass Gallas kein unbeschriebenes Blatt ist, wissen wir alle. Seine begrenzten Fähigkeiten als Feldherr muss ich Euch nicht erläutern. Es hat in der Vergangenheit genügend Schlachten gegeben, wo wir ihn vernichtend geschlagen haben."

„Man behauptet, er hätte etwas mit Wallensteins Ermordung zu tun. Ist das wahr?", unterbrach Oberst Mahnholz den Kavallerieoffizier.

„Nun, ganz von der Hand zu weisen ist das nicht. Wallenstein hatte durch sein prahlerisches Auftreten und sein angehäuftes Vermögen nicht nur Freunde. Einen entscheidenden Fehler aber beging er, als er von seinen Obristen einen Treueid auf seine Person schwören ließ. Ein Akt, der bekanntermaßen nur dem Kaiser zusteht. Dieser erließ daraufhin ein Patent, das Wallenstein Verschwörung und Verrat vorwarf."

„Ein solches kaiserliches Papier ist doch faktisch ein Freibrief für eine Hinrichtung", warf General Wrangel ein.

„So ist es", fuhr General Vollmers fort. „Zudem, da den Kollaborateuren in Aussicht gestellt wurde, dass ihnen Besitzungen und Vermögen Wallensteins zufallen würden. Folglich verfassten einige Generäle der Kaiserlichen einen mörderischen Plan. Zu denen gehörte auch Gallas."

„Hat Gallas denn ernsthaft geglaubt, dass er in die Fußstapfen von Wallenstein schlüpfen könnte?", wollte Oberst Mahnholz wissen.

„Er hat sich schon immer überschätzt. Dass der Kaiser ihm später den Oberbefehl über das kaiserliche Heer übertragen hat, kann man ohne Frage als Notnagel ansehen. Er war geprägt von Zynismus, Verantwortungslosigkeit, Habgier und geistigem Mittelmaß", wusste der Kavalleriegeneral zu berichten.

„Unter den Blinden ist der Einäugige König", stellte General Wrangel lapidar fest. „Gleichwohl werden wir uns wieder mit ihm auseinandersetzen müssen. Vollmers, was schlagt Ihr vor?"

Der alte General konnte ein Schmunzeln kaum unterdrücken. Welche versöhnlichen Töne. „Wissen ist Macht. Also Aufklärung. Ich könnte meine schnellsten Reiter gen Süden schicken. Sie sind erfahren, wendig und würden uns sicherlich sehr zügig die Erkenntnisse bringen, die wir unbedingt benötigen, um uns rechtzeitig wappnen zu können."

„Gut, Vollmers. Setzt Eure Männer in Bewegung. Je eher,

umso besser. Wo wir gerade bei dem Thema sind. Hauptmann Bengtson, was ist eigentlich mit Eurem hochgelobten Sergeanten los? Können wir von dem irgendwann einmal Aufklärungsergebnisse erwarten?"

Hauptmann Bengtsson erschrak, als er so unvermittelt angesprochen wurde, fing sich dann aber sehr schnell. „Ich gehe davon aus, dass Sergeant Kohlhaas mit seinen Männern spätestens am Ende der Woche zurückkehren und berichten wird."

„Euer Wort in Gottes Ohr". General Wrangel mürrischer Gesichtsausdruck bewies einmal mehr, dass er mit der jetzigen Lage der schwedischen Armee unzufrieden war. Er war zur Untätigkeit verdammt. Außerdem hatte er kürzlich vom Königshaus in Schweden erfahren, dass er nur stellvertretend die Armee führen sollte. In wenigen Tagen würde Feldmarschall Lennart Torstensson als Oberbefehlshaber die Führung der schwedischen Truppen übernehmen. Eine Entscheidung über die Kriegsführung gegen Dänemark lag gar nicht in seiner Befehlsgewalt.

Karl Kohlhaas war rundherum mit sich zufrieden. Er hatte seinen Auftrag ohne größere Schwierigkeiten erfüllt. Bei der Gelegenheit konnte er noch dem widerlichen Forstmeister und seinem ehelichen Hausdrachen eine Lektion erteilen. Auch seine Männer waren ihm ohne Murren gefolgt. Was wollte er mehr? Je näher sie wieder dem schwedischen Heerlager kamen, umso mehr schwand seine innerliche Euphorie, wenn er an die hochnäsigen Offiziere dachte. Ihre Missachtung gegenüber den Leistungen der Soldaten war unerträglich. Er hatte mit seinen Männern den Aufklärungsauftrag befehlsgemäß durchgeführt. Anerkennung konnte er trotzdem nicht erwarten. Da war der Sergeant sich ganz sicher. Und wo war ihr Sold, der bereits seit Monaten überfällig war?

Die ersten Zelte des Heerlagers waren bereits zu sehen. Sergeant Kohlhaas hob die Hand und versammelte seine Soldaten um sich. „Männer, ihr seid der letzte Haufen. Deswegen wird euch auch kein Offizier freundlich auf die Schulter klopfen, ganz gleich, ob ihr gut und tapfer gekämpft habt. Das wisst ihr." Zustimmendes Grummeln begleitete die Worte des Sergeanten.

„Daher hab' ich mir gedacht, bevor wir uns wieder bei den Lackaffen zurückmelden, gönnen wir uns noch ein wenig Spaß", fuhr Sergeant Kohlhaas fort.

„Tolle Idee, Sergeant. Was schlägst du vor? Gibst du einen aus?", wollte der Soldat Hartung wissen. Auch die Begeisterung der anderen war unverkennbar.

„Nein, besaufen dürft ihr euch jetzt noch nicht. Wir müssen anschließend ja noch zum Rapport. Aber der Besuch bei den gefälligen Marketenderinnen müsste euch gleichermaßen willkommen sein, oder?" Ein freudiges Gejohle unter den Soldaten stieg auf, angesichts der zu erwartenden Freuden.

„Und wer bezahlt die Weiber? Die machen doch nicht umsonst die Beine breit", warf Karlsson stirnrunzelnd ein.

„Sagt ihnen, sie werden von mir fürstlich entlohnt, wenn sie euch liebevoll behandeln", antwortete Kohlhaas grinsend. Auch wenn auf einigen Gesichtern Zweifel zu erkennen waren, denn keiner konnte sich erklären, woher der Sergeant das Geld nehmen wollte. Doch die Aussicht auf die bevorstehenden lustvollen Stunden zerstreuten alle Bedenken.

Sergeant Kohlhaas hatte seinen Männern nicht verraten, dass er bei den Strafmaßnahmen in der Försterei auch wusste, wo der geizige Forstmeister seine prall gefüllte Schatulle versteckt hatte. Ungesehen hatte er sie an sich genommen. Die wenigen Münzen für die Marketenderinnen würden diesen Schatz kaum schmälern. Er durfte nicht vergessen, das Geld gut zu verstecken, damit es nicht zufällig entdeckt werden konnte. Am besten, er würde es an einem geheimen Ort vergraben. Kohlhaas hatte seinen Männern noch eingebläut, nicht allzu viel Lärm zu machen. Man musste ja nicht schlafende Hunde und neugierige Offiziere wecken.

Als die Soldaten davon gestürmt waren, machte sich auch Kohlhaas auf den Weg. Der Tross, jener Teil der Truppe, der für die Versorgung der Armee sorgte, lag etwas außerhalb des eigentlichen Heerlagers. Hier fanden sich alle Berufe wieder, die jene Dinge herstellten, die auf irgendeine Weise für die Soldaten vonnöten waren. Dazu gehörten Schmiede für das Beschlagen der Pferde, Wagenbauer für die Kutschen und Lafetten der Kanonen, Sattler für das Zaumzeug, Schneider und Zeugmacher für die Uniformen, Waffenschmiede und Büchsenmacher, aber auch Feldscher und Pfleger für die Verwundeten. Für die Soldaten mehr als wichtig waren die Kaufleute, Händler und Köche, die sich um die tägliche Verpflegung und Versorgung kümmern mussten. Im Schatten solcher großen Heere von mehreren tausend Soldaten schwirrten aber auch einige Geschöpfe herum, die nicht unmittelbar für die funktionelle Kriegsführung notwendig, aber letztlich für das Wohl der Soldaten unverzichtbar waren.

Es gab Huren in einem Tross, deren Aufgabe ausschließlich darin bestand, Freude zu spenden. Ferner waren so manche Wäscherin und Kochhilfe gerne bereit, sich neben ihrer eigentlichen Tätigkeit hier und da ein paar Münzen hinzuzuverdienen.

Kohlhaas` Favoritin hieß Marietta. Offiziell hatte sie die Aufsicht über die Wäscherinnen. Doch es gab kaum einen Bereich im Tross, in dem Marietta nicht auftauchte und im Hintergrund die Fäden in der Hand hielt. Sie war eine resolute Frau, verfügte über ein selbstbewusstes Geschick, mit Männern umzugehen, ganz gleich welches Standes sie waren. Dabei entwickelte sie einen Charme, dem auch Kohlhaas nicht widerstehen konnte. Hinzu kam, dass sie in den Augen des Sergeanten eine atemberaubende Figur besaß. Sie war keine Bohnenstange, aber auch keine Walküre. Irgendwo in der Mitte davon. Wohlproportioniert. Alles war an seinem richtigen Platz. Kohlhaas seufzte erwartungsfroh.

Er musste nicht lange nach Marietta suchen. Von weitem war bereits ihre durchdringende Stimme zu hören. Unmittelbar am Fluss, wo die Wäscherinnen arbeiteten, war ein Streit zwischen Marietta und dem Mann entbrannt, den sie allgemein den Hurenwebel nannten, der Platzeck hieß und der für die Ordnung im Tross verantwortlich war.

„Du glaubst doch wohl nicht im Ernst, dass du meine Mädchen für deine undurchsichtigen Geschäfte einteilen kannst, wann immer du willst", schrie Marietta den Hurenwebel an.

„Du hast hier gar nichts zu sagen, Marietta. Das ist ein Befehl von ganz oben. Ich nehme jetzt drei deiner Wäscherinnen mit, die im Zelt des Kommandeurs **auftragen sollen.**" Marietta stellte sich, die Hände in die Hüften gestützt, dem Hurenwebel in den Weg. Die Frauen am Flussufer hatten ihre Waschtätigkeiten eingestellt und beobachteten den Streit zum Teil mit verängstigten Mienen.

„Das glaubst du doch selbst nicht, Platzeck. Die Offiziere sind noch nie von Frauen bedient worden. Du willst meine Mädchen doch nur an irgendwelche geilen Händler verschachern. Nur über meine Leiche."

„Das kannst du haben, Marietta. Dein freches Maul geht mir schon lange auf den Sack." Dabei trat der Hurenwebel auf Marietta zu und zog einen Dolch unter seinem Wams hervor.

Kohlhaas hatte die Szene aus einer gewissen Distanz beobachtet. Jetzt aber schoss er vor. Mit wenigen Schritten war er hinter dem Hurenwebel, trat ihm mit voller Kraft in die rechte Kniekehle. Der knickte mit lautem Stöhnen ein und kippte auf die Seite. Kohlhaas trat ihm auf den Arm, in dem er immer noch den Dolch in der Hand hielt. Völlig entgeistert starrte der Hurenwebel Kohlhaas an, der bedrohlich über ihm stand.

„Sollte ich es noch einmal erleben, Platzeck, dass du Frauen bedrohst, drehe ich dir den Hals um." Der Sergeant bückte sich und entwand dem Hurenwebel den Dolch aus der Hand. Nachdem er sich wieder aufgerichtet hatte, trat er dem Hurenwebel in die Seite. „Und nun verpiss dich, du Sumpfratte."

Der Hurenwebel richtete sich mühsam auf und funkelte Kohlhaas mit wutverzerrtem Gesicht an. „Das wirst du noch bereuen, Kohlhaas. Da kannst du sicher sein."

Als der Sergeant einen Schritt auf den Hurenwebel zutrat, schreckte der zurück und eilte davon.

Marietta sah Kohlhaas mit leicht geneigtem Kopf und ernster Miene an. „Jetzt hast du einen Feind mehr, Kohlhaas."

„Auf einen mehr oder weniger kommt es nicht an, Marietta. Aber solche Feiglinge, die sich immer nur die Schwächsten aussuchen, um ihre vermeintliche Stärke zu demonstrieren, kann ich auf den Tod nicht ab."

Kohlhaas registrierte aus dem Augenwinkel, dass die Waschfrauen erleichtert erschienen und sich jetzt aufgeregt unterhielten. Anerkennende Blicke trafen ihn. Marietta blieb es nicht verborgen. „Auf jeden Fall kannst du sicher sein, Kohlhaas, dass die Zahl deiner Verehrerinnen unter meinen Mädels deutlich gestiegen ist. Aber auch von mir vielen Dank für deinen Einsatz."

Kohlhaas lächelte vielsagend. „Das habe ich doch gerne getan. Ich denke allerdings, dass eine kleine Belohnung für meine gute Tat durchaus angemessen wäre."

„Und wie stellst du dir diese vor, du heldenhafter Retter?", wollte Marietta wissen.

„Nun, diese Entscheidung überlasse ich dir ganz allein, liebe Marietta. Bin ich doch von deinem Einfallsreichtum fest überzeugt."

Kohlhaas hatte nicht vor, sich in der Frühe nach dem liebevollen Abend in Mariettas Armen zurückzumelden und den Rapport über die Aufklärung abzugeben. Wie Hartung ihm berichtete, hatten sich auch seine Männer gut vergnügt, ohne lautstark aufzufallen. Kaum jemand im Heerlager wusste also, dass Kohlhaas und seine Männer bereits zurückgekehrt waren. So gönnte sich der Sergeant zunächst ein ausgiebiges Frühstück. Verwundert blickte Hauptmann Bengtsson auf, als Kohlhaas zur vorgerückten Morgenstunde plötzlich in seinem Zelt stand. „Melde mich zurück, Hauptmann. Auftrag ausgeführt. Keine Toten und Verletzten."

„Mein Gott, Kohlhaas. Du kannst einen aber auch erschrecken. Wo kommst du denn her?" Der Hauptmann reagierte immer noch etwas verwirrt.

Kohlhaas schüttelte den Kopf. „Habt Ihr mich schon vergessen, Hauptmann, oder was ist los? Ich hatte einen Erkundungsauftrag. Erinnert Ihr Euch?"

„Natürlich. Natürlich. Wann bist du zurückgekehrt?"

„Eben gerade. Meine Männer und ich waren die ganze Nacht über aktiv. Alles im Sinne der Aufklärung."

Hauptmann Bengtsson konnte sich das süffisante Grinsen des Sergeanten zwar nicht erklären, nickte aber zustimmend. „Gut. Gut. Dann wollen wir keine Zeit verschwenden und uns unverzüglich zum Kommandeur begeben, damit du deinen Rapport abgeben kannst."

„Ihr habt uns gerade noch gefehlt." Die Begrüßung durch Major Magnusson, dem Adjutanten des Kommandeurs, fiel nicht gerade einladend aus, als Hauptmann Bengtsson und Kohlhaas den Vorraum des Befehlszeltes betraten.

„Hauptmann Bengtsson und Sergeant Kohlhaas zum Rapport!", fasste sich der Hauptmann bewusst kurz.

„Wartet hier!" Major Magnusson erhob sich und verschwand im Befehlszelt. Kurze Zeit später winkte er die beiden herein. Das Bild, das sich Kohlhaas bot, kam ihm sehr bekannt vor.

Um den Kartentisch herum standen mehrere Offiziere und an dessen Ende thronte Generalmajor Wrangel. Alle wandten sich den Ankömmlingen zu, nachdem der Major sie lautstark angekündigt hatte.

„Tretet vor Sergeant. Berichtet kurz und knapp. Was habt Ihr erkundet über den Feind?", befahl General Wrangel. Die Haltung und Mimik des Generals blieb auch Kohlhaas nicht verborgen. Es schien, als würde er sich durch seine Anwesenheit belästigt fühlen. Der Sergeant nahm Haltung an.

„Herr General, melde Vollzug. Aufklärung erfolgreich abgeschlossen …"

„Erzählt mir keine Märchen", unterbrach der General den Sergeanten. „Ob Euer Vorhaben erfolgreich war, beurteile ich ganz allein."

Kohlhaas zuckte nur resignierend mit den Schultern. „Ergebnis meiner Erkundungen: dänische Truppenteile sind im Holsteinischen nur vereinzelt anzutreffen. Verschiedene Offiziere logieren in den Häusern der Städte. Ein wenig besetztes Heerlager nahe Kisdorf befindet sich in der Auflösung."

Der General sah Kohlhaas auffordernd an. „Ist das alles, was Ihr zu berichten habt?"

„Kurz und knapp. Wie Ihr es gewünscht habt, Herr General."

„Ihr glaubt doch nicht im Ernst, dass ich mich damit zufriedengebe. Ihr habt einen klaren Auftrag erhalten, dessen Umsetzung Ihr offensichtlich nicht vollziehen konntet. Das grenzt an Befehlsverweigerung."

„Herr General, verzeiht meinen Einwand. Aber Sergeant Kohlhaas ist soeben mit seinen Männern zurückgekehrt. Er wird Euch natürlich noch einen ausführlichen Rapport vorlegen", versuchte Hauptmann Bengtsson die Wogen zu glätten.

„Der wird vermutlich ähnlich kläglich aussehen wie das soeben Gehörte, wenn dieser Kretin überhaupt des Lesens und Schreibens mächtig ist", ereiferte sich der General weiter.

Kohlhaas merkte, wie auch bei ihm langsam der Zorn wuchs. Es fühlte sich an, als ob eine immer heißer werdende Glut von unten aufstieg. „Ich schlage vor, General, Ihr sorgt zuerst einmal dafür, dass alle Soldaten ihren seit Monaten nicht ausbezahlten Sold erhalten, bevor Ihr weiter treue Diener des schwedischen Königs unrechtmäßig beschimpft."

Im Befehlszelt trat für wenige Sekunden Totenstille ein. Der General schien im ersten Augenblick in Starre gefallen zu sein. Wutentbrannt ging er mit Zornesröte im Gesicht auf Kohlhaas zu, als wollte er ihn angreifen. Doch Major Magnusson verhinderte diese Attacke, in dem er sich zwischen die beiden stellte. „Herr General, wir werden die Subordination und die Befehlsverweigerung dieses Individuums drakonisch bestrafen."

General Wrangel atmete heftig, besann sich dann aber anscheinend, kehrte um und setzte sich wieder. „Ich ordne hiermit an, dass der Sergeant Kohlhaas wegen anhaltender Subordination und Landesverrat zum Tode verurteilt wird. Magnussen, legt den Mann in Ketten und entfernt ihn aus meinen Augen."

Kohlhaas glaubte nicht, was er da hörte. Den Protest von Hauptmann Bengtsson registrierte er nur im Unterbewusstsein. Er spürte, dass zwei Wachsoldaten ihn ergriffen und seine Hände fesselten. Noch bevor sie ihn aus dem Befehlszelt führen konnten, drehte Kohlhaas sich noch einmal um und sah den Kommandeur an. „Mein Gott, General, ist das wirklich alles, was du kannst?"

Unwirsch zerrten die Wachsoldaten Kohlhaas aus dem Zelt.

„Bringt ihn in das Wachzelt. Er wird rund um die Uhr bewacht. Keine Besucher, keine Vergünstigungen", befahl Major Magnusson den Soldaten.

Der Wutanfall des Generals, der in dem Todesurteil für Kohlhaas endete, sprach sich im schwedischen Heerlager in Windeseile herum.

Kapitel 5

Felicitas von Leonthal, die Gräfin, hatte sich der Mühe unterworfen, die beschwerliche Reise vom Gut nach Hamburg auf sich zu nehmen. Im Einsatz für ihre Familie war ihre keine Last zu schwer. Die Fahrt über die löcherigen Feldwege führten zu einem ständigen Schlingern und Poltern der Kutsche. Für die Insassen kein behagliches Reisen.

„Möchtet Ihr mir wirklich nicht verraten, weshalb wir uns seit Stunden hier durchschütteln lassen müssen und wohin wir eigentlich fahren, Mutter?", fragte Tobias mit verbissener Miene nach, während er sich krampfhaft am Griff festhielt.

„Nun sei endlich mal ein Mann, Tobias. Dein Gejammer ist ja unerträglich. Ich habe dich nur mitgenommen, da ich davon ausging, eine angenehme und unterhaltsame Begleitung zu haben. Da habe ich mich wohl geirrt."

„Mir war nicht bewusst, dass ich einer Tortur unterworfen

werden sollte", bemerkte der Sohn der Gräfin eingeschnappt.

„Wir sind ja gleich da. Dann wirst du mehr erfahren. Soviel vorab. Wir werden einen Mann meines Vertrauens aufsuchen, der mir gute und Erfolg versprechende Dienste in Aussicht gestellt hat." Die Gräfin ließ dabei kurzzeitig ein wohlgefälliges Lächeln über ihr verhärmtes Gesicht huschen.

Links und rechts des Stadttores, das sie kurze Zeit später erreichten, standen vereinzelte Hütten und Bretterbuden. Hamburg schien aus den Nähten zu platzen, sodass die Menschen außerhalb der Stadtmauern Quartiere schaffen mussten.

„Wo sind wir hier?", fragte Tobias seine Mutter, während er unaufhaltsam aus dem Fenster blickte.

Die Wachsoldaten am Tor ließen die Kutsche passieren, nachdem die Gräfin ihnen den Grund ihres Besuches genannt hatte. „Wir sind in Hamburg, mein Sohn."

„Was wollen wir in Hamburg?"

„Du musst noch viel lernen, Tobias. Hamburg ist eine bedeutende Kaufmannsstadt, die es verstanden hat, sich durch kluge Politik aus den Streitigkeiten ihrer Nachbarn herauszuhalten. Selbst unserem derzeitigen Herrscher, dem dänischen König Christian IV., haben sie Paroli geboten.""

„Mein König ist der Däne nicht", maulte Tobias.

„Du solltest dich grundsätzlich mehr um die Politik kümmern, denn nur wer Freund und Feind unterscheiden kann, wird in Zukunft auch bestehen. Lass dir das gesagt sein von deiner weisen Mutter."

Tobias lachte hämisch. „Und was wollt Ihr nun hier in Eurem so fantastischen Hamburg?"

„Tobias, sei nicht zynisch. Das steht dir nicht. Wir werden jetzt den Advokaten Abraham aufsuchen. Alles andere später."

Die Kutsche hielt kurz darauf vor einem imposanten Haus mit einer dekorativen Fassade und einem aufragenden Treppengiebel. Die Gräfin betrat das Gebäude durch das Eingangsportal. Tobias folgte ihr. Ein Portier in einer Uniform trat ihnen im Foyer entgegen. „Was ist Euer Begehr, Madame?", fragte er in nasalem Ton, hob dabei das Kinn und musterte die Ankömmlinge abschätzend.

„Mein Name ist Gräfin Felicitas von Leonthal. Advokat Abraham erwartet uns. Würdet Ihr die Güte haben, uns zu avisieren?", antwortete die Gräfin ebenso hochnäsig.

Tobias schmunzelte nur, als er hörte, dass seine Mutter den Titel Gräfin verwandte, obwohl sie nach der Heirat mit Leopold von Leonthal lediglich eine Baronin war.

„Wenn Ihr mir bitte folgen wollt, Gräfin", erklärte der Portier gnädig. Tobias nahm er gar nicht zur Kenntnis.

Über eine geschwungene Treppe erreichten sie die erste Etage, wo der Portier die Gräfin in einen Raum führte, den er als Salon bezeichnete. „Ich darf Euch bitten, Gräfin, hier zu verweilen. Ich werde den Herrn Advokaten über Euer Erscheinen informieren. Er wird Euch nach verfügbarer Zeit seine Aufmerksamkeit widmen." Danach verschwand der Portier über einen langen Flur.

„Was war das denn für ein aufgeblasener Auerhahn?", bemerkte Tobias abfällig.

„Tobias, ich bitte dich. Hier in städtischen Kreisen herrscht nun mal ein anderer Ton. Du bist hier nicht unter Bauern. Benimm dich bitte angemessen." Die Gräfin hielt es anscheinend für nötig, ihren Sohn zu maßregeln.

Nach rund zehn Minuten des Wartens bröckelte allerdings auch die zur Schau getragene Gelassenheit der Gräfin. „Was ist das für eine Dreistigkeit, mich hier so lange warten zu lassen? Offensichtlich weiß dieser Advokat wohl nicht, wen er als Klientin hat."

Tobias, der sich in einen Sessel geworfen hatte, stand auf. „Ich werde mich wohl einmal um diesen Rechtsverdreher kümmern müssen."

Bevor Tobias noch auf den Flur treten konnte, stand ein Männlein mittleren Alters in der Tür. Er reichte Tobias gerade bis zur Schulter. Sein Kopf bewegte sich unaufhaltsam, und durch seine spitze Nase wirkte er wie eine schnüffelnde Ratte. Flackernde Augen beobachteten die beiden Personen vor sich.

„Gräfin, ich bitte aufrichtig um Verzeihung. Aber Ihr wisst ja, für die Anforderungen an einen viel gefragten Juristen reichen die Stunden des Tages nicht aus. Ich bin erfreut, Euch begrüßen zu dürfen."

Mit kurzen trippelnden Schritten ging er auf die Gräfin zu, ergriff ihre Hand und küsste sie.

„Ihr habt Begleitung mitgebracht?" Der Advokat musterte Tobias skeptisch.

„Das ist mein Sohn Tobias", antwortete die Gräfin immer noch verschnupft wegen der Wartezeit. „Ich wäre Euch dankbar, wenn wir wegen Eurer kurz bemessenen Zeit zügig zum Geschäftlichen kommen könnten."

„Gewiss, gewiss, verehrte Gräfin, wenn Ihr mir bitte folgen würdet." Der Advokat trippelte den Flur entlang und ließ die Gräfin und Tobias mit einer einladenden Handbewegung in seine Kanzlei eintreten. Er bat sie, sich vor einen überdimensionierten Schreibtisch zu setzen, hinter dem er selbst anschließend auf einem reich verzierten und höher gelegenen Stuhl Platz nahm, der einem Thron gleichkam. Auf diese Weise konnte er auf die beiden Personen vor dem Schreibtisch herabsehen.

„Nun, Herr Advokat, wie Ihr mir per Depesche zur verstehen gegeben habt, konntet Ihr mein Ansinnen zur Zufriedenheit klären", begann die Gräfin das Gespräch.

Der Advokat schüttelte bedenklich seinen Kopf. „Wie Ihr sicherlich wisst, verehrte Gräfin, gut Ding will Weile haben." Im Gesicht der Gräfin zeigte sich Missfallen, doch bevor sie reagieren konnte, fuhr der Advokat fort. „Keine Sorge, Gnädigste, ich verfüge nunmehr über das begehrte Dokument mit der ebenso bedeutenden Unterschrift. Es ist die erwünschte Erklärung aus berufenem Munde ..."

„Kann mir nun endlich mal jemand erklären, um welche Angelegenheit es hier geht?", fiel Tobias dem Advokaten ins Wort.

„Oh, mir war nicht bekannt, dass Euer Herr Sohn nicht im Bilde ist, verehrte Gräfin", erklärte Advokat Abraham beflissen.

„Das sollte Euch nicht beunruhigen. Ich werde meinen Sohn zu gegebener Zeit umfassend informieren und instruieren", beruhigte die Gräfin den Juristen.

„Mutter, ich bin kein kleiner Junge mehr. Ich wäre Euch sehr verbunden, mich aufzuklären", warf Tobias trotzig ein.

„Später, Tobias. Wie schon gesagt, später", würgte die Gräfin die Diskussion ab.

„Dann bin ich hier ja wohl überflüssig." Tobias sprang von seinem Stuhl auf und rauschte ohne sich umzusehen aus der Kanzlei. Krachend fiel die Tür hinter ihm zu.

„Ein äußerst temperamentvoller junger Mann, Euer Herr Sohn, wenn ich das bemerken darf", stellte der Advokat spöttisch fest.

Die Gräfin räusperte sich. „Leider nicht die einzige schlechte Charaktereigenschaft, die er von seinem Vater geerbt hat."

Advokat Abraham hob die linke Augenbraue. „Nun denn, wie schon erwähnt, das Dokument liegt vor. Allerdings gibt es da noch eine Kleinigkeit, die vor der Aushändigung zu klären wäre, verehrte Gräfin."

„Ich wüsste nicht, wovon Ihr sprecht. Ihr erhaltet eine stattliche Summe für Eure Dienste, mit der Ihr ohne Mühe auch die Gefälligkeit anderer entlohnen könnt", warf die Gräfin pikiert ein.

„Es tut mir leid, aber der Unterzeichner des Dokuments ist mit der zunächst abgesprochenen Entlohnung nicht zufrieden. Das bedeutet, dass nicht 1.000 Taler anstehen, sondern eine Verdoppelung, also 2.000 Taler, notwendig sind."

Felicitas von Leonthal starrte den Advokaten ungläubig an. „Seid Ihr denn von allen guten Geistern verlassen? Ich war überzeugt, mich mit meinem Anliegen an einen ehrbaren Juristen gewandt zu haben. Doch da habe ich mich wohl geirrt. Wie es scheint, habe ich es hier mit Betrügern und Verbrechern zu tun. Das wird Folgen haben, Herr Advokat. Da könnt Ihr ganz sicher sein."

Irritiert sah die Gräfin den Advokaten an. Der hatte sich bei ihren Worten mit einem höhnischen Grinsen im Gesicht gemächlich auf seinem Thron zurückgelehnt. „Verehrte Gräfin oder sollte ich lieber Baronin sagen? Ihr kennt doch sicherlich das bekannte Sprichwort: Wer im Glashaus sitzt, der sollte nicht mit Steinen werfen. Wie sehr Euer Ansinnen und dieses Dokument unserer herkömmlichen Rechtsprechung zuwiderläuft und per Strafe bewährt ist, muss ich Euch doch sicherlich nicht erklären. Besorgt die weiteren 1.000 Taler und das Dokument liegt in Euren Händen. Was immer Ihr damit auch unternehmen wollt."

Felicitas von Leonthal erkannte ihre aussichtslose Lage sehr schnell. Sie hatte keine Chance, diesen halsabschneiderischen Forderungen auszuweichen, wenn sie ihr eigentliches Ziel nicht aufgeben wollte. Und das kam für sie niemals infrage.

Die Gräfin erhob sich abrupt. „Advokat Abraham. Ihr hört von mir."

Erhobenen Hauptes verließ die Gräfin den Raum. Der Advokat hielt es nicht für nötig, sich zu erheben und seine Klientin hinauszubegleiten. Lächelnd blickte er ihr hinterher.

Georg hatte an diesem Tag alle Hände voll zu tun. Zunächst beklagten sich zwei Bereiter über einen neuen Hengst, dem sie partout nicht Herr werden konnten. Es war ein stolzer Rappe, der bereits bei erster Annäherung aufstieg und sich wild gebärdete. Erst als Georg beruhigend auf das Tier einsprach, es über eine Stunde herumführte, dabei aber immer wieder kurze Befehle erteilte, schien das Pferd sich zu beruhigen und seinen Weisungen zu folgen. Anschließend musste er zwei streitende Pferdejungen auseinanderbringen, was nicht ganz ohne Ohrfeigen gelang. Er übergab sie der Obhut des alten

Stallmeisters Fretwurst mit der Auflage, bis in den Abend die Strohballen auf den Boden zu schaffen. Später beklagte sich auch noch der Gutsschmied Klingbeil bei ihm, dass er nicht genügend Eisen zum Beschlagen der Pferde hätte. Was wiederum zu einem unerfreulichen Gespräch mit dem Gutsherrn, seinem Onkel Leopold, führte. Der grundsätzlich abweisend und ungnädig reagierte, wenn es nötig war, Geld auszugeben.

Am späten Nachmittag gönnte sich Georg eine Erholungspause. Er sattelte sich eines der Pferde und verließ den Gutshof. Immer, wenn es seine Zeit erlaubte, durchritt er Felder, Wälder und Dörfer des Gutes. Auf diese Weise hatte er sich schon einen guten Überblick über die Ländereien derer von Leonthal verschafft. Zudem genoss er den Kontakt zu den Menschen. Anfangs begegneten sie ihm skeptisch. Sie waren es nicht gewohnt, dass einer der hohen Herren des Gutes sich herabließ, mit einfachen Bauern zu sprechen, sich nach ihrem Wohlbefinden zu erkundigen oder sogar ein Bier zusammen mit ihnen zu trinken. Doch je öfter sie Georg sahen, umso zutraulicher wurden sie und begrüßten ihn nicht selten schon winkend von Weitem. Leider war es ihm bisher nicht gelungen, seine Erfahrungen mit seinem Onkel zu teilen. Leopold von Leonthal war taub auf den Ohren, wenn Georg ihm Vorschläge für ein paar Veränderungen machte. Das bezog sich auf den Bereich des Marstalls ebenso wie auch auf alle anderen Gutsangelegenheiten. Georg vermutete, dass der Onkel einfach nur geizig war. Oder sollte der Einfluss auf ihn durch die missgünstige Gräfin so stark sein?

Georg zügelte sein Pferd, als er in die Nähe eines Weihers

kam, der etwas abseits aller Wege lag. Ein idyllischer Platz, den er gerne aufsuchte, dessen stilles Wasser nur von ein paar gründelnden Enten gestört wurde. Eingerahmt von Trauerweiden, deren Äste bis auf die Wasseroberfläche hingen. Georg stutzte. An einem der Bäume war ein Pferd angebunden, das sein Grasen unterbrach, den Kopf hob und die Ohren aufstellte, als es den näherkommenden Reiter und sein Pferd witterte. Es war zweifelsfrei ein Tier aus seinem Marstall und es trug einen Damensattel.

Georg stieg vom Pferd, band es ebenfalls an und näherte sich langsam dem Ufer des Weihers. Plötzlich blieb er stehen. Das Bild, was sich ihm bot, hatte etwas Zauberhaftes. Es kam einem Gemälde gleich. Auf einem Stein am Wasser saß eine elfengleiche junge Frau. Sie hatte die Stiefel ausgezogen und ihre Füße in das kühlende Nass getaucht. Mit geschlossenen Augen genoss sie die Sonnenstrahlen. Sie schien in eine andere Welt versunken zu sein. Es war Caroline, die Tochter der Gräfin.

„Träumende Feen am Weiher, welch ein bezauberndes Bild", bemerkte Georg und trat näher. Caroline zuckte zusammen und starrte Georg verschreckt an.

„Es tut mir leid, Caroline, ich wollte Euch nicht erschrecken. Aber ich war selbst überrascht, Euch hier anzutreffen", entschuldigte sich Georg.

„Ihr seid ein Rüpel, Herr Rittmeister. Es gehört sich einfach nicht, ehrbaren Frauen aufzulauern und sie zu erschrecken." Caroline von Castelbüren schien sich von der ersten Verwirrung schnell wieder erholt zu haben.

Georg schmunzelte und verbeugte sich übertrieben. „Ich bin

zutiefst betrübt, Comtesse, wenn ich Eure zarte Seele verletzt haben sollte. Darf ich mich trotzdem setzen?"

Auch in Carolines Augen war ein verschmitztes Funkeln zu erkennen. „Wenn es sich partout nicht vermeiden lässt, muss ich wohl damit leben."

Georg setzte sich wenige Meter entfernt in das Gras. „Ihr habt recht, das ist allein aus dem Grunde nicht vermeidbar, weil ich den Rüpel nicht auf mir sitzen lassen möchte."

„Und wie wollt Ihr eine solche Charaktereigenschaft ohne Mühe eliminieren?"

„Zunächst einmal sind solche Zeichen, die Ihr Charaktereigenschaften nennt, nichts anderes als subjektive Einschätzungen des Betrachters. In unserem Fall noch verbunden mit einer gewissen Schrecksituation, die ohnehin kein sachlich gefestigtes Urteil erlaubt."

Caroline sah Georg lächelnd von der Seite an. „Wollt Ihr wirklich Euer Verhalten mit weiteren wissenschaftlichen Betrachtungen entschuldigen?"

„Nein, Caroline, wahrhaftig nicht. Genießen wir lieber diesen verzauberten Ort. Wenn meine Zeit es erlaubt, komme ich immer gerne einmal hierher. Es beruhigt die Seele. Und es freut mich, dass es Euch anscheinend ähnlich ergeht."

„Ihr habt recht. Es ist wohltuend, auf diese Weise dem Trubel und der Hektik des Gutes entfliehen zu können." Georg glaubte, ein leichtes Seufzen zu hören. „Auf welche Weise kann denn der Alltag des Gutes Euch beunruhigen?"

Caroline sah Georg eine Weile schweigend an. „Über dem Gut schwebt kein guter Geist. Dort herrscht eine beständig bedrückende Stimmung. Es wird niemals gelacht. Glaubt Ihr im Ernst, dass das eine junge Frau als die Erfüllung ihrer Träume ansieht?"

Georg legte überlegend einen Finger an seine Lippen. „Ich möchte Euch ja nicht zu nahe treten, Caroline, aber könnte eines der Ursachen möglicherweise auch der Einfluss Eurer Mutter sein?"

Georg formulierte seine Frage bewusst behutsam, wohl damit rechnend, dass die Comtesse auf den Vorwurf heftig reagieren könnte. Doch Caroline blickte nur betrübt auf das im Sonnenlicht funkelnde Wasser. „Ihr müsst Euch nicht entschuldigen, Georg. Im Gegenteil. Ich kann nicht gutheißen, was meine Mutter Euch und Eurer Mutter antut. Sie kämpft wie eine Löwin um ihre Jungen. Durch Euer Erscheinen fühlt sie sich bedroht. Ich gebe zu, ich kenne sie nicht anders. Sie ist eben meine Mutter."

Verwundert sah Georg die Comtesse an. Solche Worte hatte er vonseiten dieser Familie noch nie gehört. Umso mehr erfreute es ihn, dass Caroline seine missliche Lage so beurteilte. Doch trotz allem konnte er seinen inneren Groll nur mühsam unterdrücken. „Ich weiß nicht, wie schwer es Euch fällt, Euch einmal in die Lage von meiner Mutter und mir zu versetzen? Das Verständnis für die Aversionen Eurer Mutter uns gegenüber hält sich stark in Grenzen. Hier geht es nicht um Pferdeäpfel oder Mistkäfer, die beseitigt werden müssen. Hier wird über Menschen, deren Empfindungen und letztlich auch deren Existenz auf einem äußerst bedenklichen Niveau gestritten."

Caroline sah Georg verwundert an, senkte dann aber schnell wieder ihren Blick. „Es tut mir leid, wenn ich Euch erzürnt haben sollte."

„Ihr habt mich nicht erzürnt, Caroline. Dieser Zorn brodelt permanent in meinem Innern. Ich trage ihn nur nicht täglich öffentlich zur Schau. Auch wenn Ihr das Verhalten Eurer Mutter skeptisch beurteilt, so reicht es mir nicht als Entschuldigung, dass Ihr Euch mit der Bemerkung `es ist eben meine Mutter` aus der Affäre zieht. Wohl wissend, dass sie ein selbstsüchtiges, infames Spiel treibt." Georg erhob sich.

Caroline wusste nicht, was sie sagen sollte. Einerseits hatte Georg nicht Unrecht, andererseits hielt sie es nicht für nötig, sich für das Verhalten ihrer Mutter zu rechtfertigen. Schweigend starrte sie auf den See.

„Ich bedaure zutiefst, dass es Eurer Mutter gelingt, selbst ein so idyllisches Bild der Harmonie in der Natur so nachdrücklich zu zerstören", fuhr Georg fort, der seinen Zorn kaum zügeln konnte. „Seid vorsichtig bei Eurem Ritt. Wir leben in grausamen Zeiten." Georg wandte sich ab und kehrte zurück zu den Pferden. Wenigstens grasten die beiden friedvoll nebeneinander.

Die Begegnung mit Caroline beschäftigte Georg auch noch am Abend. Einerseits hatte er dieses malerische Bild am Weiher vor Augen. Er sah ihr liebliches Gesicht, ihren schlanken Wuchs, ihren verträumten Blick. Doch gleichzeitig wurde diese Erscheinung von einem unterschwelligen Groll überlagert. Begriffe wie Gleichgültigkeit und Oberflächlichkeit kamen ihm in den Sinn, wenn er an Caroline dachte.

Als er in das Torhaus trat, spürte er sofort, dass etwas nicht stimmte. Antonia, die Hausdame seiner Mutter, kam ihm bereits im Flur mit besorgter Miene entgegen.

„Was ist passiert, Antonia? Ist etwas mit meiner Mutter?"

„Die Baronin hat einen Brief erhalten, der sie offensichtlich schwer getroffen hat. Sie liegt seitdem im Salon wortlos auf ihrem Kanapee und starrt nur gegen die Decke", berichtete die Hausdame sorgenvoll.

Mit riesigen Schritten eilte Georg in den Salon. Seine Mutter begrüßte ihn mit einem müden Lächeln und versuchte sich von dem Kanapee zu erheben. Georg setzte sich zu ihr. „Bleibt liegen, Mutter. Was beunruhigt Euch? Was ist geschehen?"

Maria von Leonthal reichte ihrem Sohn einen Brief, den sie in der Hand gehalten hatte. Georg überflog die Zeilen. Es war eine Einladung seines Onkels, Leopold Baron von Leonthal, am nächsten Tag in der Bibliothek des Herrenhauses zu erscheinen. Der Grund wurde nicht mitgeteilt. Diese Aufforderung galt für Georg selbst wie auch für seine Mutter.

Georg ließ den Brief sinken. „Viel Familiensinn scheint mein verehrter Onkel nicht zu haben. Dieses Schreiben hört sich an, wie eine Anordnung, unverzüglich vor Gericht zu erscheinen. Einfach unerhört."

Maria von Leonthal atmete tief durch. „Ich bin es so leid, Georg. Ich hatte gehofft, im Zuhause deines Vaters nach den schrecklichen Ereignissen, die wir erlebt haben, ein wenig Ruhe zu finden. Diese Hoffnung können wir wohl begraben. Wer weiß, was uns morgen wieder erwarten wird?"

„Verliert den Mut nicht, Mutter. Wir Leonthals haben uns noch nie unterkriegen lassen. Irgendwo auf dieser Welt finden auch wir ein Fleckchen, wo uns die Menschen wohlgesonnen sind."

Georg hatte eine unruhige Nacht hinter sich. Schon früh am Morgen war er aufgestanden und in den Marstall gegangen, um nach den Pferden zu sehen. Nach einem gemeinsamen Frühstück im Torhaus ging er mit seiner Mutter den Weg zu Fuß zum Herrenhaus. In der Bibliothek war die gesamte Familie bereits versammelt. Es war eine kurze und kühle Begrüßung. Lediglich Georgs Großvater hieß die beiden lächelnd willkommen. Georgs fragenden Blick beantwortete er nur mit einem nicht wissenden Schulterzucken.

„Ich habe euch heute hergebeten, da es eine Entwicklung gibt, die die ungewisse Zukunft des Gutes eindeutig bestimmen wird", begann Leopold Baron von Leonthal bedeutungsvoll. „Endlich ist Klärung in die Sache gekommen. Die Einzelheiten kann euch Felicitas am besten erläutern." Dabei nickte er auffordernd der Gräfin zu. Während aus den Blicken der anderen eine gewisse Ratlosigkeit zu ersehen war.

Die Gräfin nahm ein Dokument von ihrem Schoß und setzte sich in Positur. „Durch das unvermutete Auftauchen von Maria von Leonthal mit ihrem Sohn hat es hinsichtlich der Erbfolge auf dem Gut einige Irritationen gegeben. Die sich insbesondere im Zweifel an der Legitimation von Georg manifestierten. Diese Unstimmigkeiten sind jetzt ausgeräumt. Mir liegt ein Dokument vor, aus dem unstrittig ersichtlich ist, dass Georg nicht der Sohn von Siegfried von Leonthal ist."

Georg beobachtete, wie seine Mutter mit todernster Miene nur bedächtig den Kopf schüttelte. Tröstend legte er seine Hand auf die ihre.

„Nimmt denn diese Posse überhaupt kein Ende?", brauste Georgs Großvater, Götz Baron von Leonthal, auf. „Welchen

Bösartigkeiten müssen wir uns auf Leonthal denn noch erwehren?"

„Vater, bitte, hört doch die Ausführungen von Felicitas bis zum Ende an und urteilt dann", mischte sich der Gutsherr ein.

Die Gräfin räusperte sich und fuhr fort. „In diesem notariell beglaubigten Dokument erklärt unter Eides statt Ritter Daniel von Holzminden, dass er neun Monate vor der Geburt ihres Sohnes der Baronin von Maria von Leonthal beigewohnt hat und er somit der rechtmäßige Vater dieses Kindes ist."

Maria von Leonthal senkte nur ihren Kopf. Georg stand auf. „Ich frage mich, wie tief muss man sinken, um solche Gehässigkeiten zu verbreiten? Ist Euch denn jede Art von Schamgefühl fremd? Wer soll das denn sein, den Ihr dort ausgegraben habt?"

„Mäßige dich", unterbrach der Gutsherr Georg. „Meine Gemahlin trägt hier nichts als dokumentierte Tatsachen vor. Angriffe, an ihre Person gerichtet, sind hier vollkommen fehl am Platz."

„Erzähle doch nicht einen solchen Stuss, Leopold", schaltete sich jetzt Georgs Großvater erregt ein. „Seit der Ankunft von Maria und Georg hat deine verehrte Gemahlin nichts anderes im Sinn, als Zwietracht zu säen. Dieser vermeintliche Schachzug ist doch nur ein weiterer Versuch, Maria in Misskredit zu bringen. Mit dem einzigen Ziel, Georg das ihm rechtmäßig zustehende Erbe zu stehlen."

„Wollt ihr mir unlautere Absichten unterstellen, Baron von Leonthal?", plusterte sich die Gräfin auf.

„Genau das will ich. Wer soll denn dieser aus der Versenkung aufgetauchte Ritter von so und so sein? Und welchen Grund sollte er haben, eine solche schriftliche Erklärung nach mehr als fünfundzwanzig Jahren abzugeben? Der Nachweis einer Geburt wird bekanntermaßen lediglich im Taufregister eines Kirchenbuches registriert. Zudem stellt sich die Frage, wieso, wenn dieses Dokument denn echt ist, was ich stark bezweifle, es denn ausgerechnet in Eure Hände gefallen ist …"

„Wollt Ihr meiner Mutter der Lüge bezichtigen?", unterbrach Tobias Georgs Großvater.

„Das ehrt dich, junger Mann, dass du deine Mutter verteidigen willst. Aber auch du solltest trotz geringen Alters in der Lage sein, Wahrheit und Lüge unterscheiden zu können. Da das offensichtlich nicht der Fall ist, wäre ich dir dankbar, wenn du dich in Schweigen übst."

Der alte Baron wandte sich wieder der Gräfin zu. „Ich würde gerne einmal einen Blick auf dieses ominöse Schreiben werfen."

Georg stand auf, nahm das Dokument von der Gräfin entgegen und warf einen kurzen Blick darauf, bevor er es dem Großvater überreichte. Dieser studierte es eine Weile. „Ein Notariat in Hamburg. Wie schon gesagt, reine Makulatur, dieses Papier. In keiner Weise glaubwürdig. Ganz gleich, wie viel Notare das noch besiegeln."

„Ihr habt doch die eindeutig ertappte Reaktion von Maria von Leonthal gesehen, als ich den Namen ihres Geliebten genannt habe", trumpfte die Gräfin erneut auf.

Georgs Mutter sah ihre Konkurrentin mitleidig an. „Wisst Ihr was, Felicitas von Leonthal. Ihr tut mir einfach nur leid. Ich habe es nicht nötig, mich Euch gegenüber zu rechtfertigen. Nur zu Eurer Beruhigung, selbst wenn ich einen Ritter Daniel von Holzminden kennen würde, ginge Euch das so gut wie gar nichts an. Ermüdet mich nicht weiter mit solchen hirnlosen Attacken."

„Ihr werdet noch rechtzeitig von Eurem hohen Ross stürzen. Dieses Dokument wird nur der erste Schritt dazu sein", echauffierte sich die Gräfin erneut.

„Jetzt ist genug mit dieser Scharade. Wenn der Aufenthalt auf Leonthal für Euch so unerträglich ist, meine liebe Schwiegertochter, ist es Euch unbenommen, Eure Koffer zu packen und zu gehen. Solltet Ihr Euch allerdings entscheiden zu bleiben und sollte ich erneut von ähnlichen Attacken gegen die Familie derer von Leonthal nur andeutungsweise erfahren, dann werdet Ihr noch nicht einmal eine Nacht Eurer Haupt unter diesem Dach zur Ruhe betten. Das Dokument werde ich behalten, damit nicht noch mehr Schindluder damit getrieben werden kann."

„Vater, Ihr überschreitet Eure Kompetenz. Über Dinge, die auf dem Gut geschehen, entscheidet immer noch der Gutsherr", schaltete sich jetzt Georgs Onkel ein. Auch er schien erregt zu sein, was an seiner roten Gesichtsfarbe zu ersehen war.

„Genau, mein Sohn, und der bin ich. Du scheinst es immer noch nicht begriffen zu haben. Du verwaltest das Anwesen lediglich in meinem Namen. Vielleicht solltest du mit deiner Gemahlin einmal unseren gemeinsamen Vertrag in aller Ruhe studieren und uns nicht mit solchen unliebsamen Pamphleten belästigen." Dabei betrachtete Georgs Großvater das Papier in seinen Händen angewidert.

„Ich muss mir diese Beleidigungen nicht gefallen lassen. Auch nicht von einem alten Mann", stieß die Gräfin hervor, stand auf und rauschte aus der Bibliothek.

Georg hatte während der Diskussion gelegentlich zu Caroline geblickt. Doch die zeigte die ganze Zeit über keine Reaktion, vermied aber auch den Blickkontakt mit ihm.

Auch Georgs Großvater erhob sich jetzt. „Ich kann auf meine alten Tage auf solche an den Haaren herbeigezogenen vermeintlichen Probleme gut verzichten. Ich wäre dir dankbar, mein Sohn, wenn du dein Eheweib ein wenig mehr an die Kandare nehmen würdest. Das wäre für uns alle nur von Vorteil."

Kapitel 6

Sergeant Karl Kohlhaas konnte es immer noch nicht glauben, dass er wegen ein paar kritischer Worte verhaftet worden war. Was partout nicht in seinen Kopf wollte, dass ihn der General deswegen sogar zum Tode verurteilt hatte. Seine Meinung über die Offiziere in der schwedischen Armee war ohnehin nicht allzu hoch. Zu sehr hatten sie ihn während seiner Zeit als Soldat enttäuscht. Auch wenn es unter ihnen immer einmal wieder verantwortungsvolle und fürsorgliche Männer gab, für die meisten von ihnen, war der gemeine Soldat lediglich Kanonenfutter, der als Soldat zu funktionieren hatte und dem man sonst nicht viel Beachtung schenken musste. Dem man ohne Erklärung sogar auch den Sold vorenthalten konnte. Nicht mehr und nicht weniger hatte Kohlhaas dem General vorgeworfen. Was war die Folge? Todesstrafe!

Kohlhaas sah sich in dem Zelt um, in das die Wachsoldaten ihn geführt hatten. Seine Hände waren immer noch mit einem Strick gefesselt. Um sich davon zu befreien, das wäre für ihn kein großes Problem. Hier gab es nur einen Tisch, einen Stuhl, ein Strohlager mit einer Pferdedecke und einen Eimer für die Notdurft. Kohlhaas hatte nicht vor, sich in sein Schicksal zu fügen. Er musste warten, bis es dunkel wurde. Spätestens in der Nacht würden auch die beiden Wachen vor dem Zelteingang müde werden. Man hatte ihm zwar seinen Dolch abgenommen, bevor man ihn abgeführt hatte, aber das kleine Messer in seinem Stiefel hatten sie bei seiner Durchsuchung übersehen. Er würde schon einen Weg finden.

Kohlhaas wusste nicht, wie lange er geschlafen hatte. Am Abend hatte die Wache ihm ein einfaches Mahl mit Brot, Käse und einer Kanne Dünnbier gebracht, von dem er kaum etwas angerührt hatte. Jetzt verspürte er aber doch ein Knurren im Magen und tastete sich zum Tisch vor. Durch den schmalen Schlitz des Zelteingangs erkannte er, dass es inzwischen dunkel war. Irgendwo in der Nähe erhellte ein flackerndes Feuer die Nacht. Es war auch für ihn innerhalb des Zeltes die einzige Lichtquelle. Von Ferne war zeitweise Gelächter zu hören. Vermutlich die zechenden Soldaten am Lagerfeuer. Hungrig griff er nach Käse und Brot. Von den Wachen vor seinem Zelt, die sich sonst leise unterhielten, war nichts zu hören. Schon am Nachmittag hatte er sich von seinen Fesseln befreit. Auch sein Fluchtplan nahm immer mehr Konturen an. Er musste auf irgendeine Weise leise sein Gefängnis verlassen können. Ein Überfall der beiden Wachen würde zu viel Lärm verursachen und andere Soldaten wecken. Außerdem brauchte er für seine Flucht nach Möglichkeit einige Stunden Vorlauf. Der General würde ohne Frage sofort Suchkommandos auf den Weg schicken, nachdem man seine Flucht entdeckt hatte. Kohlhaas hielt inne. Was war das für ein Geräusch? An der hinteren Zeltwand hörte er ein Kratzen. Auf allen Vieren näherte er sich dem Geräusch und legte sein Ohr an die Zeltwand.

„Warte, bis es laut wird", flüsterte eine Stimme auf der anderen Seite der Zeltwand, kaum vernehmbar. Kohlhaas merkte, wie sich seine Muskeln im Körper anspannten wie bei einer Katze kurz vor dem Sprung. Angestrengt versuchte er, alle Geräusche zu erfassen. Nach kurzer Zeit hörte er freudig erregte Stimmen und Gelächter. Das waren nicht nur angetrunkene Soldaten, auch hohe weibliche Stimmen mischten sich dazwischen. Kohlhaas registrierte ein leichtes Vibrieren der Zeltwand unmittelbar vor sich. Dann das typische Geräusch, wenn Stoff zerschnitten wurde. Am unteren Rand der Zeltwand, dicht über dem Boden, klaffte plötzlich ein schmaler meterlanger Spalt, durch den Licht fiel.

„Komm raus, aber leise", hörte er wieder die flüsternde Stimme. Kohlhaas zögerte nicht lange und kroch auf allen Vieren durch das Loch. Als er den Kopf hob, entdeckte er im flackernden Lagerfeuerlicht das lächelnde Gesicht von Marietta. „Die Soldaten sind mit den Mädchen beschäftigt. Wir müssen aber trotzdem vorsichtig sein. Folge mir."

Marietta hatte einen Fluchtweg ausgekundschaftet. Vorsichtig schlichen sie im Schatten der Zelte voran. Der Mond schaute zeitweise aus den Wolken hervor und tauchte die Landschaft in ein gefahrvolles Zwielicht.

„Mein Gott, was schleicht ihr denn hier herum?" Kohlhaas und Marietta erstarrten. Unmittelbar vor ihnen stand ein Soldat, als sie aus dem Schatten eines Zeltes traten. Kohlhaas erfasste die Situation sofort. Es war einer der betrunkenen Zecher, der nicht unweit vom Lagerfeuer sein Wasser abschlug.

„Glaubst du, dass nur bei dir das Bier durchrauscht wie die Kugel im Kanonenrohr, Kamerad?", passte sich Kohlhaas dem lallenden Ton des Soldaten an. Gleichzeitig drehte er sich zur Seite und tat so, als ob er auch urinieren würde. Dabei verdeckte er Marietta, die unverzüglich eine ähnliche Haltung einnahm wie die Männer.

„Um die Wette pissen wollt ihr mit mir aber jetzt nicht, oder?", lallte der Soldat amüsiert. Kohlhaas wurde die Situation zu gefährlich, da der Soldat nicht unbedingt sehr leise sprach. Mit einer schnellen Bewegung schlug er ihm mit der Rechten gegen die Schläfe. Der Soldat fiel lautlos auf die Seite und gab keinen Ton mehr von sich. Kurze Zeit später erreichten sie den Rand des Heerlagers.

Zielstrebig steuerte Marietta auf ein verfallenes Stallgebäude zu, das von den Soldaten nicht genutzt und in erster Linie von Ratten bewohnt wurde, da es sehr dicht an dem Donnerbalken und der Latrine stand. Schwungvoll öffnete sie die morsche Tür.

„Du willst mich doch nicht ernsthaft hier verstecken?" Kohlhaas versuchte krampfhaft im Halbdunkel Mariettas Gesicht zu lesen.

„Verdient hättest du es, du alter Feuerkopf. Musstest du den betrunkenen Soldaten unbedingt auf diese Weise ins Land der

Träume schicken?"

„Der hätte doch durch sein lautes Lamentieren nur noch andere auf uns aufmerksam gemacht. Morgen wird er sich an nichts mehr erinnern. Und wenn ihn jemand finden sollte, denken doch alle, der schläft seinen Rausch aus."

Marietta hörte nicht weiter zu und betrat den Stall. Wenig später kam sie mit zwei gesattelten Pferden wieder heraus. Kohlhaas staunte nicht schlecht, als er auch gefüllte Satteltaschen und Pferdedecken entdeckte. Kavalleriepferde komplett marschfertig ausgerüstet. Hastig schwang er sich auf sein Pferd, da Marietta bereits aufgesessen war und ihrem Wallach die Sporen gab. In kurzer Zeit hatte er sie eingeholt. „Warte, Marietta, wir müssen noch einen kleinen Umweg machen." Die Marketenderin fragte nicht nach, sondern folgte Kohlhaas. Die Wege in der Nähe des Heerlagers waren allgemein bekannt, sodass die beiden Reiter sie auch im fahlen Mondlicht kaum verfehlen konnten. Kohlhaas stieß nach kurzer Zeit auf einen Bachlauf, dem er eine Weile folgte. Neben einer Felsspalte, durch die das Wasser schäumend sprudelte, zügelte er sein Pferd, stieg ab und verschwand hinter einem dichten Gebüsch. Als er wieder hervorkam, sah Marietta, dass er zwei Lederbeutel in den Satteltaschen verstaute. Dann drehte er sich zu Marietta um. „Willst du wirklich mit mir fliehen oder zeigst du mir nur meinen Fluchtweg?"

Marietta lachte. „Eine Gegenfrage. Wenn sich die Gelegenheit ergeben hätte, hättest du mich gefragt, ob wir gemeinsam fliehen wollen?"

Kohlhaas zögerte. „Vermutlich nicht. Aber nur, weil ich dich nicht in Gefahr bringen will."

„Wenn ich dir nun die Entscheidung abgenommen habe und sage, dass ich entschlossen bin, dich zu begleiten, kannst du damit leben?"

„Du weißt doch gar nicht, was uns erwartet. Wir reiten in eine ungewisse Zukunft ..."

„Kohlhaas, das können wir alles später besprechen", unterbrach Marietta den einstigen Sergeanten. „Wir müssen Abstand zum Heerlager gewinnen. Irgendwann werden sie deine Flucht entdecken und ihre Spürhunde los jagen."

Kohlhaas nickte. „Wir müssen gen Westen. Unser einziges Ziel kann nur Holstein sein."

Sie ritten die ganze Nacht durch. In der Morgendämmerung machten sie Halt in einem Waldstück, das von hohen Weißdornhecken umgeben und so nicht einsehbar war. Kohlhaas versorgte die Pferde, während Marietta einen Platz unter einer Buche auswählte, auf dem sie sich niederlassen konnten. Marietta hatte ausgiebig für ihre Wegzehrung gesorgt. Bevor Kohlhaas sich setzte, blickte er Marietta verwundert an. Erst jetzt im Dämmerlicht des Morgens fiel ihm auf, wie Marietta gekleidet war. Sie sah aus wie ein Mann. Lediglich ihre feinen Gesichtszüge verrieten sie als Frau. Sie trug eine derbe Jacke mit einem passenden Wams dazu, eine Lederhose und Stiefel. Dazu ein Barett, unter dem sie ihre langen Haare versteckt hatte.

„Steht dir gut, Kamerad", stellte Kohlhaas schmunzelnd fest und setzte sich. Er nahm einen tiefen Schluck aus dem Weinschlauch, den Marietta ihm angeboten hatte. Entspannt lehnte er sich an den Baumstamm. „Warum willst du mich unbedingt begleiten?"

„Ach, Kohlhaas, wie viele Gründe willst du hören? Die Offiziere hätten doch sehr bald herausbekommen, wer dir bei der Flucht geholfen hat. Die Zahl deiner Freunde im Lager hält sich ja wohl in Grenzen. Selbst wenn die meisten deine Verurteilung für völligen Schwachsinn halten. Außerdem hatte ich selbst auch langsam die Schnauze voll. Du hast doch den Streit mit dem Mistkerl von Hurenwebel selbst miterlebt. So ging das tagaus tagein. Und auch wenn du es gar nicht verdienst, ich mag dich alten Knurrhahn nun einmal."

Kohlhaas musste lächeln. So kannte er Marietta. Entschlossen, tatkräftig und nicht auf den Mund gefallen. „Alles stichhaltige Argumente, liebe Marietta. An der ungewissen Zukunft ändert es jedoch nichts." Kohlhaas zögerte. „Trotzdem danke ich dir für meine Rettung. Den alten Knurrhahn verzeihe ich dir allerdings nicht, auch wenn ich es gar nicht so schlecht finde, dass du da bist."

„Das hört sich aus deinem Mund fast wie eine Liebeserklärung an", antwortete Marietta lachend.

„In unserer Lage können wir uns gegenwärtig keine Sentimentalitäten leisten, Marietta. Wir müssen einen klaren Kopf behalten. Zunächst ist es nötig, dass wir die Pferde wechseln. Die Tiere sind als schwedische Armeepferde gebrandmarkt. Damit werden wir irgendwann auffallen. Auch unsere Kleidung müssen wir ändern. Und wir müssen uns eine Geschichte hinsichtlich unserer Identität einfallen lassen. Wer sind wir? Wir gehen sicherlich ohne Mühe als Paar durch, aber warum reisen wir und welchem Beruf gehe ich nach?"

Marietta schwieg nachdenklich eine Weile. „Du hast dir

doch sicherlich schon Gedanken gemacht, wo du eigentlich hin willst?"

„Wie schon gesagt, wir müssen nach Westen. Soweit es irgend geht. In einer Stadt kann man am besten untertauchen. Fremde auf dem Land oder in Dörfern werden sofort erkannt und skeptisch belauert. Da kennt jeder jeden. In einer Stadt lebt man anonymer. Das Beste wäre es, wenn wir es bis Glückstadt schaffen."

„Und was machen wir dort?"

„Ich weiß es noch nicht, Marietta. Aber irgendeine Arbeit werden wir da bestimmt finden."

Drei Tage waren Marietta und Kohlhaas bereits unterwegs. Sie vermieden größere Ansiedlungen, versuchten, unentdeckt zu bleiben. Allerdings hatten sie noch keine Gelegenheit gefunden, ihre Pferde zu tauschen. Ebenso schwand ihre Wegzehrung. Zu allem Übel hatte es in den letzten vierundzwanzig Stunden ununterbrochen geregnet.

„Ich glaube, wir müssen das Risiko eingehen und auf einem der Bauernhöfe um Unterkunft bitten", überlegte Kohlhaas laut. „Der fanatische General wird es nicht wagen, seine Spürhunde bis ins Holsteinische zu jagen."

Wenig später erblickten sie nicht weit entfernt ein Licht in der einsetzenden Dämmerung und ritten auf den Bauernhof zu. Kohlhaas saß ab. Der Hof schien ordentlich bewirtschaftet zu sein. Die Tiere standen gut im Futter. Die Gatter waren intakt. Kohlhaas klopfte an die Holztür. Es dauerte eine Weile, bis sich die Tür langsam öffnete. Im schwachen Licht des heraufziehenden Abends erschien ein älterer Mann mit einer

Axt in der Hand.

„Keine Angst, guter Mann, wir sind Reisende und wollten nur um eine Unterkunft für eine Nacht bitten. Ein einfaches Strohlager würde schon genügen." Kohlhaas hob seine Hände, um seine harmlosen Absichten zu demonstrieren.

Der Bauer musterte beide misstrauisch. Als er erkannte, dass er keine Strauchdiebe vor sich hatte, zögerte er nicht lange. „Ist gut, hinter dem Haus ist die Scheune. Da könnt ihr übernachten und euch trocknen." Er drehte sich um und rief in das Haus hinein: „August, komm her. Zeig den Herrschaften den Weg." Kurze Zeit später erschien ein ungefähr zehnjähriger Junge in der Tür und starrte die beiden Fremden mit offenem Mund an. Der Bauer schubste den Jungen vor das Haus, der dann eilig durch den Regen hinter das Bauernhaus stolperte. Kohlhaas und Marietta folgten ihm. Ohne Mühe schob der Junge das Scheunentor auf und trat zur Seite. Als Kohlhaas und Marietta ihre Pferde hineingeführt hatten, stand der Junge immer noch mit offenem Mund am Tor und beobachtete sie neugierig. Kohlhaas holte aus seinem Wams eine kleine Münze hervor und drückte sie dem Jungen lächelnd in die Hand. Der sah die Münze mit großen Augen an, als ob er noch nie Geld gesehen hätte. Als am anderen Ende der Scheune eine Tür knarrte, ließ er seinen Schatz schnell in der Hosentasche verschwinden. Mit einer Laterne in der Hand kam der Bauer näher. „Schließ das Tor, du Tunichtgut, und dann verschwinde", pfiff er den Jungen an. Der schrak zusammen und schob das Tor unverzüglich zu.

„Meine Frau hat noch etwas Suppe und Brot für Euch, wenn Ihr wollt. Aber das kostet etwas."

„Das ist sehr freundlich von Euch, guter Mann. Wir werden erst die Pferde versorgen und kommen dann gerne auf Euer Angebot zurück. Natürlich gegen Bezahlung", entgegnete Kohlhaas entgegenkommend. Der Bauer ließ die Laterne stehen und verschwand wieder durch die Tür, die offensichtlich ein Zugang zum Bauernhaus war. Kohlhaas sah sich in der Scheune um. Auch hier sah alles sehr ordentlich aus. Neben einem Strohlager befanden sich mehrere Verschläge. In zwei von ihnen standen zwei Pferde, die den Eindringlingen neugierig ihren Kopf zuwandten. Auf der anderen Seite entdeckte Kohlhaas einen Wassertrog und einige Eimer, gefüllt mit Hafer.

„Sieht alles ganz ordentlich aus. Wir hätten es schlechter treffen können", bemerkte er zufrieden.

Marietta hatte bereits begonnen, ihr Pferd abzusatteln und mit Stroh trockenzureiben. „Ich traue diesem Kerl nicht so ganz. Der hat etwas Hinterhältiges in den Augen."

„Verrät dir das die kleine Hexe in dir?", nahm Kohlhaas Marietta auf den Arm.

„Ist dir denn nicht aufgefallen, dass er sehr schnell erkannt hat, dass bei uns etwas zu holen ist?"

„Geldgierig und geizig sind alle Bauern, Marietta. Da macht er vermutlich keine Ausnahme."

Kohlhaas und Marietta nahmen das Angebot der abendlichen Suppe gerne an. Die Bäuerin schien ebenso wortkarg zu sein wie der Junge. Sechs weitere Kinderaugen starrten die unverhofften Gäste während des Essens schweigend an, als ob sie noch nie andere Menschen gesehen hätten. Auch den Bauern schien es nicht zu interessieren, wen er unter seinem Dach beherbergte. Er fragte nicht nach ihrem Woher und Wohin. Lediglich als Kohlhaas ein paar Münzen auf den Tisch legte, kam Bewegung in den Mann, indem er das Geld hastig an sich nahm. Kohlhaas und Marietta bedankten sich sehr bald und zogen sich in die Scheune zurück.

Am frühen Morgen wurden beide durch laute Stimmen im Bauernhaus geweckt. Kohlhaas erkannte durch das Scheunenfenster, dass der Tag schon angebrochen war. Mit wenigen Schritten war er an der Tür und lauschte.

„Das hört sich nicht gut an, Marietta. Ich glaube, wir müssen hier schleunigst weg. Pack unsere Sachen zusammen. Ich sehe einmal nach, was da los ist."

Kohlhaas schob leise das Scheunentor einen Spalt auf und schlich nach draußen. Als er um die Ecke blickte, sah er unmittelbar vor sich zwei gesattelte Pferde. Auf der Stelle kehrte er um. In der Scheune sprang er zur Tür und versperrte sie mit einem Balken, der offensichtlich zu diesem Zweck an der Wand lehnte. Dann ergriff er seine Satteltaschen. „Schnell, Marietta, nimm deine Sachen. Wir hauen ab."

Sie hatten kaum das Scheunentor erreicht, als heftig gegen die Tür, die zur Bauernstube führte, getrommelt wurde. Kohlhaas und Marietta kümmerten sich nicht darum. Mit ihren Satteltaschen stürzten sie auf die beiden Pferde zu, banden sie los, schwangen sich in die Sättel und preschten davon. Als er zurückblickte, sah Kohlhaas, wie zwei Männer wild gestikulierend und ihnen hinterher schreiend aus dem Bauernhaus hetzten.

Als sie ungefähr eine halbe Stunde geritten waren, zügelte

Kohlhaas an einem Waldrand das Pferd und saß ab. Marietta tat es ihm gleich.

„Das war knapp", bemerkte Kohlhaas aufatmend.

„Was waren das für Leute?", fragte Marietta stirnrunzelnd.

„Ich weiß es nicht. Es können Soldaten oder Adlige gewesen sein. Sieh dir die Pferde und die Sättel an. Alles gute Qualität. Und hier trägt die Satteldecke auch noch ein Wappen. Welches auch immer. Auf jeden Fall hätten sie uns unangenehme Fragen gestellt."

„Meinst du, dass der Alte sie gerufen hat? Egal. Auf jeden Fall sind wir auf diese Weise unsere Armeepferde los geworden", stellte Marietta lächelnd fest.

„Genau, und wenn wir bei diesen Pferden die Satteldecken verschwinden lassen, besteht keine allzu große Gefahr, aufzufallen. Und doch müssen wir uns etwas einfallen lassen."

„Was meinst du?" Doch Kohlhaas antwortete nicht, sondern saß wieder auf und ritt weiter.

Am Ende des Tages hielt Kohlhaas in der Nähe eines Waldes an. In der Ferne war ein größeres Dorf mit einer Kirchturmspitze zu erkennen.

„Hör jetzt gut zu, Marietta. Ich schätze, wir sind jetzt noch ungefähr zwei Tagesritte von Glückstadt entfernt. Wir werden hier übernachten. Auf dem Acker vor uns finden wir vermutlich noch ein paar Rüben gegen unseren Hunger. Morgen, in der Früh, werde ich in das Dorf reiten und einige Besorgungen machen. Du bleibst hier und verhältst dich ganz still, bis ich wieder zurück bin."

„Aber was willst du besorgen?"

„Genau kann ich es dir noch nicht sagen, da ich nicht weiß,

was ich in dem Dorf vorfinden werde. Also lass dich überraschen." Dabei grinste Kohlhaas sie frech an.

Marietta fühlte sich nicht ganz wohl in ihrer Haut, als sie Kohlhaas am nächsten Morgen hinterherblickte. Hoffentlich begab er sich nicht in Gefahr. Immer wieder ging sie im Laufe des Morgens an den Waldrand und blickte verzweifelt Richtung Dorf. Erst als die Sonne am höchsten stand, bewegte sich etwas zwischen den Feldern, das auf sie zusteuerte. Etwas später erkannte sie ein Pferd, das eine Kutsche zog. Auf dem Kutschbock saß Kohlhaas und winkte ihr schon von Weitem zu.

Kopfschüttelnd empfing sie ihn. Voller Erleichterung umarmte sie Kohlhaas, als dieser von dem Bock gesprungen war. „Du bist und bleibst ein Narr, Karl Kohlhaas. Was soll dieser ganze Aufwand?"

„Ich habe es dir doch schon erzählt. Willst du wie ein verkleideter Mann in Glückstadt einreiten? Wir brauchen eine glaubwürdige Geschichte. Der Stellmacher, bei dem ich die Kutsche gekauft habe, hat mir auch zwei Umhänge vermacht, sodass wir unsere jetzige auffällige Kleidung zunächst etwas verdecken können. Andere Sachen können wir uns dann in Glückstadt besorgen. Du verwandelst dich ab heute wieder in eine Frau. Und wir reisen als Paar, um einen alten Onkel in Glückstadt zu besuchen."

„Du denkst an alles, oder?" Marietta ging um die Kutsche herum. Es war nur ein kleines Gefährt auf vier Rädern. Ein Bock, der Platz für zwei Personen bot. Dahinter eine kurze Ladefläche, die teilweise von einer geschlossenen Kiste bedeckt war. Die Deichsel war so gestaltet, dass die Kutsche von einem aber auch von zwei Pferden gezogen werden konnte.

Auch wenn der Geldbeutel von Kohlhaas durch den Kauf der Kutsche ein wenig leichter geworden war, so leisteten sie sich in den folgenden zwei Tagen den Luxus von Übernachtungen in Herbergen. Finanzielle Sorgen mussten sie sich nicht machen, da sie in einem der Dörfer, durch die sie kamen, auch die beiden wertvollen Sättel zu Geld machen konnten.

Als sie vor den Toren von Glückstadt standen, staunten sie nicht schlecht über das rege Treiben. Die Stadt war erst wenige Jahre alt. Mächtige Bastionen gegen mögliche Feinde wurden errichtet, Wassergräben gezogen und Häuser gebaut. Die Wachsoldaten ließen Kohlhaas und Marietta auf ihrer Kutsche ohne große Kontrolle passieren. Helfende Hände waren in Glückstadt jederzeit willkommen.

Kapitel 7

Die Sonne ging wie ein Feuerball unter und tauchte die wenigen Wolken am Himmel in ein feuerrotes Licht. Nebel kroch langsam wie eine lauernde Schlange aus den Niederungen hervor. Doch irgendetwas störte die Abendstille über dem Gut Leonthal. Auch die Pferde im Marstall schnauften und trampelten unruhig.

Meister Fretwurst, der alte Stallmeister, schlurfte durch die Gänge und sprach hier und da beruhigend auf die Tiere ein. Auch die Stalljungen konnten sich die Unruhe der Pferde nicht erklären. Als Meister Fretwurst fast am Ende des Marstalls angelangt war, horchte er auf. Spielten ihm seine alten Ohren einen Streich? Gedämpft von draußen war

Gelächter zu hören. Geräusche die nicht hierher gehörten, die nicht zum ruhigen und bedächtigen Leben in einem Marstall passten.

Meister Fretwurst verließ den Marstall und wandte sich der Scheune zu, in der das Stroh gelagert wurde. Wie es schien, kamen die Störgeräusche aus diesem Stall. Verwundert stellte er fest, dass das Tor einen Spalt geöffnet war.

„Wisst ihr, was da los ist?", fragte Meister Fretwurst die beiden Stalljungen Paul und Jacob, die wie er diesen ungewöhnlichen Lauten nachgegangen waren und jetzt ebenfalls vor der Strohscheune standen. Sie zuckten nur ratlos mit den Schultern.

Kurz entschlossen schob der Stallmeister das Scheunentor weiter auf. Unwillkürlich trat er einen Schritt zurück, als ihm warme Luft entgegenströmte. Mitten auf der Diele prasselte ein Lagerfeuer. Drumherum saßen sechs junge Männer auf Strohballen und unterhielten sich lautstark. Sie alle hielten Bierkrüge in den Händen und schienen bester Laune zu sein. Meister Fretwurst konnte das Entsetzliche im ersten Augenblick gar nicht fassen. Wer kam auf diese wahnsinnige Idee, ein Feuer in der Strohscheune anzuzünden? Das Rumpeln des Scheunentors lenkte die Aufmerksamkeit einiger auf den alten Stallmeister und die beiden Jungen. Einer von ihnen erhob sich und steuerte auf die Eindringlinge zu. Tobias. Der Sohn der Gräfin.

„Ich kann mich nicht entsinnen, dass ich irgendwelche Sumpfratten zu meiner kleinen Feier eingeladen hätte." Dabei musterte er den Stallmeister mit spöttischem Blick.

„Ich muss Euch bitten, gnädiger Herr, unverzüglich das

Feuer zu löschen, bevor noch eine Katastrophe geschieht", flehte der alte Stallmeister den Sohn der Gräfin an.

Tobias trat einen weiteren Schritt auf Meister Fretwurst zu. Die beiden Stalljungen verfolgten die Szene mit offenen Mündern.

„Das einzige was du hier musst, ist dich verpissen und uns nicht weiter stören. Oder wie seht ihr das, Männer?" Dabei drehte sich Tobias um und schwenkte seinen Bierkrug. Ein bestätigendes Gejohle erhielt er als Antwort.

Georg gönnte sich auch nach diesem arbeitsreichen Tag ein Glas Wein. Er hatte sich nach dem Abendessen mit seiner Mutter in sein Gemach zurückgezogen. Ein Raum, den er ganz nach seinem Geschmack eingerichtet hatte. Sein Lieblingssessel stand seitlich vor dem Kamin. Von dem aus hatte er zugleich einen Blick auf den angrenzenden Park, der zwischen dem Torhaus und der Allee zum Herrenhaus lag. Ein Schreibtisch, ein Kanapee und zwei weitere Sessel vervollständigten den gemütlichen Raum. Durch eine Tür, die mitten durch eine Bücherwand führte, gelangte man in einen Nebenraum, der Georg als Umkleideraum und Schlafgemach diente.

Gedankenverloren betrachtete er den Wein in seinem Glas, der durch das Feuer im Kamin funkelnde rote Sterne erzeugte. War er ein glücklicher Mensch? War er mit sich zufrieden? Widerwillig verspürte er, dass bei diesen Gedanken eine Stimmung in ihm aufstieg, die ihm nicht behagte. Diese ganze verfahrene Familiengeschichte konnte nicht die Grundlage für Glück sein. Georg wurde aus seinen Gedanken gerissen, als er vor seiner Tür ein Poltern hörte. Unmittelbar darauf wurde die Tür aufgerissen und Jacob, einer seiner Stalljungen, stürzte atemlos in den Raum.

Georg stand auf und trat auf den Jungen zu. „Was ist los, Jacob? Was polterst du so unaufgefordert hier herein?"

Im selben Augenblick erschien Antonia, die Hausdame, in der Tür. Doch bevor sie sich über das ungebührliche Benehmen des Stalljungen entrüsten konnte, stammelte dieser, immer noch nach Luft schnappend, los. „Feuer in der Scheune … der Stallmeister …der gnädige Herr … kommt schnell, Herr Rittmeister …"

Georg drückte der Hausdame sein Weinglas in die Hand, schob den Jungen aus der Tür und verließ mit ihm hastig das Torhaus Richtung Marstall.

Voller Entsetzen starrte er das Bild an, das sich ihm bot, als er sich dem Scheunentor zum Strohlager näherte. Tobias stritt sich mit dem alten Stallmeister Fretwurst und schubste den vor sich her, während auf der Diele weitere junge Männer rund um ein brennendes Lagerfeuer den Streit johlend anstachelten.

Georg war in Sekundenschnelle bei Tobias, ergriff ihn am Revers seiner Jacke, zerrte ihn vom alten Stallmeister fort und verpasste dem Sohn der Gräfin links und rechts Ohrfeigen. Als dieser versuchte, sich zu wehren und anzugreifen, traf ihn Georgs Faust mit voller Wucht mitten im Gesicht. Tobias stürzte um und blieb bewusstlos auf dem Rücken liegen. Jetzt begehrten auch die anderen jungen Zecher auf und liefen mit erhobenen Fäusten und Bierkrügen auf Georg zu. Erneut flogen die Fäuste. Plötzlich registrierte Georg, dass er nicht mehr alleine Prügel verteilte. Einige der Aufmüpfigen verspürten sehr schmerzhaft die mächtigen Schläge des Gutsschmieds Klingbeil und auch zwei Bereiter mischten schlagkräftig mit. Ein zurückweichender Zecher trat in seiner Panik mit seinem Stiefel in das Lagerfeuer und erzeugte dadurch einen kurzen Funkenflug, der den Strohballen, auf dem er vor wenigen Minuten noch gesessen hatte, in Brand setzte. Georg und der Schmied erkannten die Gefahr sofort. Ohne sich weiter um die Streithähne zu kümmern, stürzten sie auf die Eimer zu, die am Rand der Scheune standen, ergriffen sie und schütteten das Wasser in die Flammen. Auch die Bereiter und Stalljungen taten es ihnen unverzüglich nach. Mit Erfolg. Das Feuer konnte rechtzeitig gelöscht werden, bevor es das ganze Strohlager in Flammen setzen konnte.

Als der Stalljunge Jacob mit seinem gefüllten Wassereimer noch auf das schon gelöschte Feuer zustürzen wollte, hielt ihn Georg zurück. „Ist gut, Jacob. Für das Feuer brauchen wir das Wasser nicht mehr. Aber gib mir mal deinen Eimer."

Georg ergriff den Eimer und schüttete das Wasser dem immer noch bewusstlos am Boden liegenden Tobias ins Gesicht. Prustend richtete der Sohn der Gräfin den Oberkörper auf. Bevor er seine Situation begriff, packte Georg ihn am Kragen, zog ihn hoch und zerrte ihn nach draußen. Gleichzeitig beförderten der Schmied und die beiden Bereiter die anderen deutlich mitgenommenen Burschen an die Luft.

Aufgeschreckt durch den Lärm hatte sich inzwischen eine stattliche Zahl an Schaulustigen vor der Scheune aus dem gesamten Gutsbereich versammelt. Georg hielt Tobias immer noch am Kragen fest. Als der Sohn der Gräfin die neugierigen und hämischen Blicke auf sich gerichtet sah, versuchte er sich aus dem Griff zu befreien. Doch Georg ließ ihn zappeln. „Falls sie es selbst noch nicht begriffen haben, sag deinen Freunden, Tobias, wenn sie sich noch einmal auf Leonthal sehen lassen, werden wir sie nicht so freundlich behandeln wie heute. Und du verschwindest jetzt auch so schnell wie möglich aus meinen Augen, bevor ich mich noch vollkommen vergesse."

Georg stieß Tobias nach vorne, sodass dieser strauchelte und auf die Kniee fiel. Gelächter und Beifall erklang aus den Reihen der Schaulustigen. Tobias rappelte sich auf. Irritiert blickte er um sich, als er sah, dass seine Kumpane die Beine in die Hand nahmen. Zornig funkelte er Georg an. „Das wirst du bereuen, du Bastard, das wirst du bereuen", stieß er hervor. Als der Schmied daraufhin auf ihn zutrat, drehte er sich um und wollte davonlaufen. Entsetzt verharrte er, als er Leopold von Leonthal vor sich stehen sah, der ihn mit unbewegter Miene musterte. „Verschwinde!" Tobias rannte davon.

Der Gutsherr trat vor und richtete sich an die umstehenden Bediensteten. „Das Spektakel ist vorbei. Ihr könnt jetzt gehen. Hier gibt es nichts mehr zu sehen." Murmelnd zerstreute sich die Schar der Schaulustigen.

Leopold von Leonthal wandte sich Georg zu. „Was war hier los, Georg? Muss ich mir ernsthaft um meinen Marstall Sorgen machen?"

„Nur solange, wie solche Kreaturen wie Euer Herr Stiefsohn den Gutshof gefährden, verehrter Baron." Georg konnte seinen Zorn kaum unterdrücken. Musste er sich nun auch noch für die katastrophalen Schandtaten dieses missratenen Sohns der Gräfin rechtfertigen?

Georgs Onkel holte tief Luft. Diesen Ton im Beisein von anderen Bediensteten konnte er nicht billigen. Bevor er jedoch empört antworten konnte, schaltete sich der Schmied ein.

„Verzeiht, Herr Baron. Ich glaube hier liegt ein Missverständnis vor. Der gnädige Herr Tobias hielt es offensichtlich für erbaulich, mit seinen Freunden ein Lagerfeuer in der Strohscheune zu entfachen. Der Herr Rittmeister und wir haben nur beherzt eingegriffen, um größeren Schaden abzuwenden."

Leopold von Leonthal musterte die Anwesenden, den Schmied, den alten Stallmeister, die beiden Bereiter und die beiden Stalljungen nacheinander, bis er sich wieder Georg zuwandte. „Du sorgst dafür, dass hier alles wieder hergerichtet wird. Wir sehen uns morgen in meinem Büro."

Georg sah seinem Onkel nur kopfschüttelnd hinterher, dann wandte er sich an die Stallburschen. „Jungs, bringt die Scheune wieder in Ordnung".

„Ich glaube, auf den Schreck haben wir uns erst einmal eine guten Tropfen verdient", bemerkte der Schmied, nachdem sich die beiden Bereiter verabschiedet hatten.

Der Gutsschmied kramte in seiner verrußten Bude hinter der Schmiede eine Flasche trüben Inhalts und drei Zinnbecher hervor und schenkte ein. „Trinken wir auf alle Doofen dieser Welt. Auf das sie nicht so viel Schaden anrichten!"

Georg und der alte Stallmeister erhoben auch ihre Becher und tranken. Danach mussten sie mehrfach tief durchatmen.

„Mein Gott, Klingbeil, was ist denn das für ein Teufelszeug?", stieß Georg keuchend hervor.

„Das ist ein Geheimrezept von Magda, der Köchin. Im

Prinzip nichts anderes als Medizin", verkündete Klingbeil bedeutungsvoll.

„Dann können wir ja ganz beruhigt sein", erklärte der alte Stallmeister mit heiserer Stimme.

„Für zarte Seelen, wie du einer bist, Fretwurst, ist er normalerweise auch nicht gedacht." Der Schmied wandte sich Georg zu. „Nun aber Klarheit, Rittmeister. Was war das denn wieder für eine Kacke?"

„Das dürft Ihr mich nicht fragen, Meister Klingbeil. Soviel gehäuften Schwachsinn verkraftet auch mein Hirn nicht."

„Ich frage mich die ganze Zeit, ob denn diese Aktion des jungen Herren nur waghalsig oder ob es gar erneut ein Anschlag auf den Marstall war, wie seinerzeit mit den kranken Pferden?" Es klang, als ob der alte Stallmeister laut denken würde, während er gedankenverloren auf der Suche nach der Antwort in seinen leeren Zinnbecher blickte.

„Eine gute Frage, Meister Fretwurst", stimmte Georg zu. „Aber die Antwort wird vermutlich nur der verrückte Tobias wissen."

„Es geht mich ja eigentlich nichts weiter an, Rittmeister, aber im Vertrauen, ist dieser Tobias so blöd oder warum macht er andauernd solchen Mist?"

„Ihr habt recht, Klingbeil, es sind Familienangelegenheiten. Da Ihr aber leider hautnah davon betroffen seid, wie wir heute ja gesehen haben, nur so viel. Seine Mutter, die Gräfin, hat ein ehrgeiziges Ziel und will nur das Beste für ihre Kinder."

„Wir haben schon verstanden, Herr Rittmeister, und im Plan der Gräfin kommt Eure Person nicht vor", bemerkte Stallmeister Fretwurst nickend.

Am nächsten Morgen hatte Georg ein Déjà-vu als er die Bibliothek des Herrenhauses betrat. War er nicht erst kürzlich von seinem Onkel zum Rapport zitiert worden und waren es nicht dieselben Personen, die ihn dort erwartet hatten? Auf dem Weg zur Bibliothek begegnete ihm der Gutsverwalter Reichenbach, der ihn aber nur mit einem knurrenden Gruß bedachte.

Leopold von Leonthal begrüßte seinen Neffen ebenso kurz und wies ihn an, sich zu setzen. Die Gräfin und ihr Sohn Tobias beäugten Georg mit verhassten Mienen. Lediglich der Großvater nickte ihm freundlich zu. Caroline fehlte in der Runde. Georg war auf alles gefasst.

„Die gestrigen Ereignisse rund um den Marstall sind unverzeihlich und in keiner Weise akzeptabel. Wie mir der Gutsverwalter berichtete, ist Gottlob kein größerer Schaden entstanden. Gleichwohl erwarte ich von meinen Familienmitgliedern und von meinem Personal ein vorbildliches und dem Gut Leonthal dienliches Verhalten. Habe ich mich unmissverständlich ausgedrückt?", begann Leopold von Leonthal die Besprechung. Irritiert bemerkte Georg, dass sein Onkel bei diesen Worten ausschließlich ihn ansah.

„Verzeiht, Onkel, kann es sein, dass Ihr gerade den Falschen ansprecht und möglicherweise Ursache und Wirkung verwechselt? Nicht ich habe diese Gefahr hervorgerufen und ein Feuer im Strohlager entzündet ..."

„Ohne diese wilde Attacke dieses Wahnsinnigen wäre doch gar nichts passiert", sprang Tobias von seinem Stuhl auf und ging wütend auf Georg zu.

„Setzt dich!" befahl Leopold von Leonthal in scharfem Ton.

„Ich schlage, vor mein Sohn, dass wir zunächst einmal in aller Ruhe Georg anhören, um zu erfahren, was tatsächlich am gestrigen Abend vorgefallen ist", machte sich der alte Baron in ruhigem Ton bemerkbar. Als keiner etwas sagte, forderte er Georg mit einem Kopfnicken auf, zu sprechen.

„Wie mir der Stallmeister Fretwurst glaubhaft schilderte, haben er und zwei Stallburschen Tobias mit weiteren jungen Leuten im Strohlager angetroffen. Sie saßen dort mit Bierkrügen auf Strohballen rund um ein Lagerfeuer, das sie auf der freien Dielenfläche entzündet hatten. Fretwurst hat versucht, Tobias mit wohlgesetzten Worten auf die gefahrvolle Situation hinzuweisen, wurde von diesem aber beschimpft und körperlich attackiert …"

„Der Alte lügt doch wie gedruckt", brauste Tobias erneut auf.

„Tobias, sei still!" fuhr ihn Georgs Onkel an.

„Fretwursts Version haben auch die beiden Stallburschen bestätigt", setzte Georg seinen Bericht fort. „Einer von den Jungen hat mich dann geholt. Die Tobias` Angriffe gegen Fretwurst habe ich noch mit eigenen Augen miterlebt und unverzüglich unterbunden."

„Du hast meinen Sohn geschlagen und misshandelt, du ungehobelter Raufbold", erregte sich jetzt die Gräfin und funkelte ihn feindselig an.

„Verehrte Schwiegertochter, ich darf Euch doch bitten, sich zu mäßigen", erhob der alte Baron seine Stimme. „Außerdem erwarte ich von Euch, dass Ihr meinen Enkel angemessen tituliert und ihn nicht wie einen Domestiken mit einem abfälligen Du belegt."

Die Gräfin starrte den alten Baron verwirrt an. Wie es schien, hatte er sie mit seiner Bemerkung aus ihrem Konzept gebracht.

„Tobias und seine Freunde verhielten sich mir gegenüber und auch den hinzustoßenden helfenden Händen, wie den Gutsschmied und zwei Bereitern, sehr aggressiv", fuhr Georg ungestört fort. „Ein durch Funkenflug aufflammendes Feuer konnten wir Gott sei Dank rechtzeitig löschen. Alles andere habt Ihr mit eigenen Augen verfolgen können, Onkel."

„Alles an den Haaren herbeigezogene Lügen, der Bastard will nur seine eigene Haut retten", schrie Tobias mit wutverzerrtem Gesicht in den Raum.

„Tobias, es reicht. Halte endlich dein vorlautes Maul!" Offensichtlich verlor auch der Gutsherr langsam die Geduld mit seinem Stiefsohn, da er sich zu einer sonst ungewohnten Wortwahl hinreißen ließ.

„Leopold, dein Stallmeister hat meinen Sohn, Tobias Graf von Castelbüren, vor dem Gesinde geschlagen und gedemütigt. Ich erwarte von dir eine für ihn umfassende Rehabilitation und eine angemessene Bestrafung der für den Marstall verantwortlichen Personen", meldete sich die Gräfin erregt erneut zu Wort.

Doch Leopold von Leonthal winkte mit der Hand ab. Dann sah er Tobias eine Weile todernst an. „Jeder normal denkende Mensch weiß, dass das Entzünden eines Feuers in der Nähe eines Strohlagers nicht nur gefährlich sondern zugleich auch unverantwortlich ist. In diesem Fall hätte sogar die Gefahr bestanden, dass das Feuer auf den Marstall übergesprungen wäre und den Bestand von rund einhundert Pferden und damit die Grundlage diese Gutes vernichtet hätte."

Georg registrierte aus den Augenwinkeln, dass das durch den Faustschlag gerötete Gesicht von Tobias blasser und blasser wurde.

„Ich gebe Euch recht, verehrte Felicitas, ich werde die Urheber dieser Wahnsinnstat zur Verantwortung ziehen. Das ist jedoch ausschließlich Euer Sohn Tobias …"

Die Gräfin und Tobias sprangen völlig entsetzt zur selben Zeit auf. „Das ist nicht Euer Ernst", zischte sie ihren Gemahl an. „Darüber ist noch nicht das letzte Wort gesprochen. Komm, Tobias, in dieser verlogenen Räuberhöhle haben wir nichts zu suchen." Die Gräfin rauschte davon, gefolgt von einem völlig verwirrt dreinblickenden Tobias.

Leopold von Leonthal stützte sich mit beiden Ellenbogen auf dem Schreibtisch ab und legte seinen Kopf in die Hände.

„Du hast richtig entschieden, mein Sohn. Respekt", bemerkte der alte Baron nach einer Weile des Schweigens.

„Ich bin diese Eskapaden einfach leid. Es muss doch irgendeine Möglichkeiten geben, wieder Frieden auf Leonthal einkehren zu lassen", erhob der Gutsherr wieder seinen Kopf und sah seinen Vater fragend an.

„Ich möchte dein Leben ja nicht noch schwerer machen als es schon ist, aber du weißt, dass du bei mir ein gewisses Unverständnis hervorgerufen hast, als du Felicitas einst als deine Gattin erwähltest. Wenn ich mich recht erinnere, habe ich dir davon sogar abgeraten. Wie dem auch sei. Es ist nur ein Grund dafür, der gegenwärtig deinen Seelenfrieden stört. Ein weiterer ist der missratene Sohn deiner Gemahlin. Und dieser scheint wesentlich unberechenbarer und gefährlicher für alle von uns zu sein."

„Vielen Dank, Vater, Ihr seid mir mit Euren Worten ein willkommener Trost", antwortete Leopold von Leonthal sarkastisch.

Der alte Baron lächelte verständnisvoll. „Ich habe aber auch noch einen etwas konstruktiveren Vorschlag in dieser Angelegenheit, mein Sohn."

Der Gutsherr sah seinen Vater fragend an.

„Was haltet ihr davon, wenn wir Tobias eine Aufgabe übertragen?"

Georg wurde etwas gerader auf seinem Stuhl. Auch der Sohn des alten Barons schien Unheilvolles zu erwarten. „Wie meint Ihr das, Vater?"

Der alte Baron schmunzelte. „Nun, mein alter Freund und Kampfgefährte, Graf Adalbert von Ehrentraut, schuldet mir noch einen Gefallen. Was haltet Ihr davon, wenn ich ihn bitten würde, Tobias unter seine Fittiche zu nehmen und ihm beispielsweise die verantwortungsvolle Aufgabe einer Gutsführung nahezubringen. Die bekanntermaßen mit dem Ausmisten der Ställe, regelmäßiger Fütterung der Tiere, Ernten der verschiedenen Ackererträge und so weiter einhergehen. Ihr wisst ja selbst, welche anstrengenden Arbeiten auf einem Gut anfallen."

Der alte Baron blickte wechselweise von seinem Sohn zu Georg und wieder zurück und schien mit seinem eigenen Vorschlag sehr zufrieden zu sein.

Die Unruhe im Gut wegen der Ereignisse rund um den Marstall legten sich nach wenigen Tagen. Lediglich die Anweisung des Gutsherrn, dass Tobias auf das Gut Ehrentraut rund zehn Meilen entfernt, verbannt werden sollte, führte kurzfristig im Herrenhaus zu einer gewissen lärmenden Aufregung, wie die Köchin Magda zu berichten wusste.

Ein Grund für Georg, einmal wieder sein Pferd für einen Ritt durch die umliegenden Dörfer zu satteln. Er konnte sich gar nicht mehr daran erinnern, wann er sich in der letzten Zeit diesen Luxus geleistet hatte. War der letzte Ausflug der, als er Caroline getroffen hatte? Er wusste nicht genau, wieso der Gedanke an Caroline die Freude auf den Ausritt noch erhöhte. Vielleicht hatte er auch dieses Mal das Glück, ihr irgendwo zu begegnen. Er konnte nicht erklären, wieso vor ihm plötzlich die Trauerweide und der Weiher auftauchten, wo er damals Caroline zufällig angetroffen hatte. Wie war er hier her gekommen? Natürlich saß sie heute nicht dort am Ufer. „Georg, du fängst an zu spinnen", beschimpfte er sich selbst.

Wenig später wurde er von seinen irritierenden Gedanken abgelenkt. Schon von ferne sah er, dass am Waldesrand etwas nicht mit rechten Dingen zuging. Ein Leiterwagen war vom Weg abgekommen und seitwärts in den Graben gerutscht. Entsetzt sah Georg, dass ein Mann mit einer Peitsche wild auf die beiden Pferde eindrosch und sie ununterbrochen anschrie. Ein Junge stand teilnahmslos daneben. Georg trieb sein Pferd an, zügelte es im Rücken des wütenden Bauern und fiel ihm in den Arm. „Warum müssen die Pferde leiden, weil Ihr nicht erkennt, dass der Wagen feststeckt?"

Der Bauer wollte schon die Peitsche gegen den Störenfried erheben, als er an Georgs Kleidung erkannte, dass er keinen Knecht vor sich hatte, ließ er schnell die Faust sinken. „Was wollt Ihr? Was geht es Euch an? Die Viecher gehorchen einfach nicht."

Georg bemerkte, dass der Mann vor ihm nicht ganz nüchtern war. Er schwankte leicht und auch sein säuerlicher Atem verriet ihn. Zudem ein untrüglicher Beweis dafür, weshalb der Bauer auf diesem geraden Weg überhaupt mit dem Wagen in den Graben rutschen konnte.

„Was habt Ihr geladen?", wollte Georg wissen.

„Weizen. Ich bin auf dem Weg zur Mühle."

„Mit lahmgeprügelten Pferden werdet Ihr dort sicherlich nie ankommen." Georg ging auf die Pferde zu, streichelte ihre Nüstern und sprach auf sie ein. Langsam beruhigten sich die Tiere. Es waren kräftige Ackergäule, die gut im Futter standen. Ein Blick auf den Leiterwagen bestätigte seine Annahme. Das rechte vordere Rad steckte tief im Schlamm des Grabens fest. Auch das Hinterrad war bereits eingesunken. Die Getreidesäcke wurde nur noch von der seitlichen Leiter auf dem Wagen gehalten.

Georg warf einen Blick auf die angrenzenden Bäume am Waldrand und wandte sich dann dem Jungen zu, der den fremden Mann nur anglotzte. „Junge, wie heißt du?"

„Hannes", war seine knappe Antwort. Georg entdeckte ein längeres Seil auf dem Leiterwagen.

„Kannst du klettern, Hannes?"

„Ja, kann ich."

„Hört zu, guter Mann. Wir werden jetzt gemeinsam den Wagen wieder auf den Weg bringen. Dafür müssen wir ihn aber erst einmal anheben."

Der Bauer fing hämisch an zu lachen. „Wie wollt Ihr das denn machen? Habt Ihr übernatürliche Kräfte?"

„Sicherlich nicht, aber dafür ein bisschen mehr   Hirn im

Kopf als Ihr." Georg ärgerte sich immer noch über die Quälerei der Pferde durch den Bauern.

„Hannes, du spannst jetzt das rechte Pferd aus. Dann kletterst du auf die Eiche, die über dem Wagen aufragt und legst das Seil über die Astgabel. Dann kommst du wieder runter."

Georg drückte dem Jungen das Seilende in die Hand, nachdem dieser das Pferd ausgespannt hatte. Der Bauer stand nur dümmlich glotzend am Wegesrand.

Mit Schwung half Georg dem Jungen auf die unterste Astgabel der Eiche. Langsam, aber sicher erklomm Hannes den Baum, bis er die angesprochene Astgabel erreicht hatte und warf das Seil darüber, das Georg am Boden auffing. Anschließend verknotete er das Seilende am Geschirr des freistehenden Pferdes. Das andere Ende befestigte er an der Achse des rechten Vorderrades.

„Hannes, jetzt führst du das Pferd auf dem Weg entlang, bis das Seil ganz stramm ist", rief er dem Jungen zu, der inzwischen wieder vom Baum heruntergeklettert war. „Der Wagen wird sich dann irgendwann aus dem Schlamm lösen und nach oben schweben. Wenn der Wagen frei ist, werdet Ihr, guter Mann, auf mein Zeichen hin dann das andere Pferd mitten auf den Weg führen. Alles verstanden?" Der Bauer und auch Hannes nickten zustimmend.

Und tatsächlich, langsam löste sich der Leiterwagen aus dem Schlamm des Grabens, als sich das von Hannes geführte Pferd ins Geschirr stemmte. Als das Vorderrad frei hing, gab Georg dem Bauern das verabredete Zeichen. Und als auch dieses Pferd anzog schwebte der Leiterwagen herüber. Sehr bald standen alle vier Räder wieder auf dem Feldweg.

„So, guter Mann. Es scheint nichts zerbrochen zu sein. Und den Pferden geht es auch gut. Ein kostenloser Rat und Warnung zugleich an Euch, lasst die Peitsche weg. Die Tiere brauchen eine gute Hand."

Der Bauer guckte betreten drein. „Ich danke Euch, hoher Herr." Er hatte seine Kappe abgenommen und drehte sie verlegen mit beiden Händen.

Als Hannes das rechte Pferd wieder angespannt und das Seil verstaut hatte, kam er zu den Männern, stellte sich vor Georg hin und strahlte ihn begeistert an.

Georg musste unwillkürlich lächeln. „Das hast du gut gemacht, Hannes." Dabei strich er dem Jungen freundlich über den wuscheligen Blondschopf.

Je länger Georgs Ausflug über die Felder dauerte, umso mehr empfand er eine innerer Ruhe. Das Ereignis mit dem vom Weg abgekommenen Leiterwagen beschäftigte ihn kaum noch. Lediglich der Gedanke an den rabiaten Umgang des Bauern mit den Pferden bereitete ihm immer noch Unbehagen. Nach gut einer Stunde kehrte er um und lenkte sein Pferd wieder zurück Richtung Gut. Doch dann zögerte er. Nicht weit entfernt von seinem Weg lag die Mühle, die der Bauer erwähnt hatte. Eine kurze Kontrolle konnte nicht verkehrt sein, ob der Trunkenbold tatsächlich sein Ziel erreicht hatte oder mit seinem Wagen im nächsten Graben gelandet war.

Als Georg sich der Mühle näherte, sah er zu seiner Erleichterung, dass der Leiterwagen vor dem Mühleneingang stand und gerade entladen wurde. Die Pferde standen saufend vor dem Wassertrog. Wie es schien, hatte der Müller Georgs

Ankunft schon von weitem beobachtet, denn kaum hatte Georg sein Pferd neben den beiden Ackergäulen angebunden, kam er aus der Mühle gestürmt, um ihn zu begrüßen. „Herr Rittmeister, kann es sein, dass Eure guten Taten Euch bereits vorausgeeilt sind?"

Georg musste lachen. „Auch ich wünsche Euch einen guten Tag, Meister Gabrecht. Aber bevor Ihr mich überfallt, um Eure Neugier zu befriedigen, würde ich Euch erst einmal um ein erfrischendes Bier bitten."

„Selbstverständlich, Herr Rittmeister. Bitte nehmt schon einmal Platz auf der Euch bekannten Bank hinter dem Haus. Das Bier kommt sofort."

Georg ging um die Mühle herum auf die Rückseite des angrenzenden Hauses und setzte sich dort auf die Bank. Ein Platz, den er nicht das erste Mal genoss. Von dem Hügel, auf dem die Mühle stand, hatte er einen weiten Blick über die Ländereien. Das unterschiedliche Grün von Feldern und Wäldern, am Horizont begrenzt von dem Blau des Himmels und dieser mit weißen Tupfern einzelner Wolken versehen, schufen ein harmonisches Bild der Ruhe und des Friedens. Begleitet vom gleichmäßigen Knarzen der hölzernen Räder der Mühle. Georg streckte entspannt die Beine aus.

„So lässt es sich aushalten, Herr Rittmeister, oder?" Der Müller trat mit zwei Bierkrügen um die Ecke des Hauses.

„Ihr seid zu beneiden, Meister Gabrecht, um diesen idyllischen Platz. Ihr habt recht, ich genieße diesen Ausblick immer wieder aufs Neue."

„Wenn ich ganz ehrlich bin, wenn man hier schafft und wohnt, ist einem ein solcher Platz nicht sehr bewusst." Bei den

Worten des Müllers klang ein kurzes Bedauern mit. „Umso mehr freue ich mich über Euren Besuch, Herr Rittmeister, da ich mich wenigstens die kurze Zeit, die Ihr hier seid, gemeinsam mit Euch an meinem von mir ignorierten Schatz erfreuen kann."

„Darauf sollten wir trinken, Meister Gabrecht." Beide erhoben die Bierkrüge, stießen an und tranken.

„Aber nun berichtet doch bitte einmal, was denn dem Kesselbach widerfahren ist?" Der Müller konnte seine Neugier kaum unterdrücken. „Der Junge war ja ganz aufgeregt, als er mit seinem Vater ankam und erzählte mir nur wirres Zeug von einem Ritter der mit sagenhaften Kräften den verunglückten Wagen wieder aus dem Graben gezogen hätte."

Georg fing schallend an zu lachen. „Der Junge verfügt über eine unglaubliche Fantasie. Wahr ist, dass der Bauer wohl in seinem Suff den Wagen in den Graben kutschiert hat. Was mir gar nicht gefiel, war, dass er die Pferde mit seiner Peitsche ohne Sinn und Verstand malträtiert hat."

„Der Kesselbach ist eigentlich eine treue Seele. Ein bisschen einfältig, aber gutmütig", wusste der Müller zu berichten. „Vor eine Jahr ist ihm dann aber seine Frau verstorben und seit dem trinkt er einfach zu viel. Aber mich interessiert doch sehr, Herr Rittmeister, was der Junge mit den übernatürlichen Kräften gemeint hat?"

„Ganz einfach, Meister Gabrecht, da der Wagen schon zu tief im Schlamm festsaß, musste er eben erst einmal gehoben werden, bevor man ihn herausziehen konnte. Mit einem Seil, einem Baum und der Kraft eines Pferdes kein allzu großes Problem. Euch muss ich doch die Funktion von Flaschenzügen und Hebeln nicht erklären."

„Ich bin beeindruckt, Herr Rittmeister, und der Junge offensichtlich auch. Aber wo lernt man so etwas? Verzeiht, wenn ich das so sage, aber Eure Profession ist ja nun wahrhaftig nicht die eines Handwerkers."

„Da habt Ihr recht, Meister Gabrecht, aber als Soldat der Kavallerie muss man erfinderisch sein und wissen, auf welche Weise man die Kraft der Pferde sinnvoll einsetzen kann, wenn erforderlich. Was meint Ihr, wie oft es nötig war, dass die Pferde der Artilleristen ihre schweren Kanonen und Lafetten aus dem Schlamm ziehen mussten. Da waren alle technischen Raffinessen gefordert", erklärte Georg bereitwillig.

Auf der Stirn des Müllers bildeten sich Sorgenfalten. „Wo Ihr gerade die Armee erwähnt. Habt Ihr schon davon gehört, dass schwedische Truppen nicht weit vom Schaalsee entfernt in Holstein eingefallen sind?"

Georg sah den Müller ungläubig an. „Was erzählt Ihr da? Das höre ich zum ersten Mal. Seid Ihr ganz sicher?"

„Ich kann nur wiedergeben, was mir gestern ein reisender Händler berichtet hat. Mehr weiß ich auch nicht", beteuerte der Müller glaubhaft.

„Nicht zu fassen. Hat es in den vergangenen Jahren denn nicht schon genug Krieg, Mord und Totschlag in unserem Land gegeben?" Georg schüttelt verständnislos den Kopf.

Kapitel 8

Die Entscheidung, nach Glückstadt zu gehen, hatte Kohlhaas bereits nach wenigen Tagen ihrer Ankunft als absolut richtig empfunden. Es war eine Stadt im Aufbau. König Christian IV. hatte erst 1614 entschieden, hier am unteren Lauf der Elbe eine Stadt zu errichten, um den verhassten Hamburgern Konkurrenz zu machen. In den vergangenen Jahren waren Schanzen und Bastionen geschaffen worden, Festungsgräben und Wälle sorgten für den Schutz der Stadt, Pulvertürme und Geschützgießereien entstanden. Tore, Zeug- und Wachhäuser wurden gebaut. So stattlich ausgerüstet, gelang es Glückstadt als einzige Stadt des Landes, der Belagerung durch Wallenstein und seinen kaiserlichen Truppen zu widerstehen. Auch jetzt wuchs die Stadt unaufhaltsam.

Kohlhaas und Marietta bezogen ein Quartier in einer Herberge unweit des Markplatzes. Es war ein Gasthaus mit wenigen Zimmern und einer Schankstube, die den beziehungsreichen Namen „Zur Einkehr" trug. Betrieben wurde das Haus von einer Witwe namens Hildegard Abendrot. Eine eher ungewöhnliche Konstellation, da Frauen allein kein Gewerbe betreiben durften. Doch da ihr Schwager Ratsherr war, er offiziell als Besitzer des Gasthauses galt, sich aber nicht um den Betrieb kümmerte, konnte die Witwe dort walten, wie es ihr gefiel. Kohlhaas und Marietta stellten in den ersten Tagen bereits fest, dass der äußerst liebenswerten Witwe anscheinend das Talent dafür grundsätzlich fehlte. Das Haus selbst vermittelte nicht unbedingt einen einladenden Eindruck.

Die Räume waren zwar sauber, die Witwe beschäftigte noch zwei Dienstmädchen und einen Hausknecht, doch an Türen und Fenstern bröckelte die Farbe. Und auch die Kochkünste der Witwe hielten sich in Grenzen.

Auf dem Marktplatz hatten sich Kohlhaas und Marietta zunächst neue Kleidung besorgt. Mit der weiten Pumphose, dem Lederkoller und dem Schützenmantel ähnelte der ehemalige Sergeant doch zu sehr einem Soldaten. Ein Wams, eine kurze Jacke und ein Barett für den Filzhut verwandelten Kohlhaas in Kürze in einen Stadtmenschen. Auf seine Stiefel wollte er jedoch nicht verzichten. Auch Marietta tauschte ihre Tracht als Marketenderin mit ihrem weiten Rock, dem engen Mieder und der Schürze in unauffälligere Kleidung. Mit einem faltigen Kleid, einem Leibchen, einer halblangen Pelerine und einer schlichten Haube konnte auch sie jetzt nicht mehr in Glückstadt auffallen.

Beide hatten die ersten Tage genutzt, sich in Glückstadt ein wenig umzusehen. Kohlhaas erkannte sehr schnell, dass es für ihn kein Problem werden würde, Arbeit zu finden. Gebaut wurde an allen Ecken und Kanten. Helfende Hände wurden überall benötigt. Doch Kohlhaas suchte mehr, als irgendeine Hilfsarbeit.

Marietta dagegen konnte ihre Energie kaum bremsen, als sie Tag für Tag miterleben musste, wie mühevoll die Witwe Abendrot versuchte, ihre Herberge einigermaßen erfolgreich zu bewirtschaften. „Meinst du nicht, dass ich der Witwe meine Dienste anbieten sollte?", fragte Marietta eines Abends Kohlhaas, als sie gemeinsam am Fenster ihres Zimmers in der Herberge saßen und über den Dächern der Stadt das schimmernde Rot des Sonnenuntergangs betrachteten.

„Ich weiß, Marietta, dass ich dich kaum bremsen kann. Du hast bestimmt schon tausend Ideen, auf welche Weise du die Herberge beleben kannst. Habe ich recht?"

Marietta lächelte Kohlhaas an. „Du kennst mich schon ganz gut. Man könnte der armen Frau doch mit ganz einfachen Mitteln helfen. Sie ist ja noch nicht einmal in der Lage, ihre Dienstmädchen und den Hausknecht anzuhalten, wie man die Zimmer richtig herrichtet, wie Wäsche gebügelt wird und wann die Kamine gereinigt werden müssen. Von der dünnen Suppe, die sie im Schankraum täglich anbietet, ganz zu schweigen."

„Mein Vorschlag, sprich mit ihr. Aber einen guten Rat gebe ich dir mit auf den Weg, liebe Marietta. Betone stets, dass sie weiterhin das Sagen hat und du nur helfen willst. Nicht, dass sie Angst haben muss, dass du das Kommando übernehmen willst."

Marietta stieß Kohlhaas ihren Ellenbogen in die Seite. „Bin ich denn in deinen Augen ein solches Flintenweib, das überall sofort Befehle austeilt?"

„Ein Leben in der Armee macht aus Frauen nicht unbedingt zartfühlende Elfen ..."

Weiter kam Kohlhaas nicht, da Marietta wutschnaubend begann, mit beiden Fäusten auf seine Brust zu trommeln. Lachend umarmte er sie und hielt sie fest.

An diesem Morgen richtete Kohlhaas bei seinem Gang durch die Stadt seine Schritte gegen Mittag in die Nähe des Hafens. Hier hatte er schon in den Tagen zuvor Menschen bei der

Arbeit beobachtet. Wie es aussah, handelte es sich um eine große Holzhandlung, die zugleich aber auch eine Sägerei betrieb. Er hatte gesehen, dass in unregelmäßigen Abständen Fuhrwerke mit Holzstämmen ankamen. Sie wurden entladen. Einige brachte man zur Sägerei, andere wiederum verfrachtete man auf Schiffe. Aber auch Balken und Bretter verließen auf Leiterwagen wieder den Bereich. Holz, das in der Stadt als Baumaterial verwendet wurde, wie Kohlhaas annahm. Zwischen all der Betriebsamkeit war ihm ein Mann besonders aufgefallen. Es handelte sich um einen stattlichen Kerl, der seine Männer mit lauter Stimme antrieb. Aber zugleich auch mit anpackte, wenn Not am Mann war. Nie hatte Kohlhaas den Eindruck, dass die Männer ihm böse waren, wenn er sie barsch ansprach. Im Gegenteil, nicht selten lachten sie, erwiderten seine Worte manchmal sogar gleichermaßen unbekümmert. Was wiederum auch nicht zu heftigen Reaktionen des Mannes führte.

Als ein Junge das Areal verließ, der offensichtlich einem der Arbeiter das Essen gebracht hatte, hielt Kohlhaas ihn an. „Sag mal, Junge, wer ist dieser laute Mensch dort drüben?"

Der Junge musterte Kohlhaas anfangs skeptisch. Als er aber sah, dass von dem ordentlich gekleideten Mann keine Gefahr ausgehen würde, sah er Kohlhaas wissend an. „Das ist Meister Haferkamp, dem gehört das ganze Holz."

Kohlhaas bedankte sich bei dem Jungen, überquerte die Straße und ging auf den Besitzer der Holzhandlung zu. Kaum hatte er das Gelände betreten, drehte der Mann sich um.

„Was willst du hier? Ich kann hier keine Trottel mit zwei linken Händen gebrauchen. Hier wird mit Holz gearbeitet.

Holz! Hart, knorrig und stämmig!"

„Meister Haferkamp, wenn dieser Trottel eine Eiche von einer Buche unterscheiden, aus jedem Stamm präzise das Alter des Baumes bestimmen und einen Holzklafter unter Berücksichtigung von Quell- und Schwindmaß berechnen kann, wie nützlich ist er dann für Euch?"

Der Besitzer der Holzhandlung, der sich schon abdrehen wollte, sah Kohlhaas verwundert an. Dann musterte er ihn von oben bis unten. „Ein Schwächling scheinst du nicht zu sein. Und wenn du mit deinem Wissen und deinen Muskeln genauso zupacken kannst wie mit deinem vorlauten Maul, könnte ich es ja mal mit dir versuchen. Eine Woche lang zeigst du mir, was du kannst. Hast du mich nur vollgequatscht, fliegst du raus. Morgen früh fängst du an. Wie heißt du eigentlich?"

„Karl Kohlhaas, Meister Haferkamp." Dabei tippte Kohlhaas mit der Rechten an sein Barett.

„Dafür kannst du ja nichts", brummte der Besitzer der Holzhandlung vor sich hin, drehte sich um und ging.

In den nächsten Tagen war Kohlhaas stets sehr früh auf den Beinen und meistens als erster der Arbeiter auf dem Holzhof. Die Arbeit, die der Vorarbeiter ihm zuteilte, erledigte er ohne Mühe. Er fasste überall mit an, half, wo er konnte und hatte für den einen oder anderen auch noch einen Rat auf Lager, wie man seine Arbeit leichter machen konnte. Doch nicht alle waren mit dem Elan des Neuen einverstanden. Besonders einer, den sie alle Poller nannten, vermutlich weil sein großer, kahler Kopf an das Teil zum Festmachen der Schiffe im Hafen erinnerte, hatte es auf Kohlhaas abgesehen. Die bissigen

Bemerkungen aus seinem schiefen Mund ignorierte Kohlhaas bisher konsequent. An diesem Tag in der Mittagspause allerdings stellte sich Poller Kohlhaas in den Weg. Die Männer setzten sich in den meisten Fällen zusammen auf einen Damm, der das Holzlager begrenzte. Verspeisten ihre Brote oder verzehrten die Kost, die ihnen ihre Kinder oder Frauen gebracht hatten. Danach saßen sie noch eine Weile zusammen und unterhielten sich.

„Du hast hier nichts zu suchen. Verpiss dich, du Klugscheißer." Poller stand mit den Fäusten in die Hüfte gestemmt vor Kohlhaas.

Kohlhaas lächelte mitleidig. „Poller, ich glaube, du hast zu viel Sonne abbekommen. Mach Platz und halt das Maul."

Doch Poller dachte nicht daran. Er hob die Fäuste zum Angriff.

„Poller, lass es nach. Das willst du nicht", ermahnte ihn Kohlhaas gutmütig. Die anderen Arbeiter beobachteten gespannt das Spektakel.

„Du willst es nicht anders haben." Poller schwang die Faust und stürzte auf Kohlhaas zu. Doch dieser machte nur einen Schritt zur Seite und ließ den Angreifer ins Leere laufen, begleitet von den Lachern der anderen Arbeiter. Gerade eben konnte Poller sich noch auffangen, ohne zu stürzen. Wutentbrannt drehte er sich um und stürmte erneut mit schwingenden Fäusten auf Kohlhaas zu. Doch der wich ihm wiederum aus. Dieses Mal ließ er aber seinen rechten Fuß etwas länger stehen, sodass Poller mit seinem linken daran hängenblieb und in voller Länge auf den Boden knallte. Das Gejohle der Arbeiter war groß. Noch bevor sich Poller wieder aufrappeln konnte, erschien urplötzlich Meister Haferkamp und blickte blinzelnd in die Runde. „Was ist hier los?"

„Rein gar nichts, Meister Haferkamp", erklärte Kohlhaas mit unschuldiger Miene. „Poller wollte uns nur ein paar neue Tanzschritte demonstrieren, dabei hat er sich aber nur ein wenig ungeschickt angestellt und ist gestürzt, der Arme." Wieder begann ein allgemeines Gelächter unter den Umherstehenden.

„Euch geht es wohl zu gut. Los, an die Arbeit. Und du kommst mit." Meister Haferkamp zog Kohlhaas am Ellenbogen mit sich. Poller war inzwischen wieder aufgestanden und glotzte Kohlhaas zornig hinterher.

Im Kontor angekommen, befahl Meister Haferkamp: „Los, setz dich. Ich hab' mit dir zu reden."

Kohlhaas nahm Platz. Ganz wohl fühlte er sich nicht. Sollte der blöde Poller ihm womöglich die Tour vermasselt haben?
Der Meister musterte ihn eine ganze Weile schweigend. „Kohlhaas, nun Butter bei die Fische. Was hast du früher gemacht?"

Kohlhaas atmete tief durch. „Das ist kein Geheimnis, Meister Haferkamp. Ich war eine Zeit lang Förster im Mecklenburgischen."

Der Meister schüttelte den Kopf. „Und warum bist du es nun nicht mehr?"

„Ganz einfach. Weil der Forstmeister ein korruptes Arschloch war und mich beim Grafen anschwärzen wollte und weil die Schweden einmal wieder im Mecklenburgischen eingefallen sind."

Haferkamp brummte missmutig vor sich hin. „Und genau

darin liegt wohl auch bald unser Problem."

Kohlhaas konnte mit der Bemerkung nichts anfangen. „Was wollt Ihr damit sagen?"

„Ganz einfach, Kohlhaas. Mir ist heute zu Ohren gekommen, dass die Schweden bereits in Holstein eingefallen sein sollen. Vermutlich wird es nicht mehr lange dauern, dann werden sie mit ihren Kanonenkugeln auch an unsere Türen klopfen. Kurzum, wir brauchen mehr Holz. Mir sind zwei Leute ausgefallen, die sonst das Holz aus dem Wald des Baron Leonthal geholt haben. Du fährst morgen los. Ich gebe dir einen Mann mit, der dir den Weg zeigen kann. Traust du dir das zu?"

„Kein Problem, Meister Haferkamp."

„Gut, der Mann. Wenn es unsere Zeit erlaubt, wird es nicht nur bei einer Fuhre bleiben. Hier ist dein Lohn für die Woche Arbeit." Damit legte Haferkamp einen klimpernden Lederbeutel auf den Tisch. „Du machst jetzt Feierabend und bist morgen um Fünf wieder hier. Das Geld für das Holz hat der Bengel, den ich dir mitgebe. Er heißt Bernhard, ein pfiffiges Kerlchen. Es ist nämlich mein Sohn. Nun ab mit dir."

Marietta schaute irritiert, als Kohlhaas so kurz nach der Mittagszeit den Schankraum der Herberge betrat.

„Ist etwas passiert?", fragte sie besorgt.

„Wie immer man will", antwortete Kohlhaas und setzt sich an einen der Tische. Im Schankraum waren nur noch wenige Gäste. „Wie es scheint, haben die Schweden ihren Krieg gegen Dänemark begonnen."

Kohlhaas hatte die Stimme gesenkt, als auch Marietta sich

neben ihn gesetzt hatte.

„Wer sagt das?"

„Meister Haferkamp weiß anscheinend mehr. Ich soll morgen zum Gut Leonthal fahren und Holz holen. Vermutlich nicht nur einmal, da es hier in Glückstadt zum Ausbau der Befestigungsanlagen unbedingt gebraucht wird."

„Leonthal, wo liegt das denn?"

„Keine Ahnung, aber wie Haferkamp es beschrieben hat, ist man wohl eine Weile unterwegs. Er gibt mir seinen Sohn mit, der den Weg kennt."

Marietta runzelte sorgenvoll die Stirn.

„Nun mach nicht so ein trauriges Gesicht, Marietta. Bring mir lieber ein Bier. Und dann erzählst du mir, wie es mit der Herberge vorangeht."

„Langsam taut die Witwe Abendrot auf", berichtete Marietta, nachdem sie Kohlhaas das Bier gebracht und sich wieder gesetzt hatte. „Heute Morgen habe ich ihr ein ordentlich hergerichtetes Zimmer gezeigt mit gebügelter Bettwäsche, sauberem Kamin und Nachttopf."

Kohlhaas prustete in seinen Bierkrug, den er gerade zum Trinken angesetzt hatte. „Und das hat sie überzeugt?"

„Noch nicht ganz. Ich war in den vergangenen Tagen stets mit Frieda, dem Dienstmädchen, das immer die Einkäufe macht, zum Markt gegangen. Bei der Gelegenheit haben wir zur Verwunderung der Marktfrauen ganz andere Waren eingekauft als bisher. Und so ganz nebenbei habe ich dann erwähnt, dass es im Schankraum der Herberge `Zur Einkehr` ab sofort besondere Speisen zu günstigen Preisen geben wird. Du glaubst ja gar nicht, wie schnell sich so etwas unter den geschwätzigen Marktweibern herumspricht. Gestern und heute haben wir fast alle unsere Speisen verkauft. Kurz bevor du gekommen bist, war die Schänke noch voll besetzt. Und als ich dann noch der Witwe erzählt habe, dass ich einen fahrenden Anstreicher aufgetrieben habe, der für einen Appel und ein Ei ihre Türen und Fenster wieder anstreichen kann, hatte ich sie fast überzeugt."

„Das hört sich tatsächlich erstaunlich an. Und warum ist sie noch nicht ganz überzeugt?"

„Ich glaube, sie ist etwas geizig. Sie hat nämlich gesagt, dass sie mich nicht bezahlen könnte. Daraufhin habe ich sie beruhigt und ihr gesagt, dass ich zunächst gar kein Geld haben möchte. Es würde vollkommen genügen, wenn sie uns Kost und Logis gewähren würde. Und das hielt sie für akzeptabel."

„Gut verhandelt, Marietta. Ich glaube, wir sind auf dem richtigen Weg."

Die Fahrt von Glückstadt zum Gut Leonthal erwies sich als unproblematisch. Zwei kräftige Pferde zogen den jetzt noch leeren Wagen. Kohlhaas war sich ganz sicher, dass die beiden Kraftprotze auch die schwere Last mit den Holzstämmen spielend bewältigen würden. Bernhard, der ungefähr zwölfjährige Sohn von Meister Haferkamp, entpuppte sich als angenehmer Unterhalter während der Fahrt. Treffsicher wies er Kohlhaas den Weg, erzählte zugleich bereitwillig von seinen Fahrten zum Gut Leonthal, die er schon mehrmals gemacht hatte. Auch das Wetter spielte mit. Ein paar weiße Wolken verzierten den sonst strahlenden Himmel.

Als sie vor dem Forsthaus auf dem Gut Leonthal ankamen,

war es bereits Nachmittag. Aber der Forstmeister erwartete sie schon. „Na, Bernhard, wen bringst du denn heute mit?"

„Ich heiße Karl Kohlhaas. Und Ihr seid Forstmeister Sommerfeld, nehme ich an?"

„So ist es, guter Mann. Die Stämme für Meister Haferkamp liegen bereit. Wir sollten uns mit dem Verladen beeilen, bevor es dunkel wird. Ich geh' mal voraus."

Mit eiligen Schritten ging er auf einen Bereich zu, der offensichtlich das Holzlager der Försterei war. Mehrere Waldarbeiter waren dabei, unterschiedlich lange und dicke Stämme zu stapeln.

„Lorenz, wir müssen heute noch die Stämme für Glückstadt verladen", rief der Forstmeister einem Mann zu, der vermutlich der Vorarbeiter war.

Der Mann winkte Kohlhaas zu und dirigierte ihn mit seinem Wagen in die Nähe eines abseits liegenden Holzstapels.

„Das ist das Holz für die erste Fuhre. Ich hab` gehört, ihr kommt in den nächsten Tagen noch öfter", meinte der Vorarbeiter zu wissen, als Kohlhaas vom Bock gestiegen war.

„Lorenz, erzähl nicht so viel, hol deine Männer zusammen und fangt an mit dem Beladen", trieb der Forstmeister seinen Vorarbeiter an.

Es bedurfte nicht vieler Worte, um die Männer anzuweisen. Sie hatten in der Vergangenheit schon unzählige Baumstämme verladen. Und auch Kohlhaas kannte das Verfahren aus seiner früheren Tätigkeit als Förster. Zwei schräge Balken wurden an den Wagen gelehnt. Um die jeweiligen Stämme legten die Männer zwei Seile, die dann von einem Pferd auf der anderen Seite über die Schräge auf den

Wagen gezogen wurden. Forstmeister Sommerfeld beobachtete die Arbeiten ungeduldig.

Vier Stämme lagen bereits auf dem Wagen, als beim nächsten das Pferd anzog, verrutschte das linke Seil, sodass die Gefahr bestand, dass der Stamm von der erreichten Wagenhöhe herunterstürzen könnte. Entsetzt verfolgte Kohlhaas, wie der Forstmeister auf den rutschenden Baumstamm zusprang. Es sah aus, als wollte er ihn mit eigener Kraft festhalten. In diesem Augenblick löste sich das Seil noch mehr, der Stamm fiel und begrub den Forstmeister unter sich. Völliges Entsetzen ließ alle Arbeiter in sekundenlange Starre verfallen. Kohlhaas reagiert als Erster. Er sah, dass der Baumstamm quer auf den Beinen des Forstmeisters lag. Der war ohne Bewusstsein. Kohlhaas stürzte auf den Verunglückten zu und ergriff ihn unter den Armen.

„Treibt das Pferd an, damit wieder Spannung auf das Seil kommt", schrie er den Vorarbeiter an. Der rannte auf das Pferd zu, schubste den Pferdeführer zur Seite und schlug dem Pferd mit der flachen Hand auf die Kruppe. Als sich das Tier langsam in Bewegung setzte, hob sich der Stamm ein wenig. Behutsam zog Kohlhaas den Forstmeister unter dem Baumstamm hervor.

„Gibt es einen Arzt hier in der Nähe?", wollte Kohlhaas wissen.

„Nee, so was haben wir hier nicht. Um solche Sachen kümmert sich immer Magda", erklärte einer der Arbeiter.

„Wer ist Magda?", hakte Kohlhaas ungeduldig nach.

„Das ist die Gutsköchin. Ich weiß, wo das ist", meldete sich jetzt Bernhard, der bisher die grauenhafte Szene mit offenem

Mund verfolgt hatte.

„Wir brauchen einen Wagen und ein paar Pferdedecken," forderte Kohlhaas.

Kurze Zeit später kam ein Arbeiter mit Pferd und Leiterwagen herbeigeeilt. Vorsichtig legten sie den stöhnenden Forstmeister auf die Decken. Kohlhaas kniete sich neben ihn, während sich Bernhard neben den Kutscher setzte.

Kohlhaas versuchte, den Forstmeister festzuhalten, wenn der Wagen zu sehr über die unebenen Wald- und Feldwege schaukelte. Auch wenn dieser immer wieder ein Stöhnen von sich gab, so war es für ihn nur von Vorteil, dass er wegen der holperigen Wege und den damit verbundenen Stößen ohne Bewusstsein war.

„Der Forstmeister ist verunglückt", platzte Bernhard in die Gutsküche hinein. Magda, die Köchin, erfasste die Lage sofort, als sie den Verletzen auf dem Wagen erblickte. „Macht den Tisch frei."

Kohlhaas nahm den Forstmeister auf die Arme wie ein kleines Kind. Die verletzten Beine hingen herab, als ob sie gar nicht zu ihm gehören würden. Behutsam legte er den Forstmeister auf den derben Küchentisch. Während die Küchenmädchen die verdrehten und blutüberströmten Hosenbeine mit schreckensgeweiteten Augen anstarrten, beugte sich die Köchin über ihn.

„Das sieht nicht gut aus", war ihr erster Kommentar.

„Steht nicht so blöd herum, sondern holt mir Tücher und warmes Wasser", pfiff sie die Küchenmädchen an.

„Wunden säubern und Beine richten. Wenn er überhaupt eine Chance haben soll", fällte Kohlhaas sein Urteil. Magda

drehte sich zu ihm um. „Wer seid Ihr denn? Seid Ihr ein Arzt?"
Dabei musterte sie Kohlhaas, als würde sie ihn erst jetzt
wahrnehmen.

„Nein, das bin ich nicht. Aber ich habe in meiner
Vergangenheit schon genügend vergleichbare Verletzungen
erlebt."

„Das ist Karl Kohlhaas. Er arbeitet für meinen Vater. Wir
wollten doch nur das Holz abholen", klärte Bernhard die
Köchin auf. „Und er hat den Forstmeister gerettet."

„So, so", stieß Magda skeptisch hervor. „Und wie wollt ihr
das angehen?"

Kohlhaas wollte sich auf keine längeren Diskussionen
einlassen. Dem Mann musste geholfen werden. Und zwar
schnell. „Gebt mir eine Schere."

Während die Köchin nach dem gewünschten Werkzeug
suchte, trat Kohlhaas an den Tisch und betrachtete die
verletzten Beine des Forstmeisters genau. Mit der Schere, die
Magda ihm reichte, schnitt er die Schäfte der Stiefel des
Verletzten ein und zog sie vorsichtig von den Füßen.
Anschließend zerschnitt er die Hosenbeine, sodass die
zerquetschen und verdrehten Unterschenkel zu Vorschein
kamen. Ein entsetztes Stöhnen ging durch die Reihen der
Küchenmädchen. Der Forstmeister war immer noch
bewusstlos.

„Ihr solltet jetzt die Wunden vorsichtig säubern", schlug
Kohlhaas der Köchin vor. Eine wichtige Ader schien nicht
verletzt zu sein, da aus den Wunden kein weiteres Blut mehr
austrat. Die Köchin begann sehr behutsam, die Wunden zu
reinigen. Als sie fertig war, trat sie zurück und sah Kohlhaas

an. „Und nun, Herr Doktor?"

Kohlhaas überhörte die Ironie. „So wie es aussieht, sind die Unterschenkel gebrochen. Wenn er je wieder die Möglichkeit haben sollte, einigermaßen gehen zu können, müssen wir die Beine richten und in ihre ursprüngliche Position bringen."

„Oh, mein Gott", entfuhr es der Köchin. Offensichtlich schien ihr diese Tortur trotz aller Erfahrung kaum vorstellbar.

Kohlhaas sah sich um, blickte aber nur in erschrockene Frauengesichter. „Wir brauchen zwei kräftige Männer."

„Gesa, lauf zum Schmied und sag ihm, er muss sofort kommen und er soll auch noch einen Gesellen mitbringen", wies die Köchin eines der Küchenmädchen an.

„Wir brauchen auch noch ein kurzes Stück Holz, was wir dem Forstmeister zwischen die Zähne geben müssen. Er wird fürchterliche Schmerzen haben und garantiert beim Richten der Beine aus seiner Ohnmacht aufwachen."

„Bernhard, du besorgst mir vier Bretter in der Länge von zwei Ellen", befahl Kohlhaas dem Jungen.

„Von Euch benötige ich mehrere Binden aus Leinen", wandte er sich an die Köchin.

Es dauerte keine fünf Minuten, als zwei Männer die Küche betraten.

„Ach, du Scheiße, was ist denn dem alten Waldschrat passiert?", entfuhr es dem Mann, der nach seinem Aussehen der Gutsschmied sein musste, als er den verletzten Forstmeister auf dem Küchentisch liegen sah.

„Wie können wir helfen?", fragte der zweite Mann Kohlhaas.

„Ich werde jetzt die Beine des Forstmeisters wieder in eine brauchbare Position bringen. Dazu müsst Ihr ihn mit ganzer

Kraft festhalten. Er wird erwachen und fürchterliche Schmerzen haben. Haltet ihn fest, damit er uns nicht vom Tisch springt."

„Und Ihr könnt so etwas?", fragte der Mann neben dem Schmied.

„Es ist nicht meine Profession, wenn Ihr das meint, aber ich mach' das nicht das erste Mal. Gehen wir es an."

Die beiden Männer packten den Forstmeister, nachdem Kohlhaas ihm den Stiel eines Holzlöffels zwischen die Zähne geschoben hatte. Dann ergriff er das rechte Bein des Forstmeisters mit beiden Händen an der Hacke und am Spann des Fußes und zog das schief stehende Bein gerade. Der Forstmeister bäumte sich auf und schrie herzergreifend, doch die beiden Männer hatten ihn gut im Griff, sodass er sich nicht viel bewegen konnte. Kohlhaas legte an jede Seite des Beins ein Brett, das Bernhard besorgt hatte und umwickelte das Holz fest mit Leinenbinden, die die Küchenmädchen auf Weisung von Magda aus alten Tischdecken gerissen hatten. Das linke Bein brachte Kohlhaas unter Geheule des Forstmeisters auf dieselbe Weise wieder in die normale Lage. Kurz darauf fiel der so stark Malträtierte wieder in tiefe Bewusstlosigkeit.

„So, jetzt muss der Arme nur noch gut gepflegt werden und viel Geduld haben. Mit Glück kann er auch später wieder laufen."

„Wir bringen ihn erst einmal in die Kammer hinter der Küche. Da kann ich ihn am besten im Auge behalten", ordnete Magda resolut an. „Es sei denn der Baron will etwas anderes."

„Es ist schon in Ordnung, Magda, wenn Ihr ein Auge auf ihn werft. Ich werde mit meinem Onkel sprechen", bemerkte der zweite Mann, der dem Schmied geholfen hatte.

„Ist gut, Herr Rittmeister, dann machen wir das so", antwortete Magda.

Kohlhaas und der Schmied packten den Forstmeister und trugen ihn, Magda folgend, in die Kammer.

Auf dem Weg zurück in die Küche hielt Kohlhaas den Schmied an. „Du bist der Gutsschmied, nehme ich an. Ich heiße übrigens Karl Kohlhaas. Eigentlich wollte ich nur das Holz abholen. Aber dann kam dieser Mist dazu. Verrate mir mal, wer der zweite Mann war, der mitgeholfen hat, den Forstmeister festzuhalten."

„Das war der Rittmeister, unser Stallmeister. Das ist der Neffe vom Gutsherrn. Der heißt Georg von Leonthal."

Kohlhaas schien beeindruckt zu sein. „Und der packt einfach so mit an?"

Der Schmied fing an zu lachen. „Ja, der ist so. Vom Adel hast du wohl so etwas nicht erwartet, oder?"

„Jeder von uns hat so seine Erfahrungen."

Als sie wieder in die Küche kamen, war der Rittmeister nicht mehr da. Kohlhaas kehrte wieder zum Forsthaus zurück. Die letzten Stämme wurden gerade aufgeladen.

„Was ist mit dem Alten?", fragte ihn der Vorarbeiter.

„Seine Beine sind gebrochen. Wir haben ihn verarztet. Die Köchin kümmert sich jetzt um ihn."

„Das ist gut. Es ist eine Scheiße. Ich weiß gar nicht, wie das hier jetzt weiterlaufen soll?" Dabei kratzte sich der Vorarbeiter am Kopf.

„Da wird doch wohl der Gutsherr eine Lösung finden, nehme ich an."

„Ja, ich denke auch. Wie du siehst, ist dein Wagen gleich voll beladen. Mehr ging nicht. Aber wie ich gehört habe, kommst du noch ein paar Mal."

„Ich hab' Hunger", meldete sich Bernhard zu Wort, der Kohlhaas bisher nicht von der Seite gewichen war.

„Nach der Aufregung haben wir uns das wohl auch verdient", stimmte ihm Kohlhaas zu.

„In der Gesindeküche gibt es bestimmt schon etwas für uns", wusste Bernhard zu berichten.

Während Kohlhaas noch die Pferde auf der Koppel und den Marstall, den sie auf dem Weg zum Gesindehaus passierten, interessiert beobachtete, trat ihnen plötzlich der Rittmeister entgegen. „Eine gute Kost habt Ihr Euch nach dem ereignisreichen Tag verdient. Wo ich Euch gerade treffe, würde mich aber doch interessieren, Kohlhaas, so war doch der Name, nicht wahr?" Der Rittmeister erwartete keine Antwort. „Wo habt Ihr diese heilende Kunst erworben?"

„Ich habe jahrelang im Mecklenburgischen als Förster im Wald gearbeitet. Und da kam es naturgemäß immer mal wieder zu vergleichbaren Unfällen. Bei einem war zufällig ein Arzt nicht weit, der ähnliche Handgriffe anwandte wie ich heute." Mehr wollte Kohlhaas nicht erzählen. Während seiner Soldatenzeit hatte er nicht nur einmal den Feldschern und Wundärzten der Armee bei der Behandlung der verletzten Soldaten über die Schulter gesehen.

„Und ihr meint, der Forstmeister wird wieder laufen können?"

„Garantieren kann das keiner. Wenn die Wunden sich nicht entzünden und die Knochen einigermaßen wieder zusammenwachsen, hat er gute Chancen. Aber das wird dauern. Wie es scheint, ist er ja bei der Köchin in guten Händen."

In den folgenden Tagen holten Kohlhaas und Bernhard weitere Baumstämme nach Glückstadt. Als sie bei der dritten Fuhre in Leonthal ankamen, lagen keine Stämme zum Abtransport bereit.

Kohlhaas suchte den Vorarbeiter auf. „Wo sind unsere Stämme?"

„Immer noch im Wald. Wir haben es eben noch nicht geschafft. Das wird wohl noch ein paar Tage dauern."

Kohlhaas hatte den Eindruck, dass es den Vorarbeiter wenig kümmerte. Er überlegte nicht lange. „Bernhard, schirr' die Pferde aus."

An den Vorarbeiter gewandt. „Hast du irgendwo noch Seile und Ketten?"

Der Vorarbeiter sah Kohlhaas an, als verstünde er die Welt nicht mehr. „Du willst doch wohl nicht selbst in den Wald?"

„Glaubst du denn, wir warten hier seelenruhig tagelang, bis deine Männer aus dem Kreuz kommen?"

Der Vorarbeiter hob resignierend die Schultern und wies dann in eine Ecke. „Bedien' dich."

„Wo liegen die Stämme im Wald, die für Meister Haferkamp vorgesehen sind?", wollte Kohlhaas noch wissen.

„Das kann euch Wilhelm zeigen." Der Vorarbeiter rief einen krummbeinigen Mann an, der nicht weit entfernt am Geschirr eines Rückepferdes fummelte. „Wilhelm, zeig den Herrschaften die Stämme im Schlag acht."

Als Kohlhaas und Bernhard mit ihren Pferden und den gezogenen Stämmen das vierte Mal zum Holzplatz zurückkehrten, wurden sie vom Gutsverwalter Reichenbach empfangen. „Seid Ihr denn von allen guten Geistern verlassen? Hier kann doch nicht jeder hergelaufene Kutscher die Arbeiten auf dem Gutshof übernehmen."

„Dieser hergelaufene Kutscher wird dir gleich kräftig eins aufs Maul geben. Wer bist du überhaupt, dass du hier so große Reden schwingst?" Kohlhaas war sichtlich verstimmt, dass er sich um die Stämme selbst kümmern musste. Und nun kam auch noch so ein Klugscheißer daher und beschimpfte ihn.

„Ich bin hier der Gutsverwalter und verantwortlich für alle Arbeiten im Gutsbereich", erklärte Reichenbach bedeutungsvoll.

„Dann hättest du den Waldarbeitern rechtzeitig in den Arsch treten sollen, damit wir nicht ihre Arbeit machen müssen." Kohlhaas wollte sich nicht beruhigen.

„Ich ordne hiermit an, dass Ihr Eure Arbeit sofort einstellt. Ich werde Meldung beim Gutsherrn machen ..."

„Du kannst mir mal im Mondschein begegnen, Herr Gutsverwalter", unterbrach Kohlhaas den aufgeblasenen Mann. Bevor der sich weiter entrüsten konnte, wurden sie von einem Reiter unterbrochen, der sein Pferd unmittelbar bei den Streithähnen zügelte und absaß.

„Wie es scheint, gibt es Unstimmigkeiten. Darf ich erfahren welcher Art?"

„Herr Rittmeister, ich versuche gerade den Kutscher des Meisters Haferkamp davon zu überzeugen, dass er nicht befugt ist, seine Stämme selbst aus dem Wald zu ziehen", wandte sich der Gutsverwalter Georg zu.

„Nun, Kohlhaas, welchen Grund gibt es dafür, dass Ihr unbedingt die Arbeit unserer Leute übernehmen wollt?"

„Ganz einfach, Herr Rittmeister, die Stämme, die wir abholen wollten und die dem Meister Haferkamp zugesagt waren, lagen nicht bereit. Und um nicht noch mehr Zeit zu vertrödeln, haben Bernhard und ich einfach mit angepackt. Was Eurem Herrn Gutsverwalter anscheinend nicht gefällt."

Georg musterte abwechselnd den Gutsverwalter und den Vorarbeiter. „Kann mir einer von Euch erklären, wieso die Stämme nicht bereitliegen?"

Während der Gutsverwalter betreten schwieg, suchte der Vorarbeiter verzweifelt nach einer Erklärung. „Der Unfall des Forstmeisters hat uns doch zeitlich ..."

Georg winkte ab und sah den Vorarbeiter stirnrunzelnd an. „Wenn ich richtig informiert bin, hat doch der Baron nach dem Ausfall des Forstmeisters Euch damit beauftragt, die Arbeiten im Wald zu überwachen und zu koordinieren?"

„Ja, ja, aber Ihr wisst doch ..."

Erneut unterbrach Georg den Vorarbeiter. „Das hilft uns allen gegenwärtig nicht weiter. Ich darf Euch, Kohlhaas, bitten, nach eigenem Ermessen die Stämme aus dem Wald zu rücken. Ich werde mit meinem Onkel alles Weitere besprechen. Ihr hört von mir. Wie lange werdet Ihr noch brauchen?"

„Wenn alle kräftig mit anpacken, müssten wir es bis morgen Abend schaffen."

„Gut, und Ihr, Reichenbach, sorgt dafür, dass es seitens der Waldarbeiter des Gutes schwungvoll vorangeht."

Georg bestieg wieder sein Pferd und ritt davon. Er war bei

seinem täglichen Ausritt nur durch Zufall am Forsthaus vorbeigekommen und hatte den Streit der Männer schon von weitem gehört. Jetzt schien es nötig zu sein, bei seinem Onkel eine Klärung der Umstände herbeizuführen.

Als er die Bibliothek im Herrenhaus betrat, traf er nicht nur seinen Onkel dort an, sondern auch sein Großvater war anwesend.

„Georg, was treibt dich heute zu uns? Waren wir verabredet?", begrüßte Leopold von Leonthal seinen Neffen.

„Nein, Onkel, das nicht. Aber ich glaube, es ist nötig ein paar Entscheidungen zu treffen, um die reibungslose Funktion des Gutes sicherzustellen."

Der Baron hob den Kopf und zeigte auf einen Stuhl für Georg. „Willst du jetzt meine Aufgaben übernehmen?"

„Leopold, nun reagiere doch nicht wie eine empfindliche Stute. Lass den Jungen doch erst einmal ausreden", warf Georgs Großvater mahnend ein.

„Wie es scheint, geht es durch den Unfall im Forsthaus drunter und drüber. Der Vorarbeiter kann den Forstmeister nicht ersetzen. Er ist offensichtlich vollkommen überfordert."

„Wie kommst du darauf?", hakte Georgs Onkel nach.

„Ich habe eben durch Zufall mitbekommen, wie sich Reichenbach mit dem Mann von Meister Haferkamp, er heißt Kohlhaas, gestritten hat, weil das Holz, was er abholen sollte, nicht bereitlag."

„Ist dieser Kohlhaas der Mann, der unseren Forstmeister Sommerfeld gerettet und so vorzüglich versorgt hat?", fragte der alte Baron nach.

„Ja, der ist es. Als er mitbekam, dass die Stämme fehlten, ist er kurzerhand mit seinen Pferden zum Rücken in den Wald."

„Guter Mann. Der krempelt die Ärmel hoch, wenn es darum geht, etwas anzupacken", bemerkte der Großvater anerkennend.

„Und wieso lag das Holz nicht bereit?", schaltete sich der Gutsherr wieder ein.

„Das ist ja das Problem, Onkel. Weder der Vorarbeiter noch der Gutsverwalter haben eine plausible Antwort parat. Es fehlt einfach die ordnende Hand im Forstbereich."

„Und woher soll ich die in der Kürze der Zeit nach deiner Auffassung nehmen? Förster laufen uns ja wahrhaftig nicht täglich über den Weg", reagierte Leopold von Leonthal barsch.

Bevor Georg antworten konnte, hob der alte Baron den Finger, dabei blinzelte er seinem Enkel zu, als wollte er ihm signalisieren: „Ich habe dich schon verstanden, was du vorschlagen willst, aber das lass mich mal machen."

„Du hast recht, Leopold. Wir können uns keinen neuen Forstmeister aus dem Stamm schnitzen. Aber wenn ich mir einmal vor Augen führe, mit welchem Elan dieser Kutscher von Haferkamp, dieser Kohlhaas, zugepackt hat, wie er in kürzester Zeit wusste, was zu tun ist und das auch erfolgreich in die Tat umgesetzt hat, beeindruckt mich das schon. Warum sollten wir nicht einen solchen Mann für uns verpflichten?"

„Vater, du willst doch wohl nicht im Ernst einen Kutscher die Arbeit des Forstmeisters eines Gutes unserer Größe übertragen", widersprach der Gutsherr kopfschüttelnd.

„Entschuldige, Onkel. Aber Kohlhaas hat früher als Förster im Mecklenburgischen gearbeitet, wie er mir erzählt hat", warf Georg ein.

Der Gutsherr schüttelte energisch den Kopf. „Wieso verschlägt es ihn nach Glückstadt? Und wieso macht er jetzt Knechtarbeiten für Haferkamp? Mit dem Mann stimmt doch etwas nicht."

„Fragen wir ihn halt", bemerkte der alte Baron. „Außerdem wissen wir ja auch nicht, ob er diese Aufgabe überhaupt übernehmen will."

Leopold von Leonthal überlegte eine Weile. „Da Ihr ohnehin nicht lockerlasst, werde ich ihn anhören. Da du, Georg, bereits Kontakt mit ihm hattest, bringe ihn am besten heute noch zu mir. Dann werden wir ja erfahren, aus welchem Stall er kommt und dann können wir immer noch entscheiden, ob er der richtige Mann für uns ist."

Georg wartete vor dem Herrenhaus, nachdem er einen Diener ins Gesindehaus geschickt hatte, um Kohlhaas zu benachrichtigen. Wenig später kam er zügigen Schrittes auf Georg zu. „Wo brennt es jetzt, Rittmeister, dass Ihr noch am Abend nach mir verlangt?"

Georg lachte. „Keine große Not, Kohlhaas, und doch ein Problem, das gelöst werden muss. Mein Onkel, Baron von Leonthal, will Euch sprechen."

„Habe ich etwas verbrochen? Irgendjemanden beleidigt?"

„Nein, nein. Kommt nur, gleich wisst Ihr mehr."

Als Georg und Kohlhaas die Bibliothek betraten, warteten der Gutsherr und der alte Baron bereits.

„Das ist Karl Kohlhaas, der Kutscher von Meister Haferkamp aus Glückstadt", stellte Georg Kohlhaas vor.

„Wie uns zu Ohren gekommen ist, gab es Unstimmigkeiten beim Transport der Baumstämme", überfiel Leopold von

Leonthal Kohlhaas ohne Begrüßung. Doch der ließ sich nicht einschüchtern.

„So kann man es auch nennen, Herr Baron. Die bestellten Stämme lagen einfach nicht bereit."

„Und dann habt Ihr kurzerhand die Arbeit meiner Leute übernommen?"

„Ich wollte nur helfen und nicht Däumchen drehend daneben stehen, bis Eure Arbeiter es endlich schaffen würden, sämtliche Stämme aus dem Wald zu holen. Dann wären wir vermutlich in der nächsten Woche noch nicht zurück in Glückstadt." Kohlhaas war sich keiner Schuld bewusst.

Der Gutsherr setzte sich gerade hin. Ein Ton, den er nicht gewohnt war.

„Guter Mann, es tut uns leid, wenn es zu dieser Verzögerung gekommen ist", schaltete sich jetzt der alte Baron ein, als er merkte, dass sein Sohn wieder einmal den falschen Ton getroffen hatte. „Eure Initiative auch im Zusammenhang mit dem Unfall des Forstmeisters gebührt Anerkennung. Ihr habt treffsicher erkannt, dass durch den Ausfall des Forstmeisters einiges in Unordnung geraten ist im Bereich der Försterei. Wir haben darum eine für Euch möglicherweise überraschende Frage. Könntet Ihr Euch vorstellen, in unsere Dienste zu treten und die Försterei zu übernehmen?"

Kohlhaas klappte der Kiefer herunter. Mit offenem Mund sah er den alten Baron, danach den Gutsherrn und Georg staunend an. Er war wahrhaftig nicht auf den Mund gefallen und in seinem Leben auch schon in so manche unverhoffte Lage geraten, aber jetzt fehlten ihm für kurze Zeit die Worte. „Verzeiht, meine Herren, aber Ihr merkt, ich bin etwas sprachlos. Ihr wollt ernsthaft, dass ich das Amt des Forstmeisters Sommerfeld übernehme?"

„So wie es aussieht, wird Sommerfeld diese Aufgabe auch nach seiner Genesung kaum wieder übernehmen können", stellte Leopold von Leonthal fest. „Allerdings würde mich Euer Werdegang interessieren."

„Da gibt es nicht viel zu berichten. Ich bin auf dem Gut Schwanenheide im Mecklenburgischen aufgewachsen, wo mein Vater Holzfäller war. Der Gutsherr hat mein Interesse an allem, was mit Holz zusammenhing, früh erkannt und meine Ausbildung zum Förster gefördert. Ich habe dann jahrelang als zweiter Mann als Förster beim Grafen von Kattenburg gearbeitet."

„Und warum dann nicht mehr? Es ist doch immerhin ein stattliches Gut mit traditionellem Ruf", unterbrach der Gutsherr Kohlhaas.

„Ich will ganz ehrlich zu Euch sein. Der Forstmeister war ein Halunke. Er hat Gelder unterschlagen, und als der Graf von ihm dafür Rechenschaft verlangte, wollte er mir den schwarzen Peter unterschieben. Ich bin dann gegangen."

„Das ist durchaus verständlich", meldete sich der alte Baron wieder zu Wort. „Aber wieso denn jetzt Glückstadt. Und ganz im Vertrauen, mein Lieber, Kutscher bei Haferkamp ist bei Eurem Wissensstand ja nun wahrhaftig nicht die beste Arbeit."

Kohlhaas lächelte. „Da habt Ihr wohl recht, Herr Baron. Aber durch die Besetzung Mecklenburgs durch die Schweden ist es nicht einfach, dort eine sichere Arbeit zu finden. Das neue Glückstadt dagegen schien mir vielversprechende Perspektiven zu eröffnen."

„Wie auch immer, glaubt Ihr denn, dass Ihr das Angebot meines Onkels und meines Großvaters ins Augen fassen könntet?", meldete sich Georg zu Wort.

„Ich muss darüber nachdenken. Außerdem gibt es da noch ein kleines Problem. Ich habe auch eine Frau."

„Nun, das wäre für uns kein Problem", warf der alte Baron ein. „Es scheint ohnehin an der Zeit, dass im Forsthaus einmal wieder eine weiblich fürsorgliche Hand regiert, nachdem der alte Sommerfeld jahrelang dort allein gehaust hat. Um unseren gewogenen Kunden Haferkamp nicht zu verprellen, schlage ich vor, Leopold, dass du Kohlhaas einen Brief mit auf den Weg gibst, wo du unsere Situation beschreibst. Dann wird er sicherlich Verständnis dafür aufbringen, dass wir ihm seinen besten Mann ausspannen müssen."

Kapitel 9

Felicitas von Leonthal, die Gräfin, schlug ungnädig die Hände vor das Gesicht. Sie hatte unruhige Nächte hinter sich. Nein! Nein! Nein! Es lief gar nicht gut. Als hätte sich eine dunkle Wolke vor den hoffnungsvoll strahlenden Stern geschoben. Dabei konnte sie doch anfangs ihre ehrgeizigen Pläne ohne große Mühe in die Tat umsetzen. Zugegeben, ein wenig Glück gehörte auch dazu. Doch sie hatte auch die Gunst der Stunde erfolgreich nutzen können. Dass der Besitzer des stattlichen Gutes Leonthal, Leopold Baron von Leonthal, so unvermutet Witwer geworden war, konnte man letztlich nur dem Schicksal zuschreiben. Doch dass er ihrem Werben erlag und sie geheiratet hatte, konnte die Gräfin sich auf ihre eigenen

Fahnen schreiben. Herrin auf einem Gut dieser Größe hielt sie selbst für angemessen und standesgemäß. Auch wenn dieses gesellschaftlich einer Degradierung gleichkam. Von einer Gräfin zur Baronin. Doch Opfer mussten eben erbracht werden. Da ihr verstorbener Ehemann, der Graf, nur Schulden hinterlassen hatte, war für die Zukunft der Schwerpunkt auf ein repräsentatives und lukratives Umfeld zu legen. Das Gut Leonthal bot dafür die beste Voraussetzung. So war der Verlust des Titels eher unbedeutend. Was man den Domestiken gegenüber natürlich nicht eingestehen konnte. Folglich war die Forderung, nach wie vor mit „Gräfin" angeredet zu werden, nur legitim.

Auch der sorglose Weg für die Kinder, Tobias und Caroline, wäre so bereitet gewesen, wenn nicht dieser Georg mit seiner Mutter so unvermutet aufgetaucht wäre. Ein wahrer Erbe der Leonthal war in den Plänen der Gräfin nicht vorgesehen. Zumindest hatte sie mit ihrem geäußerten Verdacht, dass Georg nur ein Bastard sein könnte, Zweifel säen und die beiden Eindringlinge erst einmal ins Torhaus verbannen können. An diesem Plan musste weiter gefeilt werden. Ihre Idee, einen Notar einzuschalten und einen Zeugen hervorzuzaubern, der dieses bezeugte, fand die Gräfin nach wie vor als genialen Schachzug. Auch wenn die finanziellen Forderungen dieser beiden Halunken verbrecherisch waren, so rüttelte das Dokument zugleich an der durchaus willkommenen Demontage der madonnenhaften Verehrung von Maria von Leonthal, Georgs Mutter. Doch die Präsentation dieser Urkunde als Beweis lief ganz und gar nicht so, wie die Gräfin sich das vorgestellt hatte. Hinzu kam noch dieser tölpelhafte Versuch von Tobias, mit den kranken Pferden, das Image von diesem Georg zu beschädigen. Von dem Lagerfeuer im Strohlager ganz zu schweigen. Erste Zweifel der Gräfin an der Fähigkeit ihres Sohnes, überhaupt in ferner Zukunft ein Gut führen zu können, wischte sie mit einer unwirschen Handbewegung zur Seite. Niemand zerstörte ihre Pläne. Auch Caroline nicht. Dieses dumme Ding hatte sich erlaubt, Kritik an ihrer Mutter zu üben. Was bildete sie sich eigentlich ein? Ohne den finanziellen Hintergrund des Gutes von Leonthal hätte die hochnäsige Gans doch keine Möglichkeit, einen standesgemäßen Mann zu finden. Es wird allerhöchste Zeit, die Zügel etwas strammer anzuziehen. Bei Tobias waren sie ja schon auf dem richtigen Weg, obwohl ihr die grundsätzliche Einstellung von Leopold ihrem Sohn gegenüber nicht gefiel.

Dieser unterschwellige Widerstand der ganzen Familie passte nicht in ihre Absichten. Es musste doch eine Möglichkeit geben, irgendwo den Hebel anzusetzen. Felicitas von Leonthal legte grübelnd einen Finger an die Stirn. Wie ein Blitz schoss ihr ein Gedanke durch den Kopf. Ein erlösendes Lächeln umspielte ihre Lippen. Warum hatte sie nicht schon früher daran gedacht? Manchmal sieht man den Wald vor lauter Bäumen nicht. Nicht Georg und seine Mutter waren das Problem. Sie waren nur die Auslöser allen Übels. Auch ihr Ehemann Leopold stellte keine große Hürde dar, ihn würde sie schon für sich einnehmen können. Der Alte ist der schwerste Brocken, der aus dem Weg geräumt werden musste. Götz Baron von Leonthal, der immer noch den Ton angab, obwohl sein Sohn bereits das Gut führte. Der überall noch seine

Finger im Spiel hatte. Hier musste sie den Hebel ansetzen. Doch es ging auch darum, behutsam vorzugehen. Wege zu finden, die keine Rückschlüsse zuließen. Das Gesicht der Gräfin hellte sich auf.

Die Unruhe unter den Menschen auf dem Gut Leonthal war fast greifbar. Es gab kaum jemanden, der nicht schon davon gehört hatte. Die Schweden hatten Holstein überfallen. Die Meldungen widersprachen sich. Einige erzählten von marodierenden Horden, andere wiederum meinten, nur einzelne Soldaten gesehen zu haben. Die Ländereien und das Gut waren bisher nicht davon betroffen, soweit Georg wusste. Sollte man den Kopf in den Sand stecken und abwarten oder musste man sich ernsthafte Gedanken über Schutzmaßnahmen machen? Diese Dinge mit seinem Onkel zu besprechen, hielt Georg für wenig Erfolg versprechend, da dieser Probleme ungern aufgriff. Zumal, wenn es darum ging, Entscheidungen zu treffen.

„Großvater, habt Ihr fünf Minuten Zeit für einen beunruhigten Enkel?" Georg hatte sich ungesehen in das Herrenhaus geschlichen. Lediglich der Diener Albert des alten Barons hatte ihn entdeckt und schnell hereingewinkt.

„Georg, komm herein. Du bist immer willkommen. Ich glaube, deinen seltenen Besuch können wir uns heute mit einem Glas Portwein versüßen." Götz von Leonthal blinzelte seinen Enkel schelmisch an. „Wie du inzwischen weißt, bin ich kein Kostverächter, wenn es um einen guten Tropfen geht. Tagsüber belebt ein Glas Portwein den Geist. Als Nachtrunk dagegen bevorzuge ich einen Cognac. Ein ganz edler Tropfen aus Frankreich.“

„Nun, mein Junge, wo drückt der Schuh?“, fragte der alte Baron, nachdem Georg zwei Gläser gefüllt hatte.

„Ich glaube, Großvater, uns stehen unruhige Zeiten bevor. Ich weiß nicht, ob auch Ihr davon gehört habt, dass die Schweden im Holsteinischen gelandet sind?“

„Ja, vernommen habe ich es auch, aber nichts Konkretes. Weißt du mehr?“

„Nein, leider auch nicht. Ich frage mich nur, ob es sinnvoll ist, sich zu wappnen oder die Hände in den Schoß zu legen. Sicher ist, wenn die Schweden wieder einen Krieg gegen die Dänen vom Zaun brechen, dann kann es auch für uns irgendwann ungemütlich werden.“

„Lass uns zunächst einmal die Gläser erheben und auf die Vernunft der Menschheit anstoßen.“

Der alte Baron und Georg prosteten sich zu.

„Wir wissen beide, Georg, als ehemalige Soldaten, dass die Gier der Armee sich in erster Linie auf zwei Schwerpunkte richtet. Das ist erstens die Versorgung der Truppe, also die Futterage, und zweitens ihre Beweglichkeit, also die Pferde. Unser Gut würde ihnen dafür beste Voraussetzung und einträgliche Beute bieten. Also, was ist zu tun?“

„Ich kann nur für den Marstall sprechen. Was haltet Ihr davon, wenn wir, solange noch Zeit ist, unsere wertvollsten Pferde nach Glückstadt bringen?“

„Kein schlechter Gedanke. Wie man hört, soll die Stadt sich mit mächtigen Bastionen gegen den Feind schützen können. Aber du kannst nicht über einhundert Pferde meilenweit durch das Land treiben.“

„Das ist wohl wahr. Aber sollten die Schweden bei uns einfallen, würde ich die verbleibenden Pferde in den Wald jagen. Und wenn der ganze Trubel vorüber ist, fangen wir sie wieder ein."

Der alte Baron nickte schmunzelnd. „Du hast recht, die Soldaten würden das eine oder andere herumirrende Pferd noch bekommen können, aber gezielte Jagd auf die freien Tiere in dem unübersichtlichen Gelände eines Waldes werden sie nicht machen. Ganz gleich wie sich die Lage entwickelt, aber du musst es mit deinem Onkel besprechen, welche Maßnahmen du treffen willst."

Georg sah seinen Großvater betrübt an. „Mit welchem Ergebnis?"

Auch der alte Baron hob resignierend die Schultern. „Du hast ja recht, Georg. Aber er ist nun einmal der Gutsherr, der solche Maßnahmen absegnen muss. Ich weiß, dass Leopold seine Fehler hat. Glaube mir, ich habe mir deinen Vater weitaus besser auf diesem Posten vorstellen können."

Später, als Georg seine abendliche Runde durch den Marstall machte, musste er an das Gespräch mit seinem Großvater denken. Er hatte den Eindruck, dass der alte Baron ein wenig müde und erschöpft wirkte. Es fehlte das unternehmungslustige Blitzen in seinen Augen. Vielleicht täuschte sich Georg auch. Immerhin war sein Großvater schon über siebzig Jahre alt. Trotz allem hätte er sich ein wenig mehr Unterstützung von ihm erwartet. Zu einem Gespräch mit seinem Onkel hatte sich Georg noch nicht entschließen können. Einmal mehr genoss er die abendliche Stille des Marstalls. Das gelegentliche Schnaufen der Tiere, das Scharren mit den Hufen, das gedämpfte Licht durch die Laternen und der unverkennbare Geruch von Stroh und Pferdeleibern riefen bei Georg stets eine Behaglichkeit und Gefühle hervor, die er kaum beschreiben konnte.

Gedankenversunken setzte er seinen Weg Richtung Torhaus fort. Plötzlich stutzte er. Er glaubte, in dem Gebäude hinter dem Strohhaus einen Lichtschein entdeckt zu haben. Das unheilvolle Lagerfeuer von Tobias kam ihm sofort in den Sinn. Hastig lief er auf das Haus zu und riss die Tür auf. Verwundert schreckte er zurück. Im Raum sahen ihn rund ein Dutzend Augenpaare erschrocken an. Unter ihnen auch der Gutsschmied Klingbeil. Die anderen Gesichter konnte Georg aufgrund des trüben Laternenlichtes kaum erkennen.

Georg sah den Gutsschmied an. „Meister Klingbeil, das müsst Ihr mir aber einmal erklären. Was ist hier los?"

Der Gutsschmied ging Georg zwei Schritte entgegen.

„Kommt erst einmal herein, Rittmeister. Wir planen keine Meuterei oder Verschwörung. Auch wenn es so aussehen mag. Allerdings, wenn Ihr schon einmal hier seid."

Klingbeil blickte in die Runde, als wollte er sich vergewissern, dass es das Richtige ist, was er jetzt vorhatte. „Von dem Überfall der Schweden habt Ihr sicherlich auch schon gehört."

Georg nickte.

„Sie bringen uns nichts Gutes", fuhr Klingbeil fort. „Sie überfallen die Dörfer, rauben, plündern, stecken die Häuser an und vergewaltigen die Frauen."

Georg schüttelte unwillig den Kopf. „Seid Ihr sicher, dass das stimmt?"

„Ihr wart selbst im Krieg, Rittmeister, und wisst, wie es da zugeht. Aber vielleicht sollte mein Vetter Konrad Euch einmal berichten, wie es in seinem Dorf zugegangen ist."

Der Gutsschmied winkte einen jungen Mann heran, der Georg skeptisch ansah. „Los, Konrad, erzähl dem Rittmeister, wie die Schweden in deinem Dorf gehaust haben."

„Ich komme aus Hollenbek, nicht weit vom Schaalsee. Es ist keine zwei Wochen her, da fielen am frühen Morgen Soldaten in das Dorf ein. Sie waren vollkommen von Sinnen. Sind in die Häuser eingebrochen, haben Wertsachen und alles Essbare an sich gerissen. Wer im Weg stand, wurde kurzerhand niedergemetzelt ..."

Konrad brach in Tränen aus. Er konnte nicht weitersprechen. Der Gutsschmied legte ihm tröstend die Hand auf die Schulter. „Sie haben seinem zehnjährigen Sohn mit einem Säbelhieb den Kopf vom Leib getrennt und seine Frau mehrfach vergewaltigt, bevor sie auch sie umgebracht haben."

Georg schüttelte nur ungläubig den Kopf und sah Konrad mitleidig an. „Wie konntet Ihr entfliehen?"

„Ich war gerade auf dem Feld und habe mich dann im Wald versteckt, als ich sah, dass sie auch noch die Häuser angesteckt hatten", berichtete der Vetter des Gutsschmieds stockend weiter.

„Haben neben Euch noch weitere überlebt?", wollte Georg wissen.

„Ja, einige konnten fliehen und sich auch verstecken. Sie haben mir von dem Massaker erzählt, als ich sie traf. Auch von meiner Familie. Ich bin nicht wieder ins Dorf gegangen, sondern gleich hergekommen."

Georg wandte sich wieder an den Schmied. „Habt Ihr ähnliche Gräuelberichte auch von anderen Dörfern gehört?"

„Ja, Rittmeister, die Schweden hinterlassen eine Schneise der Verwüstung. Egal, wo man hinhört."

„Und wie soll ich Euer geheimnisvolles Treffen hier deuten?"

„Wir wollen uns das nicht mehr gefallen lassen. Das sind unsere Frauen und Kinder, die da gemeuchelt werden." Klingbeil fuhr sich erregt mit der Hand über das Gesicht.

„Ich verstehe ja Eure Entrüstung, Meister Klingbeil, ich bin auch fassungslos. Doch wollt Ihr ernsthaft mit ein paar wild Entschlossenen, ausgestattet mit Mistgabeln, gegen eine ganze Armee kämpfen?"

„Natürlich nicht. Aber unterschätzt nicht die Entschlossenheit der Freien Holsteinischen Knechte. So nennen sich inzwischen die Männer, die sich landauf, landab organisieren."

„Klingbeil, ganz gleich, was diese Männer auch erreichen wollen, Ihr wisst doch selbst, dass der Ehrgeiz, etwas zu bewirken, das eine ist, es in die Tat umzusetzen, aber ganz andere Voraussetzungen verlangt. Wie beispielsweise einen sinnvollen Plan, eine Strategie und letztlich auch eine militärische Führung und Organisation, von der Bewaffnung ganz zu schweigen."

„Das ist uns alles bewusst, Rittmeister. Deshalb wäre es ja äußerst vielversprechend, wenn solche Männer wie Ihr, mitmachen würden."

Georg sah den Gutsschmied ernsthaft an. „Klingbeil, Ihr seid doch ein denkender Mensch. Wer soll denn die Arbeit auf dem Gut verrichten, wenn alle anfangen, heimlich Soldat zu spielen? Das Einzige, was ich Euch heute anbieten kann, ist meine Verschwiegenheit. Ich habe Euch heute Abend nicht gesehen. Passt auf Euch auf."

Georg drehte sich um und verließ die Scheune.

Kapitel 10

Im Schankraum der Herberge „Zur Einkehr" in Glückstadt herrschte reges Treiben. Die Tische waren voll besetzt. Und zwei Mädchen hatten alle Hände damit zu tun, die durstigen Kehlen zu befriedigen. Eine fröhliche, ausgelassene Stimmung herrschte. Auch Marietta sprang gelegentlich mit ein, während die Witwe Abendrot mit einem Hausknecht zusammen die Arbeiten hinter dem Tresen verrichtete.

„Komm, Marietta, leiste uns doch ein bisschen Gesellschaft", rief einer der Zecher ihr zu. Gleichzeitig versuchte er, sie an der Hüfte zu ergreifen und sie an sich zu ziehen. Doch sie drehte sich schwungvoll zur Seite, sodass der Zecher ins Leere griff und halb von der Bank fiel. Bevor er sich selbst wieder aufrappeln konnte, zog ihn eine kräftige Hand am Schlafittchen nach oben. „Ich glaub', du hast heute genug gesoffen. Frische Luft wird dir guttun." Der Zecher taumelte am ausgestreckten Arm des Mannes durch die Reihen unter dem Gegröle der anderen Gäste bis vor die Tür, wo er nach einem Tritt ins Hinterteil im Straßendreck landete.

„Gehst du noch einmal den Mädchen an die Wäsche, dann fehlen dir in Zukunft ein paar Zähne und deine Nase wird dann auch nicht mehr gerade sein." Es war nicht das erste Mal, dass Kohlhaas im Schankraum der Herberge für Ordnung gesorgt hatte. Er wusste, dass Marietta als Marketenderin die rauen Sitten unter saufenden Männern kannte und sich ihrer auch zu erwehren wusste, doch Kohlhaas hatte seine Probleme damit, wenn er hautnah das rüpelhafte Benehmen ihr gegenüber miterleben musste.

„Marietta, meinst du nicht, dass ein Leben im Forsthaus auf Leonthal für uns beide besser wäre?", bedrängte Kohlhaas Marietta am Abend nicht das erste Mal.

„Ich weiß, Kohlhaas, dass du von dieser Aufgabe als Förster träumst, aber war es nicht gerade die Sicherheit der Stadtmauern, die uns nach Glückstadt gebracht hat? Da draußen toben die Schweden. Und du weißt genau, dass das unser Todesurteil bedeuten würde, sollten sie uns in ihre Finger bekommen."

„Unser jetziges Leben ist doch auch nicht die Erfüllung. Ich buckle mir den Rücken krumm bei Haferkamp für nichts und wieder nichts. Habe ununterbrochen mit hinterhältigen Mistkerlen zu tun. Und du schwenkst hier die Bierkannen, ohne Geld dafür zu bekommen, und musst dir dafür auch noch von besoffenen Halunken an den Hintern fassen lassen."

Marietta sah Kohlhaas liebevoll an. „Aber ich habe doch dich. Du verteidigst doch meine Ehre stets tapfer."

„Marietta, mir ist nicht zum Spaßen zumute. Wir müssen nach vorn schauen. Ein vergleichbares Angebot, wie das Forsthaus in Leonthal zu führen, kommt nicht so schnell wieder. Da bin ich mein eigener Herr im Forst. Gut, es gibt auch einen Gutsherrn, aber der ist auf meinen Rat angewiesen. Wir hätten ein Haus, dazu Personal. Wir wären angesehen und würden auch noch anständig bezahlt. Etwas Besseres kann uns nicht passieren."

Marietta runzelte die Stirn. „Und die Schweden?"

„Bisher haben sie Leonthal ja noch nicht entdeckt. Außerdem weiß doch nicht jeder schwedische Soldat, dass wir gesucht werden. Und wenn sie kommen sollten, können wir uns immer noch im Wald verstecken." Kohlhaas ließ nicht locker.

„Wir haben unruhige Zeiten. Und Ihr seid Euch sicher, dass Ihr diese Aufgabe übernehmen wollt?" Georg zügelte sein Pferd.

„Habt Ihr Zweifel an meinen Fähigkeiten, Rittmeister?" Kohlhaas hielt ebenfalls an und musterte Georg kritisch.

„Nein, in keiner Weise, Kohlhaas." Georg musste lachen. „Vergesst nicht, dass ich es war, der meinen Onkel davon überzeugen konnte, dass Ihr der richtige Mann seid."

„Dafür sei Euch gedankt. Ich will nicht zu stark auftragen, aber einige Änderungen halte ich schon für erforderlich. Das Auslichten wurde in der Vergangenheit ein wenig vernachlässigt. Auch die Abläufe beim Schlagen und Rücken können besser koordiniert werden. Aber das bekommen wir schon hin."

„Da bin ich mir ganz sicher. Ein kleiner Rat. Neuerungen rufen unter den Männern immer auch Widerstand hervor. Denen werdet Ihr nach meiner Auffassung ohne Mühe begegnen können. Mein Onkel ist noch von der alten Schule. Ihn zu überzeugen, ist nicht immer ganz leicht. Daher mein Vorschlag. Geht es um Grundsätzliches, sprecht erst mit mir."

Kohlhaas zögerte und musterte Georg skeptisch. „Ich benötige für Änderungen erst Euren Segen, Rittmeister?"

„Nein, Kohlhaas, überhaupt nicht. Ich biete Euch nur meine Hilfe an. Ich möchte Euch nicht erschrecken. Ihr werdet noch früh genug die familiären Eigenarten derer von Leonthal erleben." Georg gab seinem Pferd wieder die Sporen. Kohlhaas folgte ihm.

Nachdem Kohlhaas Marietta von den Vorzügen eines Lebens im Forsthaus überzeugt hatte, waren sie vor einer Woche auf das Gut Leonthal umgezogen. Der Gutsherr Leopold von Leonthal hatte Georg gebeten, den neuen Forstmeister in den ersten Tagen zu begleiten, die Personen auf dem Gut vorzustellen und ihm Einrichtungen und Forst zu zeigen. In den meisten Fällen begegneten ihm die Bediensteten des Gutes freundlich. Zumal, wenn sie erfuhren, dass Kohlhaas es war, der den alten Forstmeister gerettet hatte.

„Meine alte Devise. Packst du richtig an, dann geht es auch voran!", begrüßte der Gutsschmied Klingbeil Kohlhaas mit einer kräftigen Umarmung, die selbst dem einstigen Sergeanten für kurze Zeit die Luft nahm.

Gutsverwalter Reichenbachs Gesichtszüge ließen hingegen zweifelsfrei erkennen, dass er mit dem neuen Forstmeister überhaupt nicht einverstanden war. Vermutlich erinnerte er sich schmerzlich an ihre erste Begegnung. „Ich habe Euch ja bereits einst darauf hingewiesen, dass ich in meiner Eigenschaft als Gutsverwalter verantwortlich für alle Arbeiten auf dem Gut bin. Nur schon vorab zu Eurer Information, das schließt auch die Arbeit des Forstmeisters mit ein."

„Wisst Ihr was, Herr Gutsverwalter, mein Vorschlag, jeder

macht seine Arbeit, so gut er kann. Und wenn ich mich recht erinnere, waren Eure damaligen Weisungen, als es um das zügige Rücken der Baumstämme ging, nicht unbedingt von Wissen und Kompetenz geprägt", erwiderte Kohlhaas lächelnd. Er wollte sich partout nicht von diesem aufgeblasenen Wichtigtuer die Butter vom Brot nehmen lassen.

„Nun lasst den neuen Forstmeister erst einmal ankommen, Reichenbach. Organisatorische Dinge sind später immer noch regelbar", versuchte Georg die beiden Streithähne zu beschwichtigen.

Beim Besuch der Gutsküche begegneten Kohlhaas nur strahlende Gesichter. In den Augen von der Köchin Magda und ihren Küchenmädchen war er ein großer Held, hatten sie doch unmittelbar erlebt, wie souverän er den Forstmeister gerettet und versorgt hatte. Die Begegnung am Krankenbett verlief allerdings nicht so, wie Kohlhaas es sich vorgestellt hatte.

„Ich hab' es schon gehört, Ihr wollt mir meine Arbeit wegnehmen", wurde er begrüßt.

„In keiner Weise, guter Mann", versuchte Kohlhaas den knurrenden Forstmeister zu beruhigen. „Aber irgendjemand muss ja Eure Arbeit machen." Auch wenn Kohlhaas eigentlich ein wenig Dankbarkeit erwartet hatte, so konnte er grundsätzlich den Mann in seiner misslichen Lage gut verstehen. Er würde vermutlich ähnlich gereizt reagieren. Auch wenn die Köchin Magda und ihre Küchenmädchen sich rührend um den Forstmeister mit den gebrochenen Beinen kümmerten, so war er doch über Wochen zur Untätigkeit verdammt. Über allem schwebte ohnehin die Frage, ob er je wieder laufen könnte.

Der Vorarbeiter Lorenz der Försterei schien offensichtlich ganz froh über das Erscheinen eines neuen Forstmeisters zu sein. Wurde ihm doch eine drückende Last von den Schultern genommen. So setzte er die ungewohnten Weisungen anfangs zwar zögerlich, doch dann sehr engagiert um, da Kohlhaas ihm seine Auffassungen der Arbeitsabläufe genau erklärte.

Als sich der Tag dem Abend neigte, kehrten Georg und Kohlhaas von ihrem Erkundungsritt durch den Forst zurück.

„Ich glaube, Kohlhaas, wir haben uns beide einen kleinen Stärkungstrunk verdient", lud Georg den neuen Forstmeister ein. Gemeinsam betraten sie das Kontor am Ende des Marstalls, das sich Georg selbst eingerichtet hatte und wo er seine schriftlichen Arbeiten erledigen konnte.

„Ich glaube, Ihr habt die richtige Entscheidung getroffen", erklärte Georg, nachdem sie sich gesetzt und den ersten Schluck genommen hatten.

„Wir werden sehen", antwortete Kohlhaas zögerlich. „Wie Ihr schon gesagt habt, wir leben in unruhigen Zeiten. Hoffen wir, dass das Gut verschont bleibt."

„Habt Ihr Kenntnisse über irgendwelche Kriegshandlungen im Holsteinischen?"

„Nein, nichts Präzises. Genaugenommen interessiert es mich auch nicht, warum sich irgendwelche Fürsten die Köpfe einschlagen müssen. Das geht doch seit Jahren schon so. Keiner kennt mehr die wahren Gründe für die bestialischen Auseinandersetzungen. Auf der Fahrt von Glückstadt zum Gut habe ich nur Menschen getroffen, die aus ihren Dörfern fliehen konnten, in denen die Schweden grausam gewütet hatten."

„Im Krieg gibt es keine Gewinner. Ich weiß, wovon ich spreche", entgegnete Georg gedankenverloren. „Das könnt Ihr mir glauben."

Kohlhaas biss sich gerade noch auf die Zunge, bevor er auch etwas über seine Kampferfahrung verraten konnte.

Am nächsten Morgen hatte Leopold von Leonthal Kohlhaas zur Besprechung ins Herrenhaus zitiert. Der Gutsherr verlangte einen Bericht darüber, wie Kohlhaas den Gutsforst vorgefunden hatte, wie er ihn beurteilen und welche Änderungen er für nötig halten würde. Kohlhaas erläuterte seine Ideen, die entgegen seiner Erwartungen vom Gutsherrn zustimmend abgenickt wurden. Nach einer halben Stunde war er entlassen.

Als Kohlhaas voller Tatendrang das Herrenhaus verlassen wollte, wurde er unvorhersehbar gebremst. Auf dem Podest der Freitreppe standen zwei Damen, die offensichtlich auf etwas warteten. Als die ältere der beiden Kohlhaas erblickte, reagierte sie heftig.

„Habe ich nicht rechtzeitig nach der Kutsche verlangt? Ich bin es nicht gewohnt, dass meine Befehle nicht befolgt werden."

„Eine Auffassung, Gnädigste, die ich unwidersprochen mit Euch teile", erwiderte Kohlhaas schlagfertig.

Erst jetzt musterte die Gräfin diesen respektlosen Kerl genauer. Vor ihr stand ein grobschlächtiges Individuum, gekleidet in Loden und Leder, mit verschmutzten Stiefeln und einer auffälligen Narbe im Gesicht, der sie frech anlächelte.

„Wer seid Ihr überhaupt? Was erdreistet Ihr Euch hier durch das Hauptportal zu schreiten und nicht den Dienstboteneingang zu nehmen, wie es sich für niederen Kräfte des Gutes gehört?"

„Es tut mir aufrichtig leid, Gnädigste, wenn ich mich noch nicht vorstellen konnte. Aber mein Name ist Karl Kohlhaas und ich bin der neue Forstmeister des Gutes. Und wer seid Ihr?" Kohlhaas registrierte aus den Augenwinkeln, dass das junge Mädchen sich kaum das Lachen verkneifen konnte. Gleichzeitig bemerkte er, dass die erregte Dame vor ihm kurzzeitig in entsetzte Starre verfallen war.

„Eure Impertinenz ist unerträglich. Ihr wisst wohl nicht, wen Ihr vor Euch habt. Ich erwarte von Euch der Gutsherrin gegenüber Respekt …"

„Verzeihung, Baronin, wenn ich Euch zu nahe getreten bin", unterbrach Kohlhaas die empörte Gutsherrin. Dabei vollführte er eine übertriebene Verbeugung.

„Mein Titel ist der einer Gräfin", entgegnete Felicitas von Leonthal mit erhobenem Kopf.

„Wie auch immer Ihr wünscht. Meinetwegen auch Hoheit und Majestät, wenn es Eurem Seelenheil dient. Ich darf mich empfehlen. Die Pflicht ruft." Ohne sich um die weitere Reaktion der Gräfin zu kümmern, ging Kohlhaas die Stufen hinunter, band sein Pferd los, saß auf und ritt davon, nicht ohne vorher mit einem Finger an sein Barett zu tippen.

Als Kohlhaas gegen Abend das Forsthaus betrat, wurde er bereits von Marietta empfangen. „Kohlhaas, wir müssen etwas Grundsätzliches besprechen."

„Das hört sich nicht gut an. Eigentlich hatte ich heute schon reichlich Trubel. Aber ich nehme an, ich kann dich nicht bremsen."

Gemeinsam gingen sie in die Wohnküche. Marietta servierte Kohlhaas einen Krug Bier, bevor sie sich auch an den Tisch setzte.

„Egal, was jetzt auch kommt. Mit Bier ist alles zu ertragen." Kohlhaas nahm einen kräftigen Schluck und sah dann Marietta erwartungsvoll an.

„Ich habe hin und her überlegt, Kohlhaas, aber wir müssen im Haus einiges verändern, um es einigermaßen wohnlich zu machen."

„Du weißt, Marietta, dass ich dir da nicht hineinrede. Das ist ganz allein dein Bier."

„Ja, ich weiß, dass du mir da freie Hand lässt, aber eine Sache betrifft dich doch."

„Und die wäre?"

„Ich kann das ganze Getier nicht ab …"

„Haben wir Ratten im Haus?", unterbrach Kohlhaas Marietta. „Dann muss ich Fallen aufstellen."

„Nein, nein. Das meine ich nicht. Es sind die ganzen Geweihe, die in jedem Zimmer an der Wand hängen. Jedes Mal, wenn ich ins Wohnzimmer komme, erschrecke ich mich, weil dieses blöde Wildschwein an der Wand mich anglotzt. Und im Schlafzimmer lauern auch noch Dachs und Marder auf den Schränken."

Kohlhaas schmunzelte. „Aber Marietta, wir wohnen jetzt in einem Forsthaus. Da ist nur ganz normal, dass auch Tiere des Waldes zum Mobiliar gehören."

„Aber doch nicht in jedem Raum. Wenn im Eingangsbereich ein paar Trophäen der ach so erfolgreichen Jäger von einst hängen, in Gottes Namen, aber doch nicht auch noch im Schlafzimmer. Meinetwegen kann das Bild mit dem brunftig röhrenden Hirsch ja dort hängen bleiben, wenn du unbedingt Wert darauf legst, aber mit Geweihen und ausgestopften Tieren möchte ich nicht mein Nachtlager teilen."

„Dein Hinweis auf den Hirsch gefällt mir. Wo sollte er sonst am besten platziert sein als im Schlafgemach?" Kohlhaas konnte sich das Lachen kaum verkneifen.

Marietta schlug Kohlhaas auf den Arm. „Du sollst mich ernst nehmen, du alter Lustmolch."

Kohlhaas ergriff die Hände von Marietta und hielt sie fest. „Ich nehme dich ernst, meine Liebe. Du kannst hier im Haus schalten und walten, wie du möchtest."

Marietta sah Kohlhaas liebevoll an, doch dann umwölkte sich ihre Stirn.

„Was beunruhigt dich denn noch?", fragte Kohlhaas nach, dem das nicht verborgen geblieben war.

„Nichts Bewegendes. Aber ich habe mich heute eine ganze Weile mit Magda, der Gutsköchin, unterhalten können. Die ist anscheinend stets gut unterrichtet. Du weißt schon, dass der Rittmeister ein Neffe von unserem Gutsherrn ist?"

„Ja, irgendjemand hat das wohl in der Vergangenheit einmal erwähnt. Warum fragst du?"

„Findest du das denn nicht auch eigenartig, dass der Rittmeister mit seiner Mutter im Torhaus wohnt?"

„Jetzt, wo du es sagst. Weißt du denn, was dahintersteckt?"

„Magda hat es mir verraten. Die Gräfin, so lässt sich die Frau des Gutsherrn anreden, behauptet, dass der Rittmeister ein Bastard und somit gar nicht ein erbberechtigter Leonthal sei."

Kohlhaas fing an zu prusten. „Das passt zu diesem Drachen." Marietta sah Kohlhaas verwundert an. „Woher willst du das denn wissen?"

„Ich hatte heute Morgen das Vergnügen, ihr zu begegnen. Dieser hochnäsigen Alten sollte man am besten aus dem Weg gehen. Die hat Haare auf den Zähnen."

„Magda erzählte auch, dass es noch eine Tochter und einen Sohn der Gräfin geben soll. Tobias, so heißt der Sohn, hat man aber kürzlich vom Gut gejagt, nachdem er mit seinen Freunden in der Strohscheune gefeiert und dabei ein Lagerfeuer angezündet hat."

„Das glaube ich jetzt nicht. Da hat der liebe Gutsherr aber eine ganz vortreffliche Wahl getroffen. Hauptsache sie spucken uns bei unserer Arbeit nicht zu intensiv in die Suppe." Kohlhaas schüttelte eine ganze Weile verständnislos den Kopf.

Kapitel 11

Es kam nicht oft vor, dass Georg seine Gedanken nicht in geordnete Bahnen lenken konnte. Heute schien ein solcher Tag zu sein. Die Begegnung mit dem neuen Forstmeister und ihr Gespräch klangen noch lange nach. Erst jetzt wurde ihm bewusst, welches spezielle Wissen Kohlhaas über die Pferde gezeigt hatte. Natürlich wusste ein solcher Mann etwas über die kräftigen Kaltblüter, die er als Rückepferde im Wald einsetzte. Aber Kohlhaas konnte bei ihrem Gang durch den

Marstall mühelos auch andere Pferderassen unterscheiden und ihre speziellen Eignungen erklären. Für einen Förster äußerst ungewöhnlich.

Außerdem grübelte Georg immer noch darüber nach, wann es an der Zeit wäre, seinen Onkel über mögliche Evakuierungsmaßnahmen der Pferde zu informieren. Das brisante Thema, das er mit dem Großvater schon besprochen hatte, aber letztlich noch kein Ergebnis erbracht hatte.

Auch die geheime Zusammenkunft der Knechte und die Erklärungen des Gutsschmieds Klingbeil schwirrten immer noch in seinem Kopf herum. Waren es nur hirnlose und zum Misserfolg verdammte Spinnereien oder formierte sich hier tatsächlich ein wirksamer Widerstand gegen die marodierenden Schweden? Und wie sollte er selbst damit umgehen? Es einfach ignorieren, die unvernünftigen Eiferer zur Vernunft bringen oder gar selbst gegen sie kämpfen?

Tief in Gedanken versunken öffnete er die Tür zum Torhaus. Doch dann merkte er auf. Helles Lachen erklang aus dem Salon. Weibliche Stimmen schienen sich vorzüglich zu amüsieren. Wie angewurzelt blieb Georg in der Tür stehen, als er seine Mutter und Caroline in fröhlicher Stimmung antraf.

Maria von Leonthal bemerkte ihren Sohn als Erste. „Georg, schön, dass du da bist. Willst du dich nicht zu uns setzen? Caroline war so freundlich, mich aufzusuchen. Mit dem Vorwand, dass sie noch nie das Torhaus von innen gesehen hat." Dabei blinzelte Georgs Mutter der Comtesse verschwörerisch zu.

„Es tut mir leid, aber ich glaube, ich muss mich erst einmal von meinem Pferdeduft befreien", entschuldigte sich Georg und zog sich zurück. Was hatte das zu bedeuten? Caroline bei seiner Mutter? Anscheinend verstanden die beiden sich gut. Georg dachte an die Begegnung am Weiher. Es war eine äußerst angenehme Erinnerung. Caroline hatte so gar nichts von ihrer herrischen und schroffen Mutter. Im Gegenteil, sie sah nicht nur gut aus, sondern verströmte einen Liebreiz ganz besonderer Art, den Georg gar nicht beschreiben konnte.

Nachdem er sich gewaschen und umgezogen hatte, kehrte er wieder in den Salon zurück.

„Es wird gleich dunkel, Georg. Würdest du so freundlich sein, und die Comtesse ins Herrenhaus begleiten?", forderte seine Mutter ihn auf.

„Es wäre mir eine Ehre."

Caroline erhob sich und wollte sich mit einem Knicks von Georgs Mutter verabschieden. Doch diese stand ebenfalls auf, ging einen Schritt auf Caroline zu und umarmte sie. „Ihr habt mir eine große Freude bereitet, meine Liebe. Besucht mich bitte bald wieder. Es gibt noch viel zu erzählen."

Als Caroline und Georg vor das Torhaus traten, hakte sich die Comtesse wie selbstverständlich bei Georg unter. Langsam schritten sie durch die Allee dem Herrenhaus zu.

„Ich gebe zu, ich war ein wenig überrascht, Euch bei meiner Mutter anzutreffen. Gab es einen besonderen Grund für Euren Besuch?" Georg konnte seine Neugier nicht zügeln.

„Wie Eure Mutter schon erwähnte, ich habe das Torhaus noch nie von innen gesehen", antwortet Caroline. Georg blieb nicht verborgen, dass sie ihn dabei schmunzelnd von der Seite ansah.

Georg blieb stehen und wandte sich Caroline zu. „Klärt mich

auf. In der Armee gab es für Lügen und Befehlsverweigerung noch die Prügelstrafe, welche Strafen sind vorgesehen für Comtessen, die nicht die Wahrheit sagen?"

„Herr Rittmeister, ich bitte Euch. Welch eine Unterstellung. Einen Katalog solcher Strafen gibt es nicht, da Töchter aus hohem Hause grundsätzlich nie die Unwahrheit sagen." Fasziniert beobachtete Georg das schalkhafte Funkeln in Carolines Augen.

„Verzeiht, liebe Comtesse, daran habe ich natürlich nicht gedacht. Welch ein unverzeihlicher Fauxpas meinerseits." Georg bereitete es Spaß, sich auf Carolines spöttische Geplänkel einzustellen.

„Es freut mich sehr, dass wir uns in dieser doch gravierenden Angelegenheit einig sind. Nicht auszudenken, in welchem Desaster unser kurzer Spaziergang hätte enden können."

„Wenn ich ganz ehrlich bin, möchte ich gar nicht an das Ende unseres Spaziergangs denken. Seht Ihr eine Möglichkeit, diesen irgendwann einmal fortsetzen zu können?"

Caroline neigte ihren Kopf und sah Georg von der Seite an. „Ein durchaus reizvoller Gedanke. Aber wir sollten, wenn es irgend geht, keine Aufmerksamkeit erregen."

„Oder wie wäre es, wenn ich meinen Großvater im Herrenhaus besuche und Ihr mir dabei rein zufällig begegnen würdet?", schlug Georg vor.

„Eine brillante Idee, mein Lieber. Wo Ihr gerade Euren Großvater erwähnt, seine Gesundheit macht mir ein wenig Sorgen. Er schwächelt von Tag zu Tag immer mehr."

„Ihr habt recht. Ich beobachte es auch seit geraumer Zeit. Und es wundert mich, da er bisher trotz seines Alters einen sehr regen und wachen Eindruck vermittelt hat. Habt Ihr eine mögliche Erklärung dafür?"

Georg fiel auf, dass Caroline zögerte und sich ihre Stirn umwölkte, bevor sie antwortete. „Vielleicht ist es doch sein Alter."

Mit dieser profanen Antwort hatte Georg nicht gerechnet. „Wie auch immer. Ich werde ihm sogleich einen Besuch abstatten. Wäre es zu viel verlangt, wenn Ihr mich begleiten würdet?"

Caroline reagierte erfreut. „Nein, in keiner Weise. Aber seid Ihr sicher, dass Euer Großvater mich auch sehen will?"

Georg lachte. „Da bin ich mir ganz sicher. Er liebt jede Art von Abwechslung. Und ein Besuch einer reizvollen jungen Frau betrachtet er stets als willkommene Referenz an sein Alter."

Georg war es ganz recht, dass ihnen der Gutsdiener Hektor im Herrenhaus nicht über den Weg lief. Seine Neugier und Penetranz hätte garantiert in kürzester Zeit die Gräfin aufgescheucht. Als Georg und Caroline die Räumlichkeiten von Götz von Leonthal betraten, trafen sie Georgs Großvater lesend in seinem Ohrensessel an.

Blinzelnd musterte er die beiden Eindringlinge, bis er sie erkannte. „Georg und Caroline? Welch eine Überraschung. Ihr versteht es vorzüglich, einem alten Mann eine Freude zu bereiten. Wie komme ich zu dieser Ehre?"

Georg beobachtete mit Sorge, dass sein Großvater nach seinem letzten Besuch noch mehr in sich zusammengefallen war. „Caroline und ich hatten das Bedürfnis, uns nach Eurem Wohlbefinden zu erkundigen."

„Ich möchte mich nicht beklagen. Ich vermute, es ist das Alter, das irgendwann die Kräfte schwinden lässt."

„Hat denn Onkel Leopold einen Arzt bestellt, der Euch einmal untersuchen kann?"

Der alte Baron lachte abfällig. „Die Ärzte kannst du doch vergessen. Außer Aderlass und Abführmittel kennen die doch keine andere Therapie. Die kommen mir nicht ins Haus."

Die beiden Besucher konnten nicht umhin, Georgs Großvater zuzustimmen. Sie unterhielten sich noch eine Weile über allgemeine Belange des Gutslebens, bis sie sich wieder verabschiedeten. Nicht ohne Versprechen, in kurzer Zeit ihre Besuche zu wiederholen.

„Ich wäre Euch dankbar, Caroline, wenn Ihr Euch ein wenig um meinen Großvater kümmern könntet. Ihr lebt hier in seiner Nähe. Ich werde ihn besuchen, sooft ich kann. Aber wie Ihr wisst, ist meine Anwesenheit und die meiner Mutter im Herrenhaus nicht gerne gesehen." Nach Carolines Zusage verabschiedete sich Georg mit einem Handkuss von ihr, verließ aber nicht das Haus. Über die Dienstbotentreppe begab er sich in die Gutsküche. Eines der Küchenmädchen hätte vor Schreck beinahe eine Porzellanschüssel fallen lassen, als Georg so unvermutet die Küche betrat.

„Herr Rittmeister, welch überraschender Besuch", begrüßte ihn Magda, die Köchin, während sie sich die Hände in der Schürze abwischte und auf ihn zutrat. „Mit welchen Köstlichkeiten können wir Euch heute verwöhnen?"

„Eure Kochkünste in allen Ehren, liebe Magda, aber heute brauche ich von Euch nur einen guten Rat."

Die Köchin zögerte nicht lange. „Mädchen, fünfzehn

Minuten Pause. Alle raus hier."

Nachdem die Mädchen die Küche verlassen hatten, setzten sich Magda und Georg an den großen Tisch. Erwartungsvoll sah die Köchin Georg an. „Wo drückt denn der Schuh, Herr Rittmeister?"

„Ich mache mir Sorgen um meinen Großvater. Bekommt er regelmäßig genug zu essen?"

„Jetzt enttäuscht Ihr mich aber, Herr Rittmeister. Eine solche Frage hätte ich von Euch nicht erwartet. Es gibt niemanden im Haus, der grundsätzlich nicht umfassend versorgt wird."

„Verzeiht, Magda, ich will Eure liebevolle Fürsorge für die Familie nicht infrage stellen. Aber habt Ihr eine Erklärung dafür, wieso es meinem Großvater so schlechtgeht? Vor kurzer Zeit war er doch trotz seines Alters noch das blühende Leben."

Magda legte ihre Hände auf den Tisch und betrachtete sie eine Weile schweigend. „Ich möchte ja nicht den Teufel an die Wand malen, aber der Verlust der Kraft eines eigentlich gesunden Menschen in dieser kurzen Zeit ist ungewöhnlich. Da gebe ich Euch recht."

„Und habt Ihr eine Erklärung dafür?", hakte Georg nach, weil er spürte, dass Magda noch nicht alles erzählt hatte.

„Meine Großmutter war eine Kräuterfrau. Von ihr habe ich eine Menge über Pflanzen und ihre Heilkraft gelernt. Sie hat mir auch beigebracht, welche Pflanzen giftig sind und welche nicht. Manches Gift, richtig dosiert, kann eine heilende, aber auch eine krank machende Wirkung haben."

Georg sah die Köchin entgeistert an. „Wollt Ihr damit sagen, dass mein Großvater vergiftet wird?"

Magda hob abwehrend die Hände. „Ich will gar nichts sagen,

Herr Rittmeister. Ihr habt mich gefragt und ich habe geantwortet, welche Möglichkeit es geben kann. Von meiner Großmutter habe ich nur erfahren, dass ein Gerücht in ihrem Dorf besagte, eine Frau habe ihren brutalen Ehemann auf diese Weise umgebracht. Was ihr aber letztlich keiner nachweisen konnte."

Georg schüttelte ungläubig den Kopf. „Aber wenn das stimmt, was Ihr andeutet, dann müsste man meinem Großvater ja regelmäßig geringe Dosen Gift zuführen. Das kann aber doch nur durch Speisen oder Getränke erfolgen."

„Herr Rittmeister, wollt Ihr mir unterstellen, dass mein Essen vergiftet und verantwortlich für die Gesundheit Eures Großvaters ist?" Entsetzt funkelte Magda Georg an.

„Beruhigt Euch, Magda. Ich versuche doch nur logisch zu denken. Wer hat die Chance, auf diese hinterhältige Weise meinem Großvater Gift zu verabreichen, ohne dass er es bemerkt?"

„Die Mahlzeiten werden in der Regel von allen Familienmitgliedern des Hauses gleichzeitig eingenommen. Wären in meinen Speisen giftige Elemente, müssten ja nicht nur der alte Baron davon betroffen sein. Seit rund einer Woche nimmt Euer Großvater aufgrund seiner Schwäche die Mahlzeiten in seinen Gemächern ein. Aber auch die bringen meine Mädchen bis vor seine Räume, wo dann sein Diener Albert sich weiter um ihn kümmert."

Georg schüttelte ungläubig den Kopf. „Albert ist meinem Großvater treu ergeben. Der würde für ihn durchs Feuer gehen."

Ratlos verließ Georg die Köchin und begab sich wieder ins

Torhaus. Als er seine Mutter im Salon antraf, setzte er sich zu ihr. „Du siehst besorgt aus, mein Sohn. Gab es Probleme mit Caroline?"

Georg lächelte seine Mutter an. „Kann es sein, dass deine mütterliche Sorge um mich in erster Linie einem harmonischen Miteinander zwischen Caroline und mir gilt?"

Maria von Leonthal schmunzelte ebenfalls. „Wäre das denn so verwerflich?"

„Mutter, mich interessiert viel mehr, was Caroline wirklich angetrieben hat, Euch zu besuchen. Das mit dem Interesse am Torhaus ist wenig glaubwürdig."

„Ihr Besuch ist eine Geste, die man nicht hoch genug bewerten kann. Sie hat mir erklärt, dass die Entscheidung, dass du und ich hier im Torhaus wohnen müssen, für sie vollkommen inakzeptabel ist. Indirekt hat sie sich für das Verhalten ihrer Mutter entschuldigt. Mir ist sehr bewusst, dass das kein leichter Gang für sie gewesen sein muss. Gleichwohl zeugt es von einem wachen Geist und einem äußerst verantwortungsvollen Charakter."

„Da kann ich Euch nicht widersprechen. Sie scheint ihren eigenen Kopf bewahrt zu haben, trotz des nicht unbedingt positiven Einflusses ihrer garstigen Mutter", stimmte Georg zu.

„Und was ich ihr zudem noch hoch anrechne ist, dass sie sich Sorgen um deinen Großvater macht."

Georg horchte auf. „Wir haben beide eben noch Großvater besucht."

Maria von Leonthal sah ihren Sohn erstaunt an. „Das ist ja reizend von euch. Und wie geht es deinem Großvater?"

„Nicht sehr gut. Er verfällt immer mehr. Allerdings schwebt ein ungeheuerlicher Verdacht über allem. Ich habe mich noch eine Weile mit Magda unterhalten. Sie erzählte mir von ihrer Großmutter, die eine Kräuterfrau war, und von der sie allerhand gelernt hatte. Unter anderem auch über giftige Pflanzen."

Georgs Mutter schlug die Hand vor den Mund. „Jemand will den alten Baron vergiften?"

Georg hob die Schultern. „Das weiß keiner so genau, aber Magda meint, die Symptome sprechen dafür. Zumal der Großvater bisher gesund war."

„Was können wir tun, Georg?" Maria von Leonthal schien verzweifelt. War es doch ihr Schwiegervater, der bisher seine schützende Hand über sie und Georg gehalten hatte. Trotz aller Hinterhältigkeit der Gräfin. Der keinen Zweifel daran ließ, dass Georg sein Enkel war. Auch wenn Leopold von Leonthal sich bisher nicht entscheiden konnte, sich seiner herzlosen und berechnenden Ehefrau zu widersetzen und klare Verhältnisse zu schaffen.

„Ich habe Caroline gebeten, sich ein wenig um Großvater zu kümmern. Mehr können wir gegenwärtig nicht tun." Georg versuchte seine Mutter zu beruhigen.

Nach einer schlaflosen Nacht stellte Georg am nächsten Morgen eine Liste zusammen, welche Pferde er bei einer möglichen Evakuierung in Sicherheit bringen müsste. Nur mühsam konnte er sich darauf konzentrieren, da ihm immer noch der Verdacht von Magda im Kopf herumschwirrte.

Ein Poltern an der Tür des Kontors ließ ihn aufschrecken.

Gleich darauf wurde der Eingang vollkommen ausgefüllt. Der Gutsschmied Klingbeil stand in der Tür.

„Meister Klingbeil, habt Ihr Euch verlaufen?"

„Rittmeister, wir müssen sprechen." Der Schmied ging auf die provozierende Frage nicht ein, sondern setzte sich unaufgefordert auf den Besucherstuhl vor Georgs Schreibtisch.

„Rittmeister, Ihr wisst, wie die Schweden im Land wüten. Ihr wisst auch, dass sich mehr und mehr von uns das nicht mehr gefallen lassen wollen. Und Ihr habt selbst gesagt, zum Kämpfen brauchen wir Waffen."

Georg hatte dem Schmied ruhig zugehört. „Alles richtig, was Ihr davon Euch gebt, Meister Klingbeil. Und nun?"

„Zwei Dinge erwarte ich von Euch. Erstens, Ihr als im Kampf erprobter Soldat schließt Euch den Freien Holsteinischen Knechten an, bringt Eure Erfahrungen mit ein und führt die Truppe. Zweitens, Ihr besorgt uns Waffen. Wir haben erfahren, dass der Schlossvogt von Hatten auf der Siegesburg in Segeberg über ein erhebliches Waffenlager verfügt, das er uns gerne zur Verfügung stellen würde. Zumal er dabei auch vom Segeberger Amtmann von Buchwaldt unterstützt wird. Wenn Ihr also einmal freundlich am Tor der Siegesburg anklopft, kann das sicherlich nicht von Nachteil sein. So ein offenes Gespräch unter Edelleuten?"

Georg beobachtete den Schmied genau, wie er voller Leidenschaft sein Anliegen vorbrachte und dabei vergaß, wen er vor sich hatte. Klingbeil war halt Klingbeil. Ein Mann der Tat, der sagte, was er dachte. „Für Eure Verhältnisse, Meister Klingbeil, eine beeindruckende Rede. Da bin ich ja beruhigt, dass Ihr schon entschieden habt, was ich machen soll."

Der Schmied runzelte die Stirn. „Habe ich etwas Falsches gesagt?"

Georg schüttelte den Kopf. „In keiner Weise. Nur die Entscheidung darüber, ob ich Euch unterstützen möchte und Waffen besorgen will, hätte ich doch lieber für mich selbst getroffen. Außerdem habe ich gegenwärtig ganz andere Sorgen, die letztlich auch Euch betreffen. Nämlich die Antwort auf die Frage, wo bleiben Mensch und Tier des Gutes, wenn die Schweden auch uns überfallen?"

Der Gutsschmied Klingbeil kratzte sich am Kopf. Dann sah es so aus, als hätte er einen Entschluss gefasst. „Rittmeister, so viel Zeit muss sein. Macht mit mir einen kleinen Spaziergang. Ihr werdet es nicht bereuen."

„Nun werde ich aber neugierig. Nur zu!"

Nachdem sie den Marstall verlassen hatten, steuerte Klingbeil die Schmiede an. Er forderte Georg auf, zu warten und kam kurze Zeit später mit einem Sack in der Hand wieder. Hinter den Gebäuden des Gutes folgte der Schmied einem schmalen Weg, den Georg bisher nie beachtet hatte, da er für einen Reitweg zu eng war. Zudem war er von dornigem Gebüsch begrenzt. Je weiter sie den Pfad fortschritten, umso enger wurde er. Die dornigen Sträucher drückte der Schmied mit seinen großen schwieligen Händen kurzerhand zur Seite, bis er vor einem mannshohen, grasbewachsenen Hügel stehen blieb. Als er auch hier das Gebüsch entfernt hatte, entdeckte Georg zu seiner Verwunderung eine aus derben Balken bestehende Tür. Mit wenigen Handgriffen entfernte Klingbeil die Sperrriegel und öffnete sie.

Georg hatte überhaupt keine Vorstellung davon, was der

Schmied zeigen wollte. „Was machen wir hier?"

„Folgt mir einfach nur, Rittmeister. Gleich wisst Ihr mehr." Bevor sie durch die Tür traten, kramte Klingbeil eine Öllampe aus dem mitgeführten Sack heraus und entzündete sie mit einem Feuerstein. Es war deutlich erkennbar, dass das Gelass längere Zeit von keinem Menschen betreten worden war. Spinnengewebe hingen von der Decke. Ratten huschten vorbei, aufgeschreckt durch die Eindringlinge.

„Dieses war einmal ein Eiskeller, bevor man an der Gutsküche einen Raum geschaffen hat, um die Speisen aufzubewahren", erklärte der Schmied Georg.

„Schön und gut, Meister Klingbeil, aber warum habt Ihr mich hier hergeführt?"

„Nur Geduld, Rittmeister. Haltet bitte einmal die Laterne." Klingbeil drückte Georg die Lampe in die Hand und wühlte wieder in seinem mitgebrachten Sack herum. Zum Vorschein kam ein stattlicher Hammer, der in den Händen des Schmieds allerdings wie ein Spielzeug aussah. Mit wenigen Schritten war Klingbeil an die hintere Wand des ehemaligen Eiskellers getreten und drosch ohne zu zögern auf die Mauersteine ein. Mit Erstaunen sah Georg, das der Widerstand der Mauer entgegen ihres Aussehens nicht allzu groß war. In kurzer Zeit hatte Klingbeil ein mannsgroßes Loch herausgeschlagen.

„Ich geh' dann mal voran", entschied er, legte den Hammer auf den Boden und ergriff wieder die Laterne. Georg folgte ihm durch Gänge, die ohne Mühe aufrecht zu begehen waren. Es gab Bereiche, die sich zu kleinen Räumen öffneten, von denen wiederum Gänge abgingen.

„Wir müssen nicht weiter Ratten aufscheuchen, Rittmeister.

Ihr habt jetzt einen Eindruck gewonnen, von dem, was ich Euch zeigen wollte. Alles andere würde ich Euch lieber in angenehmerer Umgebung erläutern", bemerkte der Schmied nach einer Weile.

„Ich bin verwundert und beeindruckt zugleich", erklärte Georg, nachdem sie wieder in seinem Kontor zusammensaßen.

„Jetzt konkret, Rittmeister. Dieses Tunnelsystem ist sehr verzweigt." Der Schmied legte ein vergilbtes Stück Papier auf den Schreibtisch. „Hier könnt Ihr den wahren Umfang der Tunnelgänge sehen. Wie Ihr erkennen könnt, bestehen jeweils Zugänge von den Gutsgebäuden aus. Die sind gegenwärtig alle zugemauert oder verbrettert. Ob von der Gutsküche aus, vom Gesindehaus oder der Schmiede aus, aus allen Ecken könnte man die Tunnel schnell erreichen. Auch vom Torhaus und selbst von Eurem Marstall aus gibt es Zugänge. Man müsste sie nur öffnen."

„Auch vom Marstall aus? Wo soll denn hier der Zugang sein?", fragte Georg ungläubig.

„Kommt mal mit." Der Schmied erhob sich, verließ das Kontor und folgte mit Georg dem langen Gang, der von den Pferdeboxen gesäumte wurde. Vor der leeren Box mit der Nummer 35 blieb er stehen. „Nun passt auf, Rittmeister."

Klingbeil stampfte mit seinem rechten Fuß dreimal kräftig auf den Boden. Ein kaum vernehmbarer Ton war die Folge, nicht anders zu erwarten, wenn man einen festen Lehmboden betrat. Dann öffnete der Schmied die Box. Auch hier stampfte er mit dem Fuß auf den Boden. Worauf ein dumpfes Dröhnen erklang. Ein untrüglicher Beweis dafür, dass unter der Box ein

Hohlraum lag. Lediglich gedämpft durch Stroh und Holz.

„Wenn ich Euch richtig verstehe, wollt Ihr mir damit sagen, Meister Klingbeil, dass wir eine hervorragende Möglichkeit haben, uns vor eventuellen Angriffen der Schweden verstecken zu können, wenn wir Zugänge und Tunnel wieder öffnen."

„So ist es, Rittmeister. Wir könnten einerseits eine sichere Basis für die Freien Knechte schaffen, einschließlich eines Waffenlagers und andererseits einen Rückzugsort für die Gutsleute. Der eine oder andere von den alten Gutsbediensteten wie unter anderem Magda, die Köchin, und Fretwurst, der alte Stallmeister, kennen die Tunnel. Sie müsste man nur einweihen. Zugänge und Tunnel in kurzer Zeit wieder herzurichten, wäre kein Problem. Das würde ich mit meinen Männern übernehmen. Was sagt Ihr dazu?"

Georg legte grübelnd den rechten Zeigefinger an die Lippen. „Ich weiß, Meister Klingbeil, Ihr erwartet von mir eine schnelle Antwort, aber ich muss darüber nachdenken."

Kapitel 12

Das unaufhaltsame Feuern der Kanonen erfüllte das Tal mit undurchsichtigen Rauchschwaden. Gnadenlos stürmte die Kavallerie in die heranrückenden Truppen des Feindes. Säbel wurden geschwungen. Meterlange Piken durchbohrten Pferdeleiber. Verletzte Soldaten stimmten ein ohrenbetäubendes Geschrei an.

Georg schreckte im Bett auf. Welch ein Albtraum. All das, was er vor langer Zeit erlebt hatte, war plötzlich wieder da.

Solche Träume hatte er seit seiner Zeit auf dem Gut nie wieder gehabt. Wieso jetzt? Hing es damit zusammen, dass der Gutsschmied ihn für die Freien Knechte begeistern wollte? Sollte er sich bewaffnen und wieder kämpfen? Wie ruhig würde er in Zukunft schlafen können, wenn er tatenlos miterleben müsste, dass die Schweden benachbarte Dörfer und das Gut in Schutt und Asche legten, Menschen niedermetzelten und Frauen vergewaltigten? Könnte er das mit seinem Gewissen vereinbaren?

Georg erhob sich und schüttete sich eine Kanne Wasser über den Kopf. Als er aus dem Fenster sah, bemerkte er, dass ein schwacher Lichtschein am Horizont das baldige Aufgehen der Sonne ankündigte. Er musste unbedingt mit dem Gutsschmied Klingbeil sprechen.

Noch früh am Morgen suchte Georg den Schmied auf. Er wusste, dass Klingbeil die meiste Zeit in einer Bude hinter der Schmiede hauste, anstatt im Gesindehaus zu übernachten.

„Tretet ein, Rittmeister. Aber nur, wenn Ihr gute Nachrichten bringt", begrüßte der Schmied Georg.

„Ihr könnt mir glauben, Meister Klingbeil, ich habe mir die Entscheidung nicht leicht gemacht. Aber ich kann meine Hände nicht in den Schoß legen, wenn Menschen auf solche grausame Weise zu Schaden kommen."

„Das freut mich, Rittmeister. Mit Eurem Wissen wird die Aussicht auf Erfolg für unser Vorhaben weitaus deutlicher. Doch wir brauchen einen Plan, wie wir die Gruppen organisieren und ausbilden können. Aber zuallererst benötigen wir Waffen."

„Ich werde in den nächsten Tagen nach Segeberg reiten und

mit dem Amtmann von Buchwaldt Kontakt aufnehmen", versprach Georg.

„Klingbeil, bist du da?", klang es plötzlich von draußen.

Als der Schmied die Tür öffnete, stand Forstmeister Kohlhaas lächelnd vor ihm.

„Kohlhaas, was treibt dich so früh am Morgen in meine rußigen Gefilde?"

„Ich will nicht stören, aber mein Pferd braucht ein neues Eisen. Aber darum kümmert sich schon einer deiner Gesellen."

„Tritt ein. Du kommst gerade zu einem günstigen Zeitpunkt. Der Rittmeister und ich schmieden soeben ein heißes Eisen." Georg begrüßte den Forstmeister freundlich.

„Erlaubt mir eine Frage, Meister Kohlhaas. Woher kommt Eure profane Kenntnis über die spezielle Verwendungsfähigkeit von verschiedenen Pferderassen? Woher wisst Ihr, welche Tiere beispielsweise für die Kavallerie geeignet sind und welche Pferde schussfest sind und welche eher nicht?"

Kohlhaas wirkte im ersten Augenblick irritiert, weil er nicht wusste, worauf der Rittmeister hinaus wollte. „Nun, als Förster hat man ja ununterbrochen mit Pferden zu tun."

„Erzähl keinen Scheiß, Kohlhaas. Deine Pferde sind Ackergäule", unterbrach der Schmied ihn. „Der Rittmeister spricht von Pferden für die Armee."

„Wir möchten Euch nicht in Verlegenheit bringen, Meister Kohlhaas. Aber ich habe den Eindruck, dass Euer Wissen für uns äußerst bedeutungsvoll sein könnte", versuchte Georg die schroffen Worte des Schmieds abzuschwächen.

„Der Rittmeister will wissen, ob du irgendwelche militärische Erfahrung hast?", brachte der Schmied die Frage auf den Punkt.

Kohlhaas sah beide abwechselnd an. Was wäre, wenn er die Wahrheit sagen würde? Wie würde ein ehemaliger Offizier wie der Rittmeister reagieren auf einen Mann der desertiert war? „Ich bin Förster von Beruf, das ist doch allgemein bekannt. Was soll also diese Frage?"

„Dann also andersherum. Dass die Schweden im Holsteinischen eingefallen sind, ist dir ja wohl auch schon zu Ohren gekommen?", fing der Schmied erneut an.

„Darüber haben der Rittmeister und ich erst unlängst gesprochen", bestätigte Kohlhaas. Georg nickte zustimmend.

„Inzwischen gibt es Männer, die sich das unmenschliche Wüten der Schweden in den Dörfern nicht mehr gefallen lassen wollen. Da viele von denen aber über keine Kampferfahrungen verfügen, ist uns jeder militärisch ausgebildete Mann willkommen. Hast du es jetzt kapiert?"

Georg und der Schmied sahen den Forstmeister gespannt an. Deutlich war zu erkennen, wie er mit sich kämpfte, wie unschlüssig er war. „Nun gut. Auch wenn es das Ende meiner kurzen Laufbahn als Forstmeister auf dem Gut bedeutet. Es ist richtig, dass ich ausgebildeter Förster bin, aber ich war auch mehrere Jahre Soldat."

„Und warum meint Ihr, dass das Ende Eurer Tätigkeit auf dem Gut bedeuten würde? Nur weil Ihr es bisher nicht an die große Glocke gehängt habt?", wollte Georg wissen.

„Ihr wisst, wie eine Armee funktioniert, Herr Rittmeister. Ich war Sergeant bei den Schweden. Die Stimmung in der Truppe war miserabel. Es gab monatelang keinen Sold, die Verpflegung reichte nicht hinten noch vorn, aber die Herren Offiziere lebten in Saus und Braus. Ich habe mich dann erdreistet, dem obersten Feldherren und seinen Offizieren das vorzuwerfen."

„Ach du Scheiße", stieß Klingbeil hervor. „Das hat den hohen Herren ja wohl gar nicht gepasst."

„Wohl wahr. General Wrangel hat mich zum Tode verurteilt", erklärte Kohlhaas lakonisch.

Klingbeil starrte Kohlhaas entsetzt an. „Das ist doch nicht dein Ernst. Mit welcher Begründung denn?"

„Der General wäre mir beinahe an die Gurgel gesprungen. Offiziere haben das gerade noch verhindert. Aber dann verkündete er mein Todesurteil wegen Subordination und Landesverrat."

„Das ist doch einfach nicht zu fassen." Klingbeil wollte anscheinend nicht glauben, was er gerade gehört hatte.

„Ich höre nicht das erste Mal von solchen Maßnahmen des Generals Wrangel", warf Georg ein. „Er soll ein ausgemachter Choleriker sein. Wie man berichtet, soll er in der Vergangenheit schon so manchen eigenen Soldaten wegen Belanglosigkeiten hingerichtet haben. Meistens, weil er der Meinung war, dass sie seine Befehle nicht ordentlich ausgeführt hatten."

Der Schmied schüttelte immer noch fassungslos den Kopf. „Und wie bist du diesem Irren entkommen?"

„Marietta hat mir bei der Flucht geholfen. Wir sind dann nach Glückstadt geflohen, um vor den Schweden sicher zu sein." Kohlhaas wandte sich Georg zu. „Es liegt nun bei Euch,

Herr Rittmeister, wie Ihr meine Lage beurteilt. Desertation oder Flucht vor einem Wahnsinnigen."

„Ihr müsst Euch nicht rechtfertigen, Meister Kohlhaas. Wir leben in einer Zeit, in der herkömmliche Maßstäbe längst nicht mehr gelten. Willkür und Wahnsinn wachsen unaufhaltsam. Das einzige Ziel für den Menschen ist, zu überleben. Das ist auch der Grund, weshalb wir Euch so beharrlich befragt haben. Es gibt inzwischen Männer, die die Schandtaten, die die Schweden ihren Familien antun, nicht ungestraft lassen wollen. Nur die wenigsten von ihnen haben gelernt zu kämpfen."

„Und mit Waffen können sie erst recht nicht umgehen. Deshalb brauchen wir solche Haudegen wie dich", ergänzte der Schmied die Erklärungen von Georg.

Die Skepsis war am Gesicht von Kohlhaas deutlich abzulesen. „Mit ein paar ungeübten Männern gegen die schwedische Armee? Grenzt das nicht ein wenig an Größenwahn? Was können die schon ausrichten?"

„Ihr habt grundsätzlich recht. Es geht hier auch nicht um einen offenen Kampf. Doch kleine Trupps sind durchaus in der Lage der hochgelobten schwedischen Armee ein paar empfindliche Nadelstiche zu versetzen. Vorausgesetzt, sie sind gut geführt und ebenso gut bewaffnet."

Kohlhaas schien von Georgs Worten noch nicht überzeugt zu sein. „Selbst wenn Ihr die Truppe anführt, Herr Rittmeister, woher wollt Ihr Waffen bekommen?"

„Da eröffnen sich Möglichkeiten, die wir in den nächsten Tagen in Angriff nehmen werden." Georg wollte nicht konkret werden.

„Kohlhaas, überleg es dir, ob du dabei sein willst", forderte der Gutsschmied ihn auf.

Nachdem Kohlhaas die Schmiede wieder mit seinem neu beschlagenen Pferd verlassen hatte, besprachen Georg und Klingbeil ihr nächstes Vorgehen. Der Schmied schilderte seine Pläne für das Herrichten des Tunnelsystems, während Georg seinen Ausflug zur Siegesburg überdachte.

Als Georg in den Marstall zurückkehrte, wurde er von einem aufgeregten Pferdejungen empfangen. „Da ist eine Depesche für Euch angekommen, Herr Rittmeister."

Auf dem Schreibtisch fand Georg ein versiegeltes Kuvert. Ein Lächeln umspielte seinen Mund, als er die zarte Schrift entdeckte, die nur von einer weiblichen Hand kommen konnte. Er erbrach das Siegel. „Heute 15 Uhr. Weiher. Wichtig. C." Mehr war nicht zu lesen. Georg glaubte, einen leichten Duft von Jasmin zu spüren, als er das Papier an seine Nase hielt. Was war so wichtig, dass Caroline so eindringlich auf diesem Treffen bestand?

Carolines Pferd war bereits an eine der Trauerweiden angebunden, als Georg am Nachmittag den Weiher erreichte. Behutsam näherte er sich dem Wasser. Caroline erwartete ihn lächelnd auf demselben Stein wie bei ihrer ersten Begegnung. „Es freut mich, dass Ihr meinem kurzen Befehl gefolgt seid, Herr Rittmeister."

„Wie es sich für einen Soldaten gehört. Außerdem wie könnte ich Euren Wünschen je widersprechen?" Georg küsste Carolines Hand und setzte sich neben sie. „Bei all unserer Freude auf das Wiedersehen, aber was machte es so wichtig, wie Ihr geschrieben habt?"

„Es geht um Euren Großvater." Caroline bemerkte sofort, dass sich Georgs Gesichtsausdruck urplötzlich verdunkelte.

„Bevor Ihr weitersprecht", unterbrach Georg Caroline, „muss ich Euch über einen ungeheuren Verdacht in dieser Angelegenheit informieren. Die Köchin Magda verfügt über vorzügliche Kenntnisse hinsichtlich der Wirksamkeit von Kräutern und Pflanzen. Allerdings auch über solche, die für die Menschen giftig sind."

Caroline sah Georg erschrocken an. „Soll das heißen, dass jemand Euren Großvater vergiften will?"

Georg zuckte mit den Schultern. „Der Verdacht scheint nicht unbegründet zu sein, da auch Magda sich keinen anderen Reim darauf machen kann, wieso mein Großvater in so kurzer Zeit hinfällig geworden ist. Die Frage ist nur, auf welche Weise man ihm das Gift zuführt. Am Essen selbst kann es nicht liegen, wie mir Magda hoch und heilig beteuert hat."

Verwundert beobachtete Georg, wie Caroline stöhnend beide Hände vor ihr Gesicht legte. Es schien, als würde sie jeden Augenblick in Tränen ausbrechen. „Was habt Ihr, Caroline? Habe ich etwas Falsches gesagt?"

Caroline senkte die Hände und sah Georg verzweifelt an. „So schrecklich es auch klingen mag, aber das könnte eine Erklärung für meine Beobachtung sein, die ich Euch unbedingt mitteilen wollte."

Georg legte versöhnlich seine Hand auf Carolines Arm. „Und die wäre?"

„Es ist schon einige Zeit her, als ich durch Zufall eine Beobachtung machte, der ich zunächst keine Bedeutung beigemessen habe. Ich ging nachmittags im Park hinter dem Herrenhaus spazieren, als ich aus den Augenwinkeln eine Bewegung an einem der Fenster Eures Großvaters sah. Bei genauem Hinsehen erkannte ich für einen kurzen Augenblick, dass es Hektor, der Gutsdiener, war."

„Hektor? Was hat der denn in den Räumen meines Großvaters zu suchen?"

„Ich habe mir zu Anfang gar keine Gedanken darüber gemacht, aber durch die Erkrankung Eures Großvaters gewinnt diese Beobachtung eine ganz andere Bedeutung. Zumal nun auch noch der Verdacht der Vergiftung hinzukommt." Caroline sah Georg verzweifelt an, der den Kopf senkte und grübelnd seinen rechten Zeigefinger an den Mund hielt.

„Sollte Hektor tatsächlich in diese Sache verwickelt sein, so ist es doch unwahrscheinlich, dass er aus eigenem Antrieb meinem Großvater Schaden zufügt. Welchen Grund sollte er haben?"

„Das ist ja gerade das Schreckliche", stieß Caroline ängstlich hervor.

„Hektor ist Eurer Mutter vollkommen ergeben. Wollt ihr mir das damit sagen?"

Caroline nickte nur betrübt. Tränen traten ihr in die Augen. Georg rückte näher und legte beschützend seinen Arm um ihre Schulter. „Beruhigt Euch bitte, Caroline. Wir werden es kaum beweisen können, aber vielleicht finden wir heraus, was meinen Großvater krank macht."

„Ist es nicht betrüblich, dass wir uns unter solchen grausamen Umständen kennengelernt haben? Ihr glaubt nicht,

wie oft ich deswegen schon schlaflose **Nächte gehabt habe**",
bekannte Caroline freimütig.

„Ich kann Euch gut verstehen, meine Liebe. Trotz allen
Übels, lasst uns versuchen, das Beste daraus zu machen.
Solange wir uns die Sensibilität für das Schöne und Gute
bewahren und diese wie eine Festung verteidigen, kann uns
nichts geschehen. Selbst, wenn wir nur noch alleine auf dieser
gnadenlosen Welt sind."

Wie es schien, beruhigten Georgs Worte Caroline ein wenig.
Schweigend blickten sie über das Wasser, auf dem ein paar
Enten ihre Kreise zogen.   Ein Windhauch ließ die
Trauerweiden rauschen.

Als Georg am späten Nachmittag wieder auf dem Gut ankam,
begab er sich sofort zum Herrenhaus. Er musste unbedingt
Albert, den Diener seines Großvaters, sprechen. Doch er
durfte dabei kein Aufsehen erregen. Insbesondere dem stets
umher lauernden Gutsdiener Hektor musste er aus dem Weg
gehen. Bei dem Gedanken, dass er im Auftrag der Gräfin für
die Vergiftung des alten Barons verantwortlich war, konnte
Georg kaum seinen Zorn unterdrücken.

Vor der Hintertür fing Georg ein Küchenmädchen ab und
trug ihm auf, Magda herauszubitten. Die Köchin kam wenig
später. „Heute so geheimnisvoll, Herr Rittmeister?"

„Es geht immer noch um meinen Großvater, Magda. Ich
muss unbedingt Albert unter vier Augen sprechen. Könnt Ihr
bitte eines der Mädchen hinaufschicken und ihn zu Euch
bitten, mit der Begründung, dass es über das Essen für meinen
Großvater etwas zu besprechen gibt?"

„Kein Problem, Herr Rittmeister. Kommt mit. Wir gehen in mein Kontor. Da sind wir ungestört."

Magda ging voran. Während sie beide in dem kleinen abgetrennten Raum der Küche, den Magda Kontor nannte, warteten, erzählte Georg ihr von Carolines Beobachtung. Kurz darauf erschien Albert, der treue Diener des alten Barons. Er stutzte, als er in Magdas Kontor auch Georg antraf.

„Magda, was gibt es denn so Aufregendes, dass du mich so eilig in dein Heiligtum bestellst?", fragte er die Köchin, nachdem er beide begrüßt hatte.

„Es tut mir leid, Albert, dass ich Euch nur mit dieser kleinen List von meinem Großvater fern locken konnte", erklärte Georg entschuldigend. „Magda und ich versuchen, den Grund für den schlechten Gesundheitszustand meines Großvaters zu erforschen."

„Glaubt mir, Herr Rittmeister, ich zermartere mir auch schon seit geraumer Zeit mein Hirn, warum es dem Herrn Baron so schlecht geht."

Georg nickte zustimmend. „Magda und ich sind uns in zwei Dingen einig, dass es einerseits nicht nur am Alter meines Großvaters liegen kann und andererseits auch nicht an den Speisen, die er zu sich nimmt."

„Was könnte es denn sonst sein, Herr Rittmeister?" Der Diener schien ratlos.

„Was nimmt denn mein Großvater im Laufe eines Tages außer den herkömmlichen Speisen zu sich?"

Albert dachte nach. „Da fällt mir kaum etwas ein. Besuchern, die eher selten kommen, servieren wir in der Regel eine Glas Portwein."

Plötzlich merkte Georg auf. „Wenn ich mich recht erinnere, erwähnte mein Großvater bei meinem letzten Besuch, dass er als Schlaftrunk regelmäßig einen besonderen Cognac bevorzugt."

„Das ist richtig, Her Rittmeister", bestätigte der Diener. „Auf den lässt der Herr Baron nichts kommen. Das ist jeden Abend ein kleines Ritual. Er wird in einer edlen Karaffe aufbewahrt und den kleinen Pokal, der auf dem Nachttisch steht, muss ich stets füllen, wenn der Herr Baron bereits zu Bett gegangen ist. Gemeinsam erfreuen wir uns dann an der goldgelben Farbe des Cognacs, die im Kerzenlicht funkelt."

„Aber den Cognac trinkt der alte Baron dann alleine, oder?", fragte Magda neugierig nach.

„Selbstverständlich. Was glaubst du denn, Magda? Für unserer eins ist ein solch edler Tropfen doch nicht gedacht", empörte sich der Diener.

„Eine Frage noch, Albert. Woher bezieht denn mein Großvater diesen edlen Tropfen, wie Ihr ihn nennt?"

„Den hat sein alter Freund Graf Ehrentraut einmal mitgebracht. Und wenn er zur Neige geht, muss ich rechtzeitig eine Depesche zum Gut Ehrentraut senden, sodass der Herr Baron nie ohne seinen Cognac zu Bett gehen muss."

Auch wenn die Beschaffung der Waffen für die Freien Knechte und der Ritt zur Siegesburg eigentlich Vorrang hatte, brannte das Problem um seinen Großvater Georg zu sehr unter den Nägeln. Noch am folgenden Tag machte er sich auf den Weg nach dem Gut Ehrentraut. Bei der Gelegenheit konnte er sich auch gleichzeitig nach dem Wohlergehen von Tobias erkundigen, der dorthin verschickt worden war, um die Verwaltung des Gutswesens zu erlernen. Das war zumindest die offizielle Version. Jeder aber wusste, dass er nur wegen seiner Ausfälle und des ungebührlichen Benehmens auf Leonthal dorthin verbannt worden war. Genaugenommen war es Georg vollkommen gleichgültig, wie es diesem hochnäsigen Sohn der Gräfin in der Verbannung erging. Er hoffte nur, dass der alte Graf Ehrentraut den aufsässigen Flegel so richtig an die Kandare nahm.

Georg traf Graf Adalbert von Ehrentraut in der Halle des Marstall seines Gutes an und hörte seinen dröhnenden Bass schon von ferne. „Wie blöd muss man eigentlich sein, dass man nicht erkennt, dass das Pferd lahmt, du Hornochse. Lass es doch nur einmal eine Runde gehen. Dann sieht das doch ein Blinder." Vor dem Grafen stand ein Männlein, vermutlich einer der Bereiter des Gutes, der bei den wütenden Worten des stämmigen Grafen immer kleiner wurde.

„Er entlastet auch im Stand schon den rechten Vorderlauf", warf Georg wissend ein, als das Pferd, das der Bereiter am Zügel hielt, ansah.

Der Graf wollte den Störenfried gerade zurechtweisen, als er Georg erkannte und ein fröhliches Leuchten über sein Gesicht ging. Er wandte sich wieder dem Männlein zu. „Siehst du, jeder dahergelaufene Lümmel erkennt sofort, dass das Pferd krank ist. Sieh zu, dass es untersucht wird. Du darfst wegtreten."

Der Graf drehte sich wieder um. „Gib es zu, Georg, einen dahergelaufenen Lümmel hat dich lange keiner mehr genannt, oder?" Der Graf legte Georg den Arm freundschaftlich um die

Schulter und lachte herzlich. „Was verschafft mir die Ehre deines Besuches? Wie geht es deinem Großvater? Es ist doch nichts Schlimmes passiert?"

„Wie man es nimmt, Graf. Großvater hat gesundheitliche Probleme, er wird immer schwächer. Und wir haben einen ungeheuerlichen Verdacht."

Graf Ehrentraut blieb stehen und sah Georg herausfordernd an. „Was ist los mit dem alten Haudegen?"

„Wir vermuten, dass jemand ihn vergiften will."

„Das glaub' ich jetzt nicht. Wer will denn dem alten Zausel ans Leder? Der tut doch keinem etwas."

„Nun denn, Ehrgeiz und Größenwahn hat schon so manches Opfer gefordert. Wir haben keinen Beweis, sondern nur so eine Ahnung. Jetzt aber konkret, Graf. Ihr versorgt Großvater doch auf liebenswerte Weise regelmäßig mit Cognac, seinem hochgelobten Schlaftrunk."

Der Graf schmunzelte. „Dein Großvater hat eben Geschmack, mein Junge. Aber was hat das mit deinem Besuch zu tun? Benötigt er noch mehr von diesem guten Tropfen?"

„Wenn unsere Vermutung stimmt, kann es sein, dass jemand ihm seinen Nachttrunk vergiftet hat. Daher möchte ich den Cognac, den er jetzt hat, auswechseln gegen eine neue Flasche. Großvater weiß nichts davon. Ich möchte ihn nicht beunruhigen."

„Wir leben in einer schrecklichen Zeit. Natürlich bekommst du den Cognac."

„Herzlichen Dank, Graf. Und wie macht sich mein ganz spezieller Freund Tobias?"

Graf Ehrentraut sah Georg mit düsterer Miene an. „Bis jetzt

habe ich mich ja noch über deinen Besuch gefreut. Aber wenn du mich an den verzogenen Rotzlöffel erinnerst, ändert sich meine positive Stimmung kolossal."

„Das tut mir aufrichtig leid. Offen gestanden, geht mir sein Wohlergehen ziemlich am Hintern vorbei, aber möglicherweise fragt ja jemand nach meiner Rückkehr auf Leonthal danach", erklärte Georg grinsend.

Jetzt schmunzelte der Graf auch wieder. „So gefällst du mir besser, mein Junge. Der Bengel ist eine Ausgeburt an Arroganz und Faulheit. Als der Herrgott Intelligenz verteilt hat, muss er zudem auch hinter der Tür gestanden haben. Eigentlich müsste ich deinem Onkel böse sein, dass er mir eine solche Laus in den Pelz gesetzt hat. Aber in alter Verbundenheit deinem Großvater gegenüber habe ich seinerzeit zugestimmt. Frage mich nicht, wo der Nichtsnutz sich jetzt gerade herumtreibt."

Als Georg nach Leonthal zurückgekehrt war, begab er sich zuerst wieder in die Gutsküche. Wie schon zuvor ließ er wiederum den Diener seines Großvaters von Magda unter einem Vorwand in die Küche locken.

„Albert, hier ist eine neue Flasche Cognac vom Grafen Ehrentraut. Ich möchte Euch bitten, den Cognac auszutauschen. Mein Großvater sollte davon nichts wissen. Das alte Gesöff bringt Ihr dann Magda", instruierte Georg den Diener seines Großvaters.

Der sah Georg zweifelnd an. „Und Ihr geht wirklich davon aus, dass jemand den alten Herrn Baron vergiften will?"

Georg schüttelte den Kopf. „Albert, wir wissen es nicht. Es ist nur ein Verdacht. Daher müssen wir äußerst diskret damit umgehen. Niemand außer Magda, mir und Euch darf davon erfahren."

Kapitel 13

In Friedenszeiten dauerte ein Ritt vom Gut Leonthal nach Segeberg einen halben Tag. Doch seitdem die Schweden das Land überfielen, konnte man nicht behutsam genug sein, wollte man nicht in ihre Fänge geraten. Doch die Frage nach den Waffen für die Freien Knechte musste unbedingt geklärt werden. Kohlhaas hatte es sich nicht leicht gemacht. Doch im Unterbewusstsein war es ihm klar gewesen, dass er nicht untätig den wütenden schwedischen Truppen zusehen konnte. Es hatte einen fürchterlichen Streit mit Marietta gegeben, als er ihr von seinen Absichten berichtet hatte. Er wusste, sie hatte Angst um ihn. Wenn er in die Hände der Schweden fallen würde, wäre das sein sicheres Todesurteil. Mit Vehemenz hatte sie versucht, ihn von seinem Plan abzuhalten. Selbst als Kohlhaas ihr von den Gräueltaten der Schweden in den benachbarten Dörfern erzählte, konnte er sie nicht umstimmen. Doch letztlich hatte sie sich seinen Argumenten gefügt, wohl wissend, dass sie seinen bereits gefällten Entschluss nicht ändern konnte. Auch unter der Erkenntnis, dass Kohlhaas einen tiefen Groll gegen seinen ehemaligen Dienstherrn hegte.

Kohlhaas und Georg waren sich einig gewesen, dass sie lieber die Nacht für den Ritt nach Segeberg nehmen sollten. Sie konnten nicht sicher sein, wen sie unterwegs antreffen würden. Nicht nur einmal hatten sie den Weg verlassen und sich im Wald versteckt, wenn sie Pferdehufe gehört hatten. In der Morgendämmerung erkannten sie das typische Bild ihres Ziels. Die Siegesburg auf dem Kalkberg. Sie hielten am Waldrand an. Georg holte ein Fernrohr hervor und suchte die Stadtmauern nach Verdächtigem ab.

„Die Tore sind noch geschlossen. Sonst ist nichts Ungewöhnliches zu erkennen." Georg reichte Kohlhaas das Fernrohr.

„Was meint Ihr, könnten die Schweden schon in der Stadt sein?", fragte Kohlhaas, nachdem auch er eine ganze Weile die Umgebung abgesucht hatte.

„Ich glaube eher nicht. Aber vorsichtig müssen wir trotzdem sein. Wir werden, nachdem die Tore geöffnet sind, Näheres wissen."

Die Stadtwache ließ Georg und Kohlhaas ohne Weiteres passieren, nachdem sie das Wappen derer von Leonthal auf den Satteldecken der beiden Reiter sahen und Georg als Grund den Besuch eines Verwandten genannt hatte. Er verzichtete bewusst darauf, den Wachsoldaten den wahren Grund zu nennen. Georg war nicht das erste Mal in Segeberg, aber immer wieder beeindruckte ihn die über den Dächern der Stadt schwebende Burg auf dem Kalkberg. Auch Kohlhaas drückte seine Bewunderung mit einem anerkennenden Grunzen aus. „Was für ein stattliches Gebäude."

Die Pferde hatten einige Mühe, den steilen Burgweg zu bewältigen. Die Burgwache war allerdings nicht so großzügig wie die Soldaten am Stadttor.

„Was wollt Ihr?", war der barsche Ton einer der vier Wachsoldaten, die den beiden Reitern mit Hellebarden den

Weg versperrten.

„Wir sind Gäste des Amtmannes Caspar von Buchwaldt", erklärte Georg höflich.

„Das kann jeder behaupten. Habt Ihr Dokumente, Ausweise, Papiere?"

„Guter Mann, Ihr habt mich anscheinend nicht verstanden. Der Amtmann erwartet uns. Nun öffnet das Tor und gebt den Weg frei", erklärte Georg noch mit ruhiger Stimme.

„Ein Zugang zur Burg ist ohne Legitimation nicht möglich", verkündete der Wachsoldat unbeirrt.

Kohlhaas, der sich bisher zurückgehalten hatte, trieb sein Pferd nach vorn und zügelte es nur einen Meter vor dem Wachsoldaten. Der schritt erschrocken zurück. „Hör einmal ganz genau zu, du Witzfigur. Hier begehren zwei Herren von Stand Einlass und wollen zum Amtmann. Wenn du morgen nicht nur noch für die Latrinen der Burg zuständig sein willst, lässt du das Tor öffnen. Nur ein kurzer Hinweis beim Amtmann über deine Inkompetenz genügt und du wühlst in Zukunft in der Scheiße."

Die drastischen Worte von Kohlhaas verfehlten nicht ihre Wirkung. Mit flackernden Augen blickte der Wachsoldat von einem zum anderen. Als er sah, dass Kohlhaas seine Rechte auf seinen Degen legte, gab er den anderen Soldaten ein Zeichen, das Tor zu öffnen.

Georg schmunzelte, als sie in den Burghof einritten. „Äußerst beeindruckend, Eure Ansprache."

„Manche verstehen halt nur diese deutliche Sprache, Herr Rittmeister", bemerkte Kohlhaas grinsend. „Mit Erfolg, wie Ihr seht."

Als sie in den Hof der Burg hineinritten, kamen ihnen zwei Jungen entgegen, die ihnen die Pferde abnahmen. Kaum hatten sie abgesessen, trat ein Mann näher, der aufgrund seiner edlen Kleidung nicht zum Gesinde zählte. „Welchen Grund gibt es für Eure Mühe, die Siegesburg zu erklimmen?"

Georg verbeugte sich leicht. „Mein Name ist Georg von Leonthal. Wir würden ganz gerne den Amtmann Caspar von Buchwaldt in einer dringenden Angelegenheit sprechen."

„Von Leonthal. Dann habt Ihr bereits einen langen Ritt hinter Euch. Ich bin der Schlossvogt Herrmann von Hatten. Willkommen auf der Siegesburg. Folgt mir bitte."

Nach einem Weg über mehrere Treppen und Gänge erreichten sie einen Raum, der einem kleinen Saal ähnelte. Am Ende des Tisches saßen drei Männer zusammen und unterhielten sich angeregt.

„Amtmann, Ihr habt Besuch", unterbrach der Schlossvogt den Herrn, der an der Stirnseite des Tisches saß.

Caspar von Buchwaldt erhob sich und ging auf seine Gäste zu. Kritisch musterte er sie. Georg verbeugte sich wiederum leicht. „Georg von Leonthal und mein Adjutant Kohlhaas. Es tut uns leid, dass wir Euch so unangemeldet überfallen, Amtmann, aber wir müssten Euch dringend sprechen."

„Georg von Leonthal? Gebt es zu, Siegfried von Leonthal ist Euer Vater", stieß der Amtmann freudig hervor.

„So ist es. Habt Ihr ihn gekannt?", fragte Georg überrascht.

„Wir haben in jungen Jahren gemeinsam so manchen Unfug getrieben. Aber bitte setzt Euch."

Der Amtmann verabschiedete die beiden Männer, mit denen er zuvor gesprochen hatte und trug einem Burschen auf, sich um Wein und Speisen für die Gäste zu kümmern.

„Hatten, setzt Euch zu uns", forderte der Amtmann den Schlossvogt auf. Anschließend erkundigte er sich bei Georg nach seiner Familie. Einiges hatte er schon gehört, aber über die ungeklärten Verhältnisse auf Leonthal war er nicht informiert. Was er mit einer gewissen Missachtung kommentierte. „Ihr seht Eurem Vater unheimlich ähnlich. Da gibt es gar keinen Zweifel. Aber das hört Ihr sicherlich nicht das erste Mal. Nun aber zur Sache. Was treibt Euch auf die Siegesburg?"

„Wir wissen, Amtmann, dass auch Ihr die Gräueltaten der Schweden verurteilt. Selbst das Aufbegehren der Freien Holsteinischen Knechte ist Euch nicht unbekannt. Auf Leonthal hat sich ebenfalls eine nicht unerhebliche Anzahl an kampfbereiten Männer versammelt. Nur, uns fehlen Waffen."

Caspar von Buchwaldt und Herrmann von Hatten warfen sich gegenseitig ernste Blicke zu, die Georg nicht erklären konnte. Der Amtmann lehnte sich in seinem Stuhl zurück und musterte Georg und Kohlhaas eine Weile schweigend. „Wenn ich die Leonthals nicht kennen würde, hätte ich Euch mit einem solchen verwerflichen Ansinnen, von der Burg gejagt. Uns ist grundsätzlich an einem gütlichen Auskommen mit den Schweden gelegen." Der Amtmann machte eine bedeutungsvolle Pause. „Da diese sich aber in unserem Land bereits mehrfach von ihrer verachtungswerten Seite gezeigt haben, sind auch wir nicht länger bereit, diese brutalen Attacken ergeben hinzunehmen. Doch wir müssen vorsichtig operieren. Daher mein Zögern. Da ich jedoch annehme, dass Ihr Eure Leute führen werdet und auch Euer Adjutant dem

Soldatischen nicht fern ist, wie ich ihn einschätze, sind wir bereit, Euch mit Waffen und Munition auszustatten."

Als Georg am nächsten Morgen den Marstall betrat, traf er dort den Gutsverwalter Reichenbach an. Er hatte in der Vergangenheit wenig mit ihm zu tun gehabt. Er wusste aber, dass die anderen Gutsbediensteten, insbesondere Klingbeil und Kohlhaas, nicht viel von ihm hielten, da er dazu neigte, stets die Bedeutung seines Amtes in den Vordergrund zu stellen. Vermutlich glaubte er, auf dieses Weise für seine nötige Autorität zu sorgen.

„Was kann ich für Euch tun, Reichenbach?", begrüßte Georg den Gutsverwalter.

„Hättet Ihr für mich möglicherweise ein paar Minuten Zeit für ein Gespräch unter vier Augen?"

Georg sah den Gutsverwalter überrascht an. „Natürlich. Gehen wir in mein Kontor."

„Dann schießt mal los, Reichenbach. Wo drückt der Schuh?", forderte Georg den Gutsverwalter auf, nachdem sie sich gesetzt hatten.

„Ich habe kürzlich erfahren, dass es Freie Holsteinische Knechte geben soll. Und es ist mir nicht verborgen geblieben, dass es auch auf dem Gut Kräfte gibt, die sich gegen die Grausamkeiten der Schweden richten wollen. So frage ich Euch, ob auch ich bei den Freien Knechten mitwirken kann?"

Georg war verblüfft. Das war das Letzte, was er von dem Gutsverwalter erwartet hätte. Wie sollte er dessen Wunsch einschätzen? Konnte er ihm trauen? Gleichzeitig war ihm bewusst, dass die erforderlichen Aktivitäten der Freien

Knechte auch auf dem Gut bei aller Geheimhaltung nicht gänzlich unbemerkt bleiben konnten. Insbesondere nicht für einen Mann, dessen Aufgabe es war, sich um den reibungslosen Ablauf des Gutsbetriebs zu kümmern. „Mein lieber Reichenbach, gibt es einen besonderen Grund, weshalb Ihr mir diesen Antrag unterbreitet?"

Der Gutsverwalter senkte den Kopf und antwortete mit fast erstickter Stimme. „Das Dorf, in dem meine Schwester Lena als Magd gearbeitet hat, ist von den Schweden überfallen worden. Man hat sie später in der Jauchegrube wiedergefunden."

Georg atmete tief durch. „Das tut mir aufrichtig leid, Reichenbach. Ich kann Euren Zorn gegen die Schweden gut verstehen. Doch die Freien Knechte sind nach meiner Meinung für Euch nicht die Lösung. Ihr seid der Gutsverwalter, der lange Arm des Gutsherrn. Wer soll dafür sorgen, dass das Gut weiter funktioniert, wenn Ihr für die Freien Knechte kämpft?"

„Ihr wollt mich also nicht?", kam die enttäuschte Antwort.

„So habe ich das nicht gemeint, Reichenbach. Ich möchte Euch nur nicht an der kämpfenden Front sehen. Ihr würdet den Freien Knechten einen weitaus größeren Dienst erweisen, wenn Ihr dafür sorgen würdet, dass hier alles seinen alten Gang geht. Auch dann, wenn einige des Gutes zeitweise nicht anwesend sind, weil sie für die Freien Knechte und daher für Euch kämpfen werden. Kurzum, Ihr wäret dabei, aber eben nicht an vorderer Front."

Der Gutsverwalter erhob sich. Anscheinend war er mit dieser Entscheidung zufrieden.

Die nächsten Tage waren auf Leonthal von einer unterschwelligen Unruhe und Hektik geprägt. Auch wenn man sich bemühte, den Gutsbetrieb wie üblich aufrechtzuerhalten, nicht zuletzt durch Reichenbachs kontrollierende Hand, so verlangten die Vorbereitungen für die Einsatzfähigkeit der Freien Knechte neue Maßnahmen.

Georg hatte seinen Onkel davon überzeugen können, dass es notwendig wäre, die besten Pferde in Sicherheit zu bringen. Schon rechtzeitig hatte er eine Auswahl getroffen. Bei Nacht- und Nebelaktionen brachten die Bereiter die Tiere nach Glückstadt. Durch die jahrelangen Kontakte und die Vermittlung von Kohlhaas stellte der Holzhändler Haferkamp die nötigen Stellplätze für die Pferde zur Verfügung und kümmerte sich mit seinen Männern auch um die Versorgung. Gleichzeitig instruierte Georg die Mannschaft des Marstalls darauf, bei einem möglichen Angriff der Schweden die verbleibenden Pferde in die angrenzenden Wälder zu treiben.

Der Gutsschmied Klingbeil setzte sich voll Inbrunst für die Herstellung des alten Tunnelsystems ein. Mit Männern der Freien Knechte, die durch die marodierenden Schweden bereits ihr heimatliches Dorf verloren hatten, brach er Mauern auf, öffnete Zugänge und verkleidete sie sogleich wieder, sodass sie für Fremde nicht so schnell zu finden waren. Die Tunnelausgänge außerhalb des Gutsbereiches wurden gesichert. Georg ordnete an, in Katen und Scheunen in der Nähe der Ausgänge für eine mögliche Flucht ständig Kutschen und Pferde zu verstecken und bereitzuhalten.

Die Frage nach dem Wohin hatte Georg lange beschäftigt. Ein ausführliches Gespräch mit seiner Mutter führte letztlich zu einem Ergebnis. Ihr einziges sicheres Ziel, wenn sie Leonthal zwangsweise verlassen mussten, konnte nur Hamburg sein. Doch gleichzeitig wusste Georg auch, dass die Hamburger sich intensiv um ihre Neutralität bemühten und daher ihre mit mächtigen Bastionen geschützte Stadt gnadenlos abriegelten. Während ihres Aufenthalts in Hamburg nach der Flucht aus Mecklenburg hatte sein Onkel, Samuel Kellermann, nicht nur versucht, Georg den Beruf des Kaufmanns nahezubringen, er erläuterte ihm in abendlichen Gesprächen auch sehr ausführlich die politischen Verhältnisse der Hansestadt. Daher wusste Georg von den redlichen Bemühungen der Hamburger, sich mit den Schweden gut zu stellen. Aber ebenso von dem unbändigen Hass des dänischen Königs Christian IV. gegen die Hamburger. Samuel Kellermann berichtete einst, dass sie in den Augen des Dänenkönigs nur „hochmütige Krämer, Pfeffersäcke und schmierige Heringshändler" wären. Umso mehr waren die Hamburger darauf bedacht, ihre Stadt vor solchen Feinden zu schützen.

In weiser Voraussicht einer möglichen Flucht hatte Georg mit seinem Onkel in Hamburg Kontakt aufgenommen. Er bat ihn um amtliche Passierscheine, damit ihnen ein ungehinderter Zugang zur Stadt möglich war. Samuel Kellermann hatte sich auch in dieser Angelegenheit sehr hilfsbereit gezeigt. In kurzer Zeit erhielt Georg die gewünschten Passierscheine, versehen mit dem Hamburger Stadtsiegel. Zugleich beteuerte der Onkel, dass ihnen das bekannte Gästehaus jederzeit zur Verfügung stehen würde.

Auch Kohlhaas hatte verantwortungsvolle Aufgaben übernommen. Er musste Waffen und Munition von der Siegesburg nach Leonthal schaffen. Hierbei war äußerste Vorsicht und Geheimhaltung nötig. Nirgendwo war man vor Spitzeln und Verrätern sicher. Als Bauern verkleidet lenkten sie ihren Leiterwagen jeweils über Nebenwege. In der Hoffnung, dass sie nicht auf schwedische Patrouillen stoßen, die die versteckten Waffen finden würden.

Es war der letzte Waffentransport, den sie mit dem Amtmann von Buchwaldt vereinbart hatten. Für nicht jeden einsehbar hinter einer Bretterwand hatten Kohlhaas und seine beiden Knechte auf der Siegesburg Musketen, Pistolen und Munition in flachen Kisten verpackt und sie auf den Boden des Leiterwagens gelegt. Darüber häufelten sie eine große Fuhre Rüben und machten sich erneut auf den Weg nach Leonthal. Wie bei den letzten Transporten schien alles gut zu laufen. Niemand beachtete den Bauern mit seinen Knechten auf dem Rübenwagen. Doch plötzlich kniff Kohlhaas die Augen zusammen.

„Da vorn tut sich was", bemerkte im selben Augenblick einer der Knechte, den sie Axel nannten. Ungefähr einhundert Meter vor ihnen am Weg zeigten sich Pferde und Uniformen. Um eine Kontrollstation schien es sich nicht zu handeln. Dafür war der Haufen viel zu ungeordnet. Es sah aus, als würden die Soldaten eine Rast eingelegt haben. Kohlhaas erkannte es sofort. Es waren Schweden.

„Männer, ihr wisst, was zu tun ist. Nur ich spreche. Ihr verhaltet euch ruhig. Denkt daran, ihr seid dumpfe

Knechte", zischte Kohlhaas seinen beiden Männern zu.

Es dauert nicht lange, da wurden auch die Soldaten auf den heranrollenden Bauernwagen aufmerksam.

Zwei Soldaten stellten sich ihnen in den Weg. Einer von ihnen, ein Leutnant. „Was transportiert ihr da?"

„Na, was wird es wohl sein? Für Rosinen sind die Rüben wohl zu groß", antwortete Kohlhaas mürrisch. Dabei nuschelte er und lallte übertrieben, als wäre er betrunken.

Einige Soldaten lachten, dem Leutnant schien die Antwort jedoch nicht zu gefallen. „Wo wollt ihr hin?"

„Wir haben die ehrenvolle Aufgabe, die glorreiche Truppe von General Torstensson zu versorgen und bringen die Rüben nach Itzstedt." Kohlhaas war klar, dass diese Ortsangabe ein Schuss ins Geratewohl war, da er nicht wusste, ob schwedische Truppen in Itzstedt lagerten. Auf der anderen Seite vermutete er, dass die Soldaten wenig über die Ortschaften im Holsteinischen im Bilde waren und sein genuschelter Ort kaum verständlich war.

Der Leutnant schien mit der Antwort weiterhin nicht zufrieden zu sein. „Ihr wollt mir ernsthaft weismachen, dass diese vergammelte Fracht unsere Verpflegung sein soll?"

Kohlhaas zuckte übertrieben mit den Schultern. „Wie die Rüben verwertet werden, ist mir nicht bekannt, Euer Gnaden, ob für Mensch oder für Tier. Aber ich wäre Euch dankbar, wenn Ihr uns weiterziehen lasst, damit wir unser Ziel noch vor Einbruch der Dunkelheit erreichen können."

Der Leutnant zögerte kurz. „Habt Ihr unterwegs irgendwelche auffälligen Personen angetroffen?"

Kohlhaas schüttelte den Kopf. „Nee, nur Menschen auf den Feldern. Oh, ja, beinahe hätte ich es vergessen. Auch noch eine Vogelscheuche." Anschließend kicherte Kohlhaas mit schriller Stimme über seinen eigenen Witz, begleitet von dem Gelächter der Soldaten. „Lasst ihn fahren, Leutnant, bevor der Suffkopf noch vom Bock fällt", riefen sie dem Offizier zu. Der Leutnant trat zur Seite und sah dem Gefährt kritisch hinterher.

„Mensch, Kohlhaas, für die Nummer verdienst du einen Orden. Ich habe mir fast in die Hose gemacht, als du den arroganten Schnösel so dreist verkackeiert hast", stieß der Knecht Axel hervor, als sie weit genug von den Soldaten entfernt waren.

„Kein Problem. Ich weiß doch wie solche Typen ticken. Mit besoffenen Dumpfbacken wollen die sich nie lange abgeben. Das ist unter ihrem Niveau", entgegnete Kohlhaas abwiegelnd. Auch diese versteckte Ladung an Waffen und Munition erreichte unentdeckt das Gut Leonthal.

Eine weitere Aufgabe hatte Kohlhaas mit der Ausbildung an den Waffen übernommen. Kaum einer der Freien Knechte hatte vorher eine Muskete, eine Pistole oder auch einen Degen in der Hand gehabt. Auf einer Lichtung unweit des Forsthauses trafen sich die Männer regelmäßig. Kohlhaas hatte ein Auge dafür, für welche Waffe der Einzelne geeignet war. Sehr schnell erkannte er, wer die zahlreichen Handgriffe beim Laden einer Muskete begriff oder wer wendig mit einer Stichwaffe umgehen konnte.

Georg hatte zusammen mit dem Amtmann Caspar von Buchwaldt und dem Schlossvogt Hermann von Hatten einen Schlachtplan für die Freien Holsteinischen Knechte entwickelt. Zunächst ging es darum, eine erfolgversprechende Angriffstaktik festzulegen. Sie waren sich einig, dass ausschließlich die Versorgungslinien der Schweden attackiert werden sollten. Kurze überraschende Überfälle aus dem Hinterhalt unter Vermeidung längerer Gefechte. Dazu war es nötig, intensive, verdeckte Aufklärung zu betreiben. Man musste wissen, welche Wege die Schweden bevorzugten und welche örtlichen Begebenheiten von den Freien Knechten zum Vorteil genutzt werden konnten. Letztlich teilten sie die inzwischen auf rund 170 Mann angewachsene Truppe der Freien Knechte in sechs Gruppen ein, die sie Rotten nannten. Jede Rotte wurde von einem erfahrenen Soldaten wie Georg oder auch Kohlhaas geführt. Ebenso legten sie fest, welche Bewaffnung die jeweiligen Rotten erhalten sollten. Die ersten beiden Rotten verfügten über Pferde und waren damit sehr schnell und beweglich, während die anderen Rotten sich nur zu Fuß fortbewegen konnten. Aufgrund der Ausrüstung durch die Waffenkammer der Siegesburg verfügten alle Freien Knechte über Musketen oder Radschlosspistolen, sowie auch über ausreichend Munition und das erforderliche Pulver.

Kapitel 14

Als Georg am Morgen den Marstall betrat, kam ihm bereits sein Stellvertreter Fretwurst entgegen. „Ich wollte Euch gerade holen lassen, Herr Rittmeister."

„Was gibt es denn so Aufregendes am frühen Morgen, Fretwurst?"

„Der Gutsschmied hat schon nach Euch fragen lassen. Worum es geht, hat er nicht verraten. Ihr findet ihn ..." Der alte Stallmeister zeigte nur mit dem Daumen auf den Boden. Georg wusste Bescheid. „Ihr haltet hier die Stellung", wies er seinen Stellvertreter an.

Georg folgte dem langen Gang zwischen den Pferdeboxen, blieb hier und dort stehen, streichelte die Nüstern der neugierig aus ihren Boxen blickenden Pferde und sprach mit ihnen. Vor der Box 35 holte er einen Schlüssel aus der Hosentasche, öffnete die Tür und schloss sie gleich wieder hinter sich. Den Bereitern und Pferdeknechten hatte Georg eingebläut, dass niemand diese Box betreten darf, da er einige persönliche Sachen dort eingelagert hatte. So sah es im ersten Augenblick auch aus. Alte durchaus wertvolle Möbel waren dort übereinander gestapelt. Durch einen schmalen Gang vorbei an Tischen und Schränken gelangte Georg in den hinteren Teil der Box. Er schob eine Truhe zur Seite und öffnete die im Boden befindliche Luke. Über eine steile Holztreppe stieg er in den Tunnel hinab. Am Fuß der Treppe zündete er eine Laterne an und folgte dem Gang. Sehr bald hörte er Stimmen vor sich. Er betrat einen

Raum, der vom Tunnelsystem abgetrennt war und den die Freien Knechte als Besprechungs- und Versammlungsraum nutzten. Ein optimales Versteck, das nicht die Aufmerksamkeit der anderen Gutsbediensteten auf sich lenkte. Georg stutzte kurz, als er hier den Gutsschmied Klingbeil, den Forstmeister Kohlhaas und einen weiteren Mann, den er nicht kannte, antraf.

„Gut, dass Ihr da seid, Rittmeister", begrüßte der Schmied Georg. „Das ist Hans Pruns aus Schmalfeld, und der hat einige wichtige Nachrichten für uns."

Georg begrüßte den Mann per Handschlag und nickte Kohlhaas freundlich zu.

„Wo brennt es denn, wenn Ihr mich schon so früh in die Unterwelt lockt?", fragte Georg, nachdem auch er sich gesetzt hatte.

Klingbeil ergriff das Wort. „Hans Pruns hat einige für uns interessante Informationen über die Schweden erfahren. Aber berichte dem Rittmeister am besten selbst, Hans."

„Wie Ihr wisst, ziehen die Schweden durch die Lande, um Nahrung für ihre Truppen zu besorgen. Rund um Schmalfeld und Kisdorf haben sie angefangen, von den Höfen Ochsen zu konfiszieren und zusammenzutreiben. In den nächsten Tagen sollen sie von dort Richtung Tangstedt getrieben werden." Dabei zeigte Hans Pruns auf eine Karte, die ausgebreitet vor ihnen auf dem Tisch lag.

„Von wie vielen Tieren sprechen wir?", wollte Georg wissen.

„Meine Männer berichten mir, dass es bis jetzt rund 200 sind. Können auch mehr sein."

„Donnerwetter", entfuhr es Kohlhaas. „Und wissen deine Männer auch, wie die Schweden die Viecher überwachen wollen?"

„Das eigentliche Treiben übernehmen nicht die Soldaten. Dafür werden Leute aus ihrem Tross abgestellt. Natürlich wird es auch einige Wachen geben. Das hält sich bekanntermaßen aber in Grenzen."

„Außerdem ist jeder Soldat hochgradig begeistert, wenn er eine Herde Ochsen bewachen soll", warf Kohlhaas grinsend ein.

„Um es auf den Punkt zu bringen", überlegte Georg laut, „wir hätten die Möglichkeit, den Schweden die Ochsen abzunehmen. Der Widerstand dürfte nicht allzu groß sein, da nur wenige Wachen vorhanden und sie letztlich auch nicht sehr motiviert sind für diese Aufgabe."

„Genau so sehen wir das auch, Rittmeister", stimmte der Schmied zu.

„Wie viel Zeit haben wir zur Vorbereitung, Pruns?", richtete Georg sich an den Mann aus Schmalfeld.

„Ich gehe davon aus, dass die Schweden sich schon morgen auf den Weg machen werden, da sie bereits so eine große Zahl an Ochsen zusammengetrieben haben."

„Wie lange brauchen wir, um unsere Leute zu positionieren?"

„Die Straße, die die Schweden nehmen müssen, ist nicht weit von uns entfernt. Unsere Männer könnten sie noch in dieser Nacht problemlos erreichen", berichtete der Schmied. „Die Rotte von Hans Pruns ist ohnehin schon vor Ort."

Georg sah Kohlhaas fragend an, als dieser die Stirn runzelte. „Was ist los, Kohlhaas? Was gefällt Euch nicht?"

„Es ist alles in Ordnung, Rittmeister. Aber habt Ihr Euch auch schon einmal Gedanken darüber gemacht, wo wir anschließend mit den befreiten Ochsen bleiben?"

„Unser grundsätzliches Ziel ist es doch, Waren und auch Tiere, die die Schweden erbeutet haben, ihren ursprünglichen Besitzern wiederzugeben", warf Georg ein.

„Wenn sie denn noch leben und ihr Dorf noch besteht", kam der Einwand von Kohlhaas.

„Genau. Wenn wir die Ochsen nicht an ihre Besitzer zurückgeben können, werden wir versuchen, sie zu verkaufen", erklärte Georg.

Kohlhaas nickte zustimmend. „Ich wüsste auch schon wo." Die anderen sahen den Forstmeister gespannt an.

„Glückstadt."

Das Grunzen und Brüllen der Ochsen war nicht zu überhören. Dicht an dicht schoben sich die Rinder über den schmalen Weg. Die Treiber hatten alle Mühe, sie in Bewegung zu halten. Unaufhaltsam schlugen sie mit ihren Weidenruten auf die Ochsen ein. Wie schon Hans Pruns vermutet hatte, beschränkte sich die Wachmannschaft der Schweden auf nur wenige Soldaten. Drei Rotten der Freien Knechte hatten sich auf der zu erwarteten Wegstrecke auf die Lauer gelegt. Georg forderte von ihnen absolute Ruhe auch während des Überfalls. Nach Möglichkeit sollten keine Schusswaffen eingesetzt werden, um durch den Lärm nicht die Ochsen in Panik zu versetzen.

Georg erblickte die Spitze des Ochsentriebs als Erster. Neben zwei Treibern zu Fuß ritt ein Korporal. Der Weg war an dieser Stelle durch mannshohes Gebüsch gesäumt, hinter dem sich die Freien Knechte mühelos verstecken konnten. Die Kolonne näherte sich. Georg gab Kohlhaas auf der anderen Seite des Weges ein Zeichen, das sie vorher verabredet hatten. Kurz bevor der Korporal zu Pferd auf gleicher Höhe von ihnen war, trat Georg auf den Weg und richtete seine Pistole auf den Reiter. Dessen Pferd scheute und stieg kurz auf. Er war vollkommen auf sein unruhiges Pferd und den drohenden Mann mit der Pistole fixiert, als im selben Augenblick Kohlhaas aus seiner Deckung sprang und den Korporal mit einem Griff aus dem Sattel riss. Kaum war dieser auf dem Boden gelandet, schickte Kohlhaas ihn mit einem kurzen Schlag mit dem Pistolenknauf an die Schläfe ins Land der Träume. Zwei weitere Freie Knechte zerrten den Bewusstlosen hinter das Gebüsch und übernahmen das Pferd.

Die beiden Treiber versuchten angesichts der plötzlich aufgetauchten Bewaffneten gar nicht erst zu fliehen. Zeitgleich hatten die Freien Knechte auch die anderen schwedischen Soldaten entwaffnet und sie gefangen genommen. Sie sollten wie auch die Treiber aus dem schwedischen Tross in einer Scheune unweit des Weges weggesperrt und bewacht werden. Georg wollte absolut sichergehen, dass die Schweden erst sehr spät von ihrem Überfall erfahren würden, um Zeit zu gewinnen. Nur so war garantiert, dass sie die Ochsen wieder verteilen und verkaufen konnten. Mühelos hatten Georg und Hans Pruns die umliegenden Bauern davon überzeugen können, ihnen Knechte zur Verfügung zu stellen, um die Ochsen nach Glückstadt weitertreiben zu können.

Georg konnte die Euphorie der Freien Knechte nach dem erfolgreichen Überfall und die Erbeutung der Ochsen nur begrenzt nachvollziehen. Es war kein Schuss gefallen, niemand war verletzt worden. Doch wusste er, dass Soldaten nach solchen Niederlagen häufig mit fürchterlichen Rachefeldzügen reagierten.

„Inzwischen sind drei Tage vergangen. Habt Ihr von irgendwelchen Reaktion der Schweden gehört?", wollte Georg von seinem Stellvertreter Fretwurst wissen.

„Nein, bisher nicht, Herr Rittmeister. Auch Klingbeil hat nichts erzählt."

„Irgendetwas stimmt hier nicht. Wenn ich nur wüsste, was es ist?", sinnierte Georg laut. Schon vor längerer Zeit hatte sich Georg Gedanken darüber gemacht, wieso das Gut Leonthal bisher verschont geblieben war, wobei in der Vergangenheit die Dörfer in unmittelbarer Nähe von den Schweden überfallen worden waren. Ein Poltern vor der Tür seines Kontors riss Georg aus seinen Grübeleien. Kurz darauf trat der Gutsschmied Klingbeil ein.

„Ich bin immer wieder fasziniert von Eurer Sanftheit, die Ihr an den Tag legt, Klingbeil, wenn ihr einen Raum betretet", begrüßte Georg den Schmied lächelnd.

„Hätte ich Eure Kinderstube genossen, Rittmeister, dann wüsste ich auch, wem und wie man jemandem den Arsch küssen muss", antwortete Klingbeil grinsend und setzte sich.

Georg schüttelte lachend den Kopf. „Was gibt es Neues, Klingbeil, wenn es Euch schon zu mir treibt?"

„Zwei Nachrichten, Rittmeister. Eine erfreuliche und eine ungewöhnliche. Welche zuerst?"

„Fangen wir einmal mit der guten Nachricht an", forderte Georg den Schmied auf.

„Die Ochsen sind wir los. Hans Pruns hat einige wieder an die bestohlenen Bauern zurückgeben können und die andern haben wir in Glückstadt verkauft. Und nun haltet Euch fest, Rittmeister. Dafür haben wir 1.000 Reichstaler bekommen." Der Gutsschmied strahlte Georg und Fretwurst abwechselnd an, als ob er selbst der Vater dieses Erfolges war.

„Donnerwetter, das hört sich wahrhaftig gut an", bestätigte Georg.

„Hab' ich das eben richtig verstanden, Klingbeil? Hast du 1.000 Reichstaler gesagt?", fragte der alte Stallmeister ungläubig nach.

„Ja, genau das habe ich eben gesagt, du alter Hafersack."

„Und was ist nun die betrübliche Nachricht, Meister Klingbeil?", hakte Georg nach.

„Ich hab' nur davon gehört. Konnte es erst gar nicht

glauben, aber Hans Pruns hat mich gestern gefragt, ob ich nicht einen Grafensohn namens Tobias kennen würde."

Georg stutzte. „Ja und? Was ist daran so ungewöhnlich?"

„Nun kommt es, Rittmeister. Angeblich soll dieser Rotzlöffel Tobias bei den Freien Knechten in der fünften Rotte mitmischen."

Georg sah den Schmied ungläubig an. „Ernsthaft? Das kann ich mir nun wahrhaftig nicht vorstellen."

„Ich war auch vollkommen überrascht. Aber Pruns hat ihn mir auch beschrieben und danach muss er es sein."

„Ich dachte, der arbeitet jetzt für den Grafen Ehrentraut", glaubte sich der alte Stallmeister zu erinnern.

„Das stimmt zwar grundsätzlich. Aber wenn ich meine letzten Informationen richtig deute, kann auch Graf Ehrentraut den so edlen Sohn der Gräfin nicht bändigen." Georg hatte nicht die Absicht, den beiden von seinem Besuch auf Ehrentraut und von dem Gespräch mit dem Grafen zu berichten.

Noch am Nachmittag erhielt Georg die Nachricht, dass sein Großvater ihn sprechen wollte. Eilig begab er sich in das Herrenhaus. Auf die Begegnung, gleich nachdem er den Haupteingang betreten hatte, hätte er gerne verzichtet. Der Schatten der Gräfin, der Gutsdiener Hektor, stellte sich ihm in den Weg, bevor er die Treppe zu den Räumen seines Großvaters erreichen konnte. „Wen begehrt Ihr zu sprechen?"

Georg hatte seine Emotionen in der Regel unter Kontrolle. Aber alleine der Gedanke daran, dass dieses hinterhältige Individuum seinem Großvater nach dem Leben trachten könnte, brachten ihn zur Weißglut.

„Das geht Euch einen Scheißdreck an. Ich bin hier zu Hause. Geht mir aus dem Weg."

Bevor der Gutsdiener reagieren konnte, griff Georg dessen linken Arm und schob ihn grob zur Seite. Ohne auf seine empörten Rufe zu achten, sprang Georg die Treppe hoch, zwei Stufen auf einmal nehmend.

Vor der Tür der Räume seines Großvaters musste Georg sich erst einmal sammeln. Er atmete mehrmals tief durch, bevor er anklopfte und eintrat.

Götz Baron von Leonthal saß in seinem Lieblingssessel, mit einem Buch auf dem Schoß. „Georg, mein Lieber. Schön, dass du es einrichten konntest. Setz dich bitte."

Georg nahm gegenüber seines Großvaters Platz. „Wie geht es Euch, Großvater?" Schon beim Eintreten hatte Georg festgestellt, dass der alte Baron weitaus besser aussah als noch Wochen zuvor. Er verfügte wieder über eine rosige Gesichtsfarbe. Das krankhafte Grau war gewichen. Und auch das interessierte Funkeln in seinen Augen schien zurückgekehrt zu sein.

„Danke der Nachfrage. Ich fühle mich ganz wohl. Ich habe einen kleinen Verdacht, woran es liegen kann." Georg blieb der schelmische Gesichtsausdruck seines Großvaters nicht verborgen. „Da gibt es doch seit geraumer Zeit ein Geschöpf, das mich regelmäßig besucht und mir große Freude bereitet. Wir unterhalten uns über Gott und die Welt. Vielleicht ist dieses Wesen ja dafür verantwortlich, dass es mir besser geht."

Georg musste schmunzeln. „Kann es möglicherweise sein, dass dieses heilbringende Wesen über den Namen Caroline verfügt?"

„Wenn du mich so direkt fragst, kann ich dir nicht widersprechen, mein Junge." Die Augen des alten Barons funkelten amüsiert. „Ernsthaft, Georg, sie ist fürwahr eine äußerst liebreizende junge Frau. Einfühlsam, auf eine ganz dezente Weise selbstbewusst. Vollkommen fern der Charakterzüge ihrer garstigen Mutter."

„Großvater, Ihr hört Euch an, als ob Ihr ein wenig verliebt seid. In Eurem Alter?" Georg schüttelte mit lachenden Augen vorwurfsvoll den Kopf.

„Mein lieber Junge, dir hat wohl seit längerer Zeit niemand den Hosenboden versohlt. Wo bleibt der Respekt vor deinem alten Großvater?"

Der alte Baron und sein Enkel fingen beide gleichzeitig an, herzhaft zu lachen.

„Ihr habt ja recht, Caroline ist fürwahr eine liebenswerte Person. Hatte ich Euch letztens eigentlich erzählt, dass sie von sich aus zu Mutter gekommen ist und sich lange mit ihr unterhalten hat? Seitdem schaut sie immer wieder einmal im Torhaus vorbei. Die beiden verstehen sich bestens."

„Und du, Georg? Wie verstehst du dich mit Caroline?"

Georg sah seinen Großvater eine Weile schweigend an. „Ich mag sie von ganzem Herzen. Leider haben wir nie viel Zeit füreinander. Aber Ihr habt mich doch sicherlich nicht hergebeten, um mit mir über Caroline zu sprechen."

„Nun gut, wenn dir das Thema unangenehm ist, zu einer ganz anderen Sache. Wir sind uns einig darüber, dass dieser unsägliche Angriff der Schweden auf das Herzogtum Holstein nichts Gutes für uns bedeutet. So ist es nur verständlich, dass es Kräfte im Land gibt, die dagegen opponieren. Hast du schon einmal von den Freien Holsteinischen Knechten gehört?"

Georg fühlte sich plötzlich etwas unbehaglich. Aber seinen Großvater wollte und konnte er nicht belügen. „Ja, Großvater, diese Truppe ist mir bekannt."

„Ist dir auch zu Ohren gekommen, dass diese Freien Knechte, wie sie sich nennen, kürzlich den Schweden sehr erfolgreich mehrere Hundert Ochsen abgejagt haben sollen?"

„Ja, Großvater, auch das ist mir bekannt."

„Kann es möglicherweise sein, dass du aus dem Grunde so gut informiert bist, da du selbst zu diesen Freien Knechten gehörst?"

Georg lächelte. Woher wusste dieser alte Fuchs das nun schon wieder? Man konnte ihm wirklich nichts vormachen. „Ich bekenne mich schuldig, Herr Baron. Ich nehme an, Ihr erwartet jetzt eine Erklärung von mir."

„So ist es, mein Junge."

Georg berichtete seinem Großvater von der Zusammenkunft der Freien Knecht, von seinem Kontakt zu der Siegesburg und der Unterstützung durch den Amtmann Caspar von Buchwaldt, von den

Waffenlieferungen und den entwickelten Schlachtplänen. Auch den Überfall auf die Schweden und den erfolgreichen Verkauf der Ochsen schilderte er ausführlich.

Der alte Baron hörte aufmerksam zu. „Wie heißt es so schön unter gedienten Soldaten? Eine neue Lage erfordert neue Maßnahmen. Ich habe Verständnis für das Aufbegehren der Leute gegen die angriffslustigen und barbarischen Schweden. Dass du allerdings jetzt auf diese Weise gegen sie kämpfst, bereit mir doch Sorgen. Dir ist schon klar, dass jeder von den Freien Knechten, der gefasst wird, dem unmittelbaren Tod ins Auge sieht? Ihr seid keine gegnerischen Soldaten, denen höchstens die Gefangenschaft droht."

„Ich weiß es, Großvater. Aber das grausame Vorgehen der Schweden hat nichts mehr mit der ehrenvollen Haltung eines Soldaten zu tun, die Ihr und ich in unserer Dienstzeit noch praktiziert haben. Unser Forstmeister Kohlhaas hat als Sergeant bei den Schweden gedient. Er berichtete, dass die Soldaten seit Monaten keinen Sold mehr bekommen hatten und teilweise schon meuterten. Ihn hatte man zum Tode verurteilt, weil er dieses einem der Generäle vorgeworfen hat. Gott sei Dank konnte er rechtzeitig fliehen. General Torstensson, der jetzige Befehlshaber der Schweden, konnte die aufsässige Truppe nur besänftigen, indem er seinen Soldaten einen Freibrief zum Plündern gegeben hat. Die Folgen erleben unsere Leute gegenwärtig in den Dörfern. Willkürliches Morden, Rauben, Vergewaltigen und Brandschatzen."

Der alte Baron legte gedankenverloren den rechten Zeigefinger an die Lippen. Nach einer ganzen Weile sah er Georg sorgenvoll an. „Du weißt, dass ich dich sehr mag, Georg. Ich sehe immer wieder deinen Vater vor mir, wenn du mit mir sprichst. Ihr seid euch so ähnlich. Deine Zuverlässigkeit, deine Leidenschaft für eine Sache, von der du überzeugt bist. Aber du weißt auch, dass ich Leonthal in gute Hände legen möchte, wenn ich nicht mehr über alles wachen kann. Dein Onkel und seine neue Frau bereiten mir in dieser Hinsicht schon Sorgen genug. Sei vorsichtig, mein Junge. Du wirst gebraucht. Bereite deiner Mutter und auch mir nicht noch mehr Kummer, als den, den wir durch den Tod deines Vaters und den der Eltern deiner Mutter schon erleben mussten."

Georg stand auf, kniete sich vor seinem Großvater nieder und ergriff seine Hände. „Großvater, ich habe, wie du weißt, meinen Vater nie kennengelernt, aber ich erkenne in Euch jenen Mann, von dem mir meine Mutter so oft erzählt hat. Ich vertraue Euch in jeder Hinsicht. Ich verspreche Euch, alles Notwendige für den Bestand des Gutes Leonthal zu tun und hoffe, Euch nicht zu enttäuschen. Aber ich muss auch meinen Weg gehen."

Der alte Baron legte seine Hand auf Georgs Kopf. „Ich weiß, mein Junge. Nun geh. Und wenn du rein zufällig Caroline sehen solltest, bestelle ihr bitte, dass sie mich heute nicht mehr besuchen muss."

Götz Baron von Leonthal entließ seinen Enkel mit einem verständnisvollen Lächeln, doch seine Kümmernis konnte er nur mit Mühe dahinter verstecken.

Erschrocken drehte Georg sich um, als er, kaum hatte er den Raum seines Großvaters verlassen, ein Zischen hörte. Doch dann entspannte er sich, als er in einer Fensternische Caroline entdeckte. Sie hatte offensichtlich auf ihn gewartet. Er trat auf sie zu und küsste ihre Hand. „Ihr könnt sogar einen alten Soldaten erschrecken, Caroline."

„Das war nicht meine Absicht, Georg, aber ich wollte Euch unbedingt sehen."

Georg sah sich um. „Hier können wir nicht sprechen. Die Wände haben in diesem Haus überall Ohren. Kommt mit."

Georg nahm Caroline an die Hand. Verwundert blieb sie stehen, als Georg eine kaum erkennbare Tapetentür öffnete. „Wo führt die hin?"

„Das ist eine Treppe für die Bediensteten. Auf diesem Weg kommen wir ungesehen in die Küche."

Schritt für Schritt folgten sie den engen Stufen. Unten angekommen, blieb Georg vor dem Kontor der Köchin stehen. „Wartet hier."

Nach kurzer Zeit kam er zurück. Mit einem Schlüssel öffnete er die Tür und zog Caroline hinein. „Wo sind wir hier?"

„Das ist das Heiligtum unserer lieben Köchin Magda. Ich habe sie nur kurz informiert und um den Schlüssel gebeten. Hier können wir uns ungestört unterhalten." Georg bat Caroline, sich zu setzen, nachdem er Magdas Stuhl hinter dem Schreibtisch hervorgeholt hatte. Dann nahm er auf dem einzigen Schemel Caroline gegenüber

Platz und sah sie an. „Und warum wolltet Ihr mich unbedingt sehen?"

„Das verrate ich nicht, wenn Ihr mich so direkt fragt", antwortete Caroline kokett.

Georg beugte sich vor und neigte seinen Kopf. „Und wenn ich es doch weiß?"

„Was meint Ihr zu wissen?"

„Ich bin mir ganz sicher, dass Ihr mich liebt."

Carolines Wangen überzogen sich mit einer leichten Röte. Verlegen senkte sie den Blick. „Und wäre das so schlimm?"

Georg nahm Carolines Kopf zärtlich in beide Hände und küsste sanft ihre Lippen. Schweigend sahen sich beide an.

„Du glaubst gar nicht, wie oft ich vor dem Einschlafen von diesem Augenblick geträumt habe", bekannte Caroline freimütig.

Georg lächelte und ergriff ihre Hände. „Und du ahnst nicht, wie oft ich mich zusammenreißen musste, um konzentriert meinen Arbeiten nachgehen zu können, weil meine Gedanken mich immer wieder in deine Nähe gebracht haben. Allerdings waren Bild und Ort unseres ersten Kusses, die ich stets vor Augen hatte, ein wenig romantischer. Und nicht das verstaubte Kontor der Gutsköchin."

Beide begannen zu kichern wie kleine Kinder.

„Allerdings hat meine Liebe zu dir einen gefährlichen Konkurrenten", bekannte Georg, nachdem sie sich wieder ein wenig beruhigt hatten.

„Wen meinst du?"

„Götz Baron von Leonthal hat vor wenigen Minuten wahre Lobgesänge über ein feenhaftes Wesen angestimmt, das seinen Alltag regelmäßig auf liebreizende Weise verzaubert."

„Ja, das glaube ich gerne", erwiderte Caroline fröhlich gestimmt. „Wir verstehen uns wirklich bestens. Ist dir auch aufgefallen, dass es deinem Großvater merklich besser geht?"

„Ja, er ist fast wieder der Alte. Wir haben ihm unseren wahren Verdacht nie verraten. Er selbst führt seine Genesung tatsächlich deinem positiven Einfluss zu. Das sagt er zumindest. Wobei ich mir bei ihm nicht so ganz sicher bin. Sein Verstand ist hellwach und so leicht kann man ihm nichts vormachen."

Carolines Miene umwölkte sich etwas. „Wie es scheint, waren wir wohl doch auf dem richtigen Weg, denn seitdem der Diener deines Großvaters den Cognac ausgetauscht hatte, ging es ihm von Tag zu Tag besser."

„Wie auch immer. Genießen wir unseren Erfolg. Ich habe noch eine ganz andere Bitte an dich, Caroline. Das Gut Leonthal wird über kurz oder lang nicht von den Angriffen der Schweden verschont bleiben. Es ist ohnehin schon verwunderlich, dass sie hier noch nicht eingefallen sind. Aber wenn es soweit ist, wende dich bitte unverzüglich an die Köchin Magda. Sie kennt Mittel und Wege, uns zu schützen."

„Du machst mir Angst, Georg."

„Ich weiß, Caroline. Aber wir leben nun einmal in

schrecklichen Zeiten. Wir haben einige Vorbereitungen getroffen, um weitestgehend schadlos aus diesem Dilemma herauszukommen. Mehr kann ich dir dazu gegenwärtig nicht verraten. Wie schon gesagt, Magda weiß Bescheid."

Caroline nickte. Auch wenn ihr Gesicht nicht allzu viel Zuversicht zeigte. „Wann können wir uns wiedersehen?"

„Das Beste wird sein, du besuchst meine Mutter im Torhaus. Wo auch ich ja rein zufällig wohne. Noch eine Bitte. Verzichte in Zukunft auf deine Ausritte. Es ist einfach zu gefährlich."

Kapitel 15

Kohlhaas war aufgrund seines zurückliegenden Lebens kein sentimentaler Mensch. Zu oft musste er sich behaupten und durch den Alltag boxen. Er war der Sohn eines Holzfällers, der gegen erheblichen Widerstand zum Förster aufstieg und dem zeit seines Lebens der Makel der einfachen Herkunft anhing. Sehr schnell hatte er in der Armee seinen Platz gefunden. Hier wurde Kampfgeist und Mut verlangt. Forderungen, die Kohlhaas erfüllte und ihm die Beförderung bis zum Sergeanten einbrachten. Und doch gab es Zeiten, in denen er sich nach Ruhe sehnte. Wo er das Raubein, das alle von ihm erwarteten und zum Teil auch von ihm verlangten, ablegen konnte. Dieses unheilvolle Todesurteil schien das plötzliche Ende zu sein. Doch dann kam die Flucht. Und Marietta trat in sein Leben. Er hatte bereits in der Armee ein Auge auf die Marketenderin geworfen. Aber mehr als ein Abenteuer konnte es während der Kriege und Wanderungen nicht sein. Das gemeinsame Leben in Glückstadt und jetzt auch im Forsthaus auf Leonthal waren für Kohlhaas eine neue Herausforderung. Noch bevor sie auf das Gut umgezogen waren, hatte Kohlhaas Marietta in Glückstadt gefragt, ob sie nicht heiraten sollten. Immerhin wussten sie nicht, wie gottgläubig ihr neuer Dienstherr, der Baron, sein würde. Doch Marietta hatte den Antrag von Kohlhaas abgelehnt. Sie war an seiner Seite, solange er es für sinnvoll halten würde, hatte sie betont. Und wenn sie ihn nicht mehr ertragen könnte, würde sie auch gehen. Ein Trauschein würde solche Freiheiten einfach nur komplizieren. Kohlhaas war danach dazu übergegangen, wenn er Marietta anderen gegenüber erwähnte, stets von seiner Frau zu sprechen. Niemand fragte je danach, ob sie tatsächlich verheiratet wären oder verlangten, ein entsprechendes Dokument zu sehen. Kohlhaas hatte das Gefühl, mit Marietta den richtigen Menschen an seiner Seite zu haben. Sie kannte seine Marotten ebenso, wie auch er ihre Eigenarten akzeptierte. Kohlhaas wusste nicht, ob es Liebe war. Mit solchem Weiberkram hatte er sich noch nie befasst. Und doch verspürte er das Bedürfnis, Marietta auf besondere Weise seine Wertschätzung zu zeigen. Aber wie?

„Herr Forstmeister, ist Eure Marietta nicht mehr in der Lage, Euch angemessen zu ernähren? Oder was verschafft mir die Ehre Eures Besuches?"

Kohlhaas sah die Köchin Magda bestürzt an, als diese

ihn so formvollendet begrüßte. „Was ist los Magda, hast du heute Mittag die falsche Suppe gegessen oder weshalb glaubst du, dass ein Edelmann vor dir steht? Ich bin es, Kohlhaas."

„Wir hier im Herrenhaus wahren die Form. Ehre, wem Ehre gebührt. Ihr gehört in Eurem Amt immerhin zur oberen Etage des Gutes, die Edelleute des Hauses einmal ausgenommen. Nun erzählt schon, was können wir für Euch tun?"

Kohlhaas fühlte sich nicht ganz wohl in seiner Haut, zumal als er sah, dass einige der Küchenmädchen bereits kicherten.

„Ich muss dich allein sprechen, Magda", stieß er flüsternd hervor.

Magda hob die Augenbrauen.

„Dann wollen wir einmal den Menüplan genau besprechen. Folgt mir bitte, Herr Forstmeister." Magda blieb bei ihrer übertriebenen Förmlichkeit.

Als sich beide im Kontor der Köchin gesetzt hatten, grinste Magda Kohlhaas verschmitzt an. „Wir müssen die Form wahren, Kohlhaas. Wenn wir zu vertraut miteinander umgehen, denkt womöglich noch jemand, dass wir etwas miteinander hätten."

Kohlhaas konnte sein Prusten nicht unterdrücken. „Ist das dein Ernst, Magda?"

„Ich weiß nicht, was daran so lächerlich ist. Ich bin schließlich auch eine Frau mit Gefühlen."

Im ersten Augenblick glaubte Kohlhaas, dass er mit seinem Lachen Magda verletzt haben könnte. Er wollte sich gerade entschuldigen.

„Kohlhaas, lass dich doch nicht auf den Arm nehmen. Ich weiß gar nicht, was deine Marietta an dir hat, aber von Frauen hast du nun wirklich keine Ahnung", erlöste Magda den Forstmeister von seiner Not.

Kohlhaas atmete tief durch. „Aber das genau ist der Grund, weshalb ich mit dir sprechen muss."

„Wie kann ich dir denn in Liebesdingen helfen, mein lieber Forstmeister?"

Kohlhaas druckste herum. „Ich möchte Marietta eine Freude machen. Aber ich weiß nicht wie. Und da dachte ich mir, du könntest mir verraten, worüber Frauen sich freuen."

Magda lächelte Kohlhaas an, als ob er ihr ein Kompliment gemacht hätte. „Das ist eine schöne Idee, Kohlhaas. Ich nehme an, dabei hast du nicht nur an einen Blumenstrauß gedacht."

„Nein, nein, hör mir auf mit solch einem Mädchengemüse, das nach drei Tagen verwelkt ist. Ich dachte an etwas Dauerhaftes."

Magda überlegte nicht lange. „Dann sind wir schon bei einem Schmuckstück gelandet."

„Ja, daran hab' ich auch schon gedacht", beteuerte Kohlhaas eifrig. „Aber was für ein Schmuckstück und wo kann ich es erwerben?"

„Denken wir einmal praktisch. Du möchtest ihr ein Teil schenken, das ein wenig an dich erinnert. Also ein Stück, das sie ständig bei sich tragen kann. Damit scheidet eine Brosche schon einmal aus. Denn so etwas trägt man nur an hohen Festtagen zur guten Kleidung. Das nächste wäre ein Ring. Aber auch der würde nur in der Schublade liegen, da er im Alltag während der Hausarbeit nur hinderlich wäre. Folglich bleibt nur ein Anhänger. Den kann sie mit einem Lederband immer um den Hals, auch unter ihrer Kleidung tragen. Was sagst du dazu?"

„Ich wusste, dass ich bei dir richtig bin, Magda. Und was für einen Anhänger sollte ich wählen?", erklärte Kohlhaas begeistert.

„Wenn deine Marietta an Gott glaubt, wäre ein Kreuz das Richtige …"

Kohlhaas hob die Hände und unterbrach die Köchin. „Das kannst du vergessen, den hat sie schon vor längerer Zeit aus ihrem Leben gestrichen."

„Wie wäre es denn mit einem Herzen aus Gold? Ich glaube, darüber würde sich deine Marietta bestimmt freuen. Ich vermute sogar, dass sie überaus überrascht sein würde, wenn du ihr ein solches Schmuckstück schenkst."

„Warum sollte sie überrascht sein?", fragte Kohlhaas irritiert nach.

„Nun, mein lieber Kohlhaas, wie wir beide doch wissen, bist du ja nicht der Mensch, der leidenschaftliche Liebesbriefe schreibt und seine Geliebte mit rosigen Gedichten überschüttet. Umso mehr wird sie erstaunt sein, dass so ein robuster Kerl wie du ihr ein Symbol der Liebe, also ein Herz, schenkt."

Kohlhaas schwieg. „Je länger ich darüber nachdenke, umso mehr gefällt mir das, was du gesagt hast, Magda.

Aber woher bekomme ich ein solches Schmuckstück?"

„Das ist bei der gegenwärtigen Lage fürwahr nicht ganz so leicht. Normalerweise fertigen solche Stücke nur die Goldschmiede in den größeren Städten an. Aber ich kenne da einen alten Goldschmied, der nicht weit von hier in Leezen wohnt. Er heißt Papenfuß. Er ist zwar ein störrischer Brummkopf, aber wenn du ihm Grüße von mir bestellst, wird er dir sicherlich das gewünschte Schmuckstück fertigen."

Kohlhaas machte sich bereits am nächsten Tag auf den Weg nach Leezen. Magdas Idee mit dem Anhänger begeisterte ihn. Die Behausung des Goldschmieds Papenfuß fand Kohlhaas Dank der genauen Beschreibung der Köchin sehr schnell. Eine etwas windschiefe Kate etwas abseits der Dorfstraße gelegen.

Lediglich ein Hund fing an zu kläffen, als Kohlhaas gegen die Tür der Kate klopfte. Ansonsten rührte sich nichts. Erneut klopfte Kohlhaas. Dieses Mal etwas kräftiger. Jetzt war ein Rumoren aus dem Innern der Kate zu hören. Kurz darauf öffnete sich die Tür einen Spalt. Ein zerknittertes Gesicht mit einem grauen Bart, umrahmt von grauen Haaren, die bis auf die Schulter reichten. Blasse Augen blinzelten Kohlhaas an. „Was wollt Ihr? Ich gebe nichts."

„Mein Name ist Kohlhaas. Ich bin der Forstmeister auf dem Gut Leonthal", stellte sich Kohlhaas formvollendet vor.

Den Goldschmied schien das nicht zu beeindrucken.

„Wie schön für Euch. Lasst mich in Ruhe."

„Ich soll Euch schöne Grüße von der Köchin Magda bestellen", beeilte sich Kohlhaas, bevor der Goldschmied die Tür wieder schließen konnte.

„Magda?" Der alte Griesgram zögerte. „Lebt die noch?"

„Ja, Natürlich. In ihrer ganzen vollen Pracht."

Mit dieser Bemerkung schien Kohlhaas das Eis gebrochen zu haben. In den Augen des Goldschmieds war ein belustigtes Blinzeln zu erkennen. „Und was wollt Ihr nun von mir?"

„Ich wäre Euch dankbar, Meister Papenfuß, wenn ich Eure vortreffliche Handwerkskunst bemühen könnte. Ich benötige ein Schmuckstück für meine Frau."

Schwerfällig öffnete der Goldschmied die Tür und trat zur Seite. „Kommt rein."

Anschließend schlurfte er durch einen Raum, der ihm offensichtlich als Wohnzimmer und Küche zugleich diente. Hinter einer weiteren Tür trat er in eine kleine Kammer, die wie eine Werkstatt eingerichtet war. Auf einem Tisch lagen zahlreiche Werkzeuge wie Hämmer, Zangen und Feilen, allerdings in jeweils zierlicher Ausführung.

Der Goldschmied setzte sich stöhnend an den Tisch und zeigte zugleich auf einen Schemel für Kohlhaas. „Was hat sich Magda denn dieses Mal einfallen lassen?"

„Sie meinte, dass ein goldenes Herz das Richtige für meine Frau wäre."

Der Goldschmied brummte vor sich hin. Dann zog er eine Schublade aus einem Schränkchen auf und holte ein paar Blätter hervor. Kohlhaas konnte Zeichnungen erkennen. Mit steifen Fingern blätterte der Goldschmied durch die Seiten und schüttelte gelegentlich den Kopf, bis er ein Blatt fand, mit dem er anscheinend zufrieden war. „So könnte es ungefähr dann aussehen." Dabei legte er das Blatt auf den Tisch und schob es Kohlhaas zu. Zu erkennen war die feine Zeichnung eines Bandes, an der ein Herz hing, das nicht größer als ein Fingernagel war.

„Das Bild, das Ihr dort seht, ist im Maßstab eins zu eins gezeichnet. Das heißt, das Herz ist später genauso groß, wie es hier abgebildet ist", erklärte der Goldschmied.

„Es gefällt mir, Meister Papenfuß. Würdet Ihr es für mich anfertigen?"

Der Goldschmied grunzte wieder vor sich hin. „Gold ist in diesen unsäglichen Zeiten nicht so leicht zu bekommen und auch nicht ganz billig."

„Das ist mir wohl bewusst. Ich würde es auch gleich bezahlen", erklärte Kohlhaas bereitwillig.

„Wäre eigentlich nicht nötig, weil Magda Euch vertraut, aber wenn Ihr darauf besteht. Und was wäre das für ein armseliger Goldschmied, wenn er nicht noch das eine oder andere Teilchen Gold in Reserve hätte? Kommt in einer Woche wieder vorbei. Dann könnt Ihr das Schmuckstück abholen."

Kohlhaas verabschiedete sich erleichtert, nachdem er den vereinbarten Preis bezahlt hatte. Vor der Kate blieb er stehen. Das hatte ja bestens geklappt. Magda musste auf irgendeine Weise vor Jahren einen bedeutsamen Eindruck auf den alten Polterkopf gemacht haben.

Kohlhaas verspürte auf einem Mal einen trockenen Hals. Ein kühles Bier könnte nach diesem erfolgreichen Handel die Lösung sein. Auf seinem Weg zum Goldschmied hatte er an der Dorfstraße eine Schankwirtschaft entdeckt, die er jetzt zielgerichtet ansteuerte. Über dem Eingang knarrte ein Schild im Wind. Auf hellem Grund war ein wenig stattlicher Vogel abgebildet. Darunter konnte man mit einiger Mühe die Schrift „Zum weißen Schwan" erkennen. Schwungvoll öffnete Kohlhaas die Tür zum Schankraum. Wie angewurzelt blieb er stehen. Mit einer schnellen Bewegung drängte er sich hinter einen Pfeiler im Eingangsbereich. Wenige Meter von ihm entfernt hatte er drei Personen an einem Tisch entdeckt, bei deren Anblick ihm das kalte Grausen überkam. Er war fürwahr kein Mann, den man so schnell erschrecken konnte, aber diese unvermutete Konfrontation mit diesen drei Figuren trieb ihm den Schweiß auf die Stirn. Die Gräfin und ihr Sohn Tobias saßen dort mit einem Mann am Tisch, den er hier nicht erwartet hätte. Sie unterhielten sich intensiv und schienen sehr vertraut miteinander zu sein. Ihr Gesprächspartner war kein anderer als der schwedische Major Magnusson. Jener Adjutant des Generalmajors Wrangel, der Kohlhaas nach dem Todesurteil verhaftet hatte. Nur, dass er hier heute keine Uniform trug, sondern in Zivil mit der Gräfin und ihrem Sohn redete. Was hatte die Herrin von Leonthal mit einem schwedischen Offizier zu besprechen? Kohlhaas schwirrte der Kopf. Hier stimmte etwas nicht. Das passte nicht zusammen. Vorsichtig öffnete Kohlhaas wieder die Tür und schlüpfte hinaus. Eilig lief er zum Stall zurück, wo er sein Pferd untergestellt hatte. Vergessen war der Wunsch nach einem Krug Bier, obwohl er jetzt aus ganz anderem Grund einen trockenen Hals verspürte.

„Rittmeister, ich muss Euch unbedingt sprechen", platzte Kohlhaas in Georgs Kontor hinein. Er war in einem abenteuerlichen Ritt von Leezen direkt zum Marstall des Gutes gestürmt.

Georg sah den erhitzten Forstmeister verwundert an. „Was ist los, Kohlhaas? Ihr seid ja vollkommen aufgelöst. So kenne ich Euch ja gar nicht."

Kohlhaas ließ sich auf den Stuhl vor Georgs Schreibtisch fallen. „Ich komme gerade aus Leezen. Stellt Euch vor, wen ich dort in trauter Gemeinsamkeit angetroffen habe?"

Georg hob fragend die Schultern.

„Unsere verehrte Gräfin und ihr verzogener Bengel im vertrauten Gespräch mit einem schwedischen Offizier. Was sagt Ihr nun?"

Georg blickte den Forstmeister entgeistert an. „Das glaube ich jetzt nicht. Woher wisst Ihr, dass es ein schwedischer Offizier war?"

„Der war zwar in Zivil, aber dieses Gesicht werde ich meinen Lebtag nicht vergessen. Es ist derselbe, der mich nach dem Todesurteil von General Wrangel fesseln ließ und arretiert hat. Das war Major Magnusson, der Adjutant des Generals."

„Es ist nicht zu fassen. Und der saß einträchtig mit der Gräfin und ihrem Sohn zusammen?"

„So wahr, wie ich hier sitze, Rittmeister. Ich wollte mir in der Schankwirtschaft `Zum weißen Schwan` ein erfrischendes Bier gönnen, konnte mich aber an der Tür gerade noch rechtzeitig verstecken, als ich die drei erblickte."

Georg schüttelte immer noch ungläubig den Kopf. „Ich kann mir keinen Reim darauf machen. Was bezweckt die Gräfin damit, wenn sie mit den Schweden kollaboriert?"

„Ich habe mir auch schon den Kopf zerbrochen, aber bisher keine plausible Antwort gefunden", erklärte Kohlhaas. „Allerdings fragen wir uns ja schon seit Längerem, wieso die Schweden Leonthal bisher nicht entdeckt haben."

„Ihr meint, die Gräfin hat mit den Schweden ein Kuhhandel vereinbart, indem sie Leonthal verschonen?", zweifelte Georg laut. „Dazu müsste die Gräfin aber ein schwergewichtiges Angebot unterbreitet haben. Und das sehe ich weit und breit nicht."

Kaum hatte Kohlhaas Georg verlassen, wurde er in seinen grübelnden Gedanken unterbrochen. Gutsschmied Klingbeil polterte herein.

„Rittmeister, wir brauchen einen neuen Schlachtplan", fiel er mit der Tür ins Haus.

„Wofür?"

„Soeben habe ich erfahren, dass die Schweden wieder einen größeren Transport planen. Entweder sie haben aus unserem Ochsenklau gelernt oder sie transportieren wertvolle Sachen. Auf jeden Fall schwirren dort weitaus mehr Soldaten herum als bei dem Ochsentrieb."

„Meint Ihr, dass unsere Kräfte ausreichen für einen so gut geschützten Transport?"

„Bei entsprechender Taktik und Ortswahl schon".

„Wichtig ist, dass wir massiven Widerstand vermeiden. Das heißt, wir müssen nach Möglichkeit einen Weg finden, die Transportkolonne zu sprengen oder zumindest zu teilen", überlegte Georg bereits die Taktik.

„Und die Aufmerksamkeit der Wachsoldaten ablenken", ergänzte Klingbeil Georgs Überlegungen. „Dabei fällt mir ein. Wisst Ihr eigentlich, dass die Freien Knechte einen neuen Namen haben?"

„Nein, wieso das denn?"

„Die Schweden haben uns nach dem Überfall auf die Ochsen jetzt zu 'Schnapphähnen' erklärt."

„Schnapphähne? Das ist doch eher ein Schimpfwort für Straßenräuber und Wegelagerer".

„Genauso ist es, Rittmeister. So und nicht anders sehen uns die Schweden. Für sie sind wir ein zusammen-gewürfelter Haufen bekloppter Bauernlümmel."

„Solange sie uns mit dieser Auffassung unterschätzen und nicht ernst nehmen, soll es uns nur recht sein."

Kapitel 16

Die Schnapphähne, wie sie jetzt genannt wurden, hatten den Weg, den die Schweden für ihren Transport vorgesehen hatten, genau ausgekundschaftet. Auf dem Weg zwischen Kisdorf und Kattendorf legten sich die Schnapphähne auf die Lauer. An einer Stelle, an der der Weg eine scharfe Biegung machte und nicht durchgehend einsehbar war, positionierten sie einen Leiterwagen, der mit Heu beladen war. Die Kolonne der Schweden bestand aus sechs schwerbeladenen Wagen, die jeweils von zwei Ackergäulen gezogen wurden. Jeder Wagen wurde von zwei Soldaten zu Pferd und zwei weiteren zu Fuß bewacht. Als die ersten drei Wagen die Biegung passiert hatten, setzte sich der Heuwagen der Schnapphähne in Bewegung und versperrte für die folgenden Wagen der Schweden den Weg. Der Kutscher bemühte sich verzweifelt, so sah es aus, sein Pferd anzutreiben, doch das bewegte sich nicht. Wenig später gab es zeitgleich auf Höhe der jetzt getrennten Kolonnen zwei Detonationen. Die Wachsoldaten waren abgelenkt. Verwirrt suchten sie nach den Ursachen der Explosionen.

Georg und die anderen Schnapphähne preschten im selben Augenblick aus ihren Verstecken hervor und griffen die Soldaten an. Diese setzten sich jedoch verzweifelt zur Wehr. Georg ritt heran und schlug dem ersten Reiter mit seinem Säbel auf den linken Arm, sodass dieser unwillkürlich die Zügel anzog. Das Pferd scherte nach links aus. Mit einem kräftigen Tritt hob Georg den Reiter aus dem Sattel. Das Pferd stob davon. Gerade noch rechtzeitig konnte Georg den Angriff eines Fußsoldaten abwehren, der mit einer Hellebarde sein Pferd attackieren wollte. Eine kurze Drehung und ein gezielter Hieb mit dem Säbel traf die Schulter des Soldaten und setzte ihn außer Gefecht. Aus den Augenwinkeln sah Georg einen weiteren Reiter, der anscheinend nicht die Absicht hatte, zu kämpfen, sondern seinem Pferd die Sporen gab und über das freie Feld fliehen wollte. Georg wendete sein Pferd auf der Hinterhand und preschte dem Fliehenden hinterher. Selbst aus der Entfernung erkannte er an der Uniform und der Satteldecke, dass es sich um einen Offizier handeln musste. Georg kam näher, da er sich weiter auf dem Weg hielt, während der schwedische Offizier versuchte, über das tiefe Ackergelände zu fliehen. Hier zahlten sich die allgemeinen Ortskenntnisse der Schnapphähne aus. Georg wusste, dass der Acker unmittelbar an einem undurchdringlichen Wald enden würde und den Flüchtenden zwangsläufig wieder auf den Weg führen musste. Noch bevor der Offizier seine aussichtslose Situation erkannte, war Georg dicht herangeritten und richtete seine Pistole auf ihn. „Ich würde in Eurer Stelle keine unbedachte Bewegung machen, denn meine Kugel ist Euch absolut sicher."

Georg erkannte jetzt, dass es sich um einen jungen Leutnant handelte, der ihn trotzig anfunkelte. „Was wollt Ihr von mir?"

„Zunächst wundert es mich, dass ein Offizier der schwedischen Armee das Weite sucht, anstatt mit seinen Männern zu kämpfen. Aber Ihr werdet sicherlich Eure Gründe haben."

Georg fiel auf, dass der Leutnant eine Kuriertasche mit

dem königlichen schwedischen Wappen umgehängt trug, die er jetzt mit einer Hand krampfhaft festhielt.

„Absitzen!", befahl Georg. Die Pistole unterstrich seinen Befehl unmissverständlich. Der Leutnant glitt vorsichtig aus dem Sattel.

„Legt Eure Waffen ab!", kam die nächste Anordnung von Georg, bevor auch er von seinem Pferd stieg. „Gebt mir die Kuriertasche!"

Der Leutnant hatte seinen Säbel schon auf den Boden gelegt, doch die Tasche wollte er offensichtlich nicht kampflos hergeben. Beherzt griff er wieder zu seinem Säbel, um im Vorwärtssprung seinen Feind zu attackieren. Der Schuss aus der Pistole erschrak ihn und ließ ihn für kurze Zeit zögern. Zeit genug für Georg, um ihm mit der noch rauchenden Pistole einen Schlag gegen den Kopf zu versetzen. Er hatte bewusst daneben gezielt. Wohl wissend, dass er dem jungen unerfahrenen Leutnant kämpferisch jederzeit überlegen gewesen wäre. Jetzt lag der Todesmutige bewusstlos zu seinen Füßen in der Ackerfurche. Georg befreite ihn von der Kuriertasche und schleifte ihn an den wenige Meter entfernten Waldrand. Er lehnte den Leutnant mit dem Rücken an einen Baum und fesselte ihn mit zwei Lederriemen. Nachdem er die Satteltaschen durchsucht und bis auf eine ungeladene Pistole nichts Wichtiges gefunden hatte, band er das Pferd ebenfalls an einen Baum. Georg saß auf und ritt zur Wagenkolonne zurück.

Kohlhaas, der die Wachsoldaten zeitgleich auf der Höhe des Heuwagens angegriffen hatte, sah sich ebenfalls erbittertem Widerstand ausgesetzt. Die Schweden verteidigten sich mit allen Mitteln. Pistolen wurden abgefeuert. Kohlhaas verspürte einen Schlag am rechten Oberarm. Sein Säbel flog ihm aus der Hand. Seinen Angreifer ritt er kurzerhand nieder.

Doch der Überraschungsmoment der Schnapphähne und auch ihre Übermacht waren zu groß für die schwedischen Wachsoldaten, um sich erfolgreich verteidigen zu können. Nach und nach ergaben sie sich und legten ihre Waffen nieder. Georg befahl, die Gefangenen zu fesseln und in ein Gefängnis nach Ulzburg zu bringen. Er wies auch die Männer darauf hin, den Leutnant am Waldrand nicht zu vergessen.

Auf getrennten Wegen sollten die erbeuteten Wagen zum Gut Leonthal gebracht werden.

„Kohlhaas, du blutest wie eine Sau. Hast du das denn noch gar nicht gemerkt?" Der Gutsschmied Klingbeil musterte den Forstmeister genauer, als sie beide bei der Schmiede absaßen.

Kohlhaas betrachtete seinen rechten Arm. Der Ärmel war blutdurchtränkt. Auch ein Stofffetzen hing vom Oberarm herab. „Alles nicht so wild. Nur 'ne kleine Schramme."

„Das sehe ich aber anders, Kohlhaas", stellte Georg fest, als er ebenfalls absaß und seinen blutenden Mitstreiter entdeckte. „Ihr wisst genau, wie schnell eine solche Wunde sich entzünden kann. Das Gut kann keinen Forstmeister gebrauchen, der einen lahmen Flügel hat."

„Wenn der dann überhaupt noch daran ist", ergänzte Klingbeil die bedrohliche Lage.

„Bin ich hier denn im Nonnenkloster? Das ist doch nicht die erste Schramme, die ich mir eingefangen habe. Warum also …"

„Schluss jetzt, Kohlhaas. Euer Arm muss versorgt werden. Klingbeil, schleppt den aufsässigen Forstmeister zu Magda. Die weiß, was zu tun ist. Und lasst ihn nicht aus den Augen", ordnete Georg an.

„Rittmeister, bisher hatte ich ja einen gewissen Respekt vor Euch, aber wenn Ihr mir jetzt auch noch Klingbeil als Gouvernante verordnet, dann weiß ich nicht, wohin das in Zukunft führen wird."

Georg lachte. „Das diskutieren wir dann aus, wenn Ihr wieder zusammengeflickt worden seid. Abmarsch!"

„Komm, du kleckernde Blutwurst. Magda wird ihre Freude an dir haben." Klingbeil grinste hämisch. Böse Blicke um sich werfend und grummelnd, folgte Kohlhaas dem Schmied.

„Magda, wirf den Kochlöffel weg. Wir brauchen deine Hilfe", verkündete Klingbeil lautstark, kaum, dass sie in der Tür zur Gutsküche standen.

„Großer Gott. Was ist dir denn passiert, Kohlhaas?", stieß die Köchin erschüttert hervor. Doch im nächsten Augenblick besann sie sich. „Mädchen macht Platz am Tisch. Und Kohlhaas, du setzt dich dorthin."

Klingbeil trat zur Seite. „Magdas Befehlen muss man folgen. Das ist hier ihr Kasernenhof, Kohlhaas. Widerspruch ist zwecklos."

Kohlhaas funkelte den Schmied bissig an und setzte sich. „Und du willst mein Freund sein?"

„Nun erzählt doch schon, wie ist das passiert?", unterbrach Magda das Geplänkel der beiden Männer.

„Das musst du nicht wissen, Magda. Das ist eine Schusswunde, weil Kohlhaas ungünstig gestanden hat, als eine Kugel durch die Luft flog", erklärte Klingbeil freundlich.

Magda schüttelte nur den Kopf. „Ich werde dir jetzt deine schöne Jacke zerschneiden müssen und dein Hemd auch, Kohlhaas."

„Tu, was du nicht lassen kannst. Wickle ein Küchenhandtuch rum, und dann ist gut", brummte Kohlhaas ungnädig.

„Nur zu deiner Information. In eine Schusswunde geraten immer auch Stoffreste. Es sei denn, du wirst an nackter Stelle getroffen. Wird die Wunde nicht gereinigt, entzündet sie sich. Was kann die Folge sein? Arm ab oder du bist gleich tot."

Magda kümmerte sich nicht um die grummelnden Einwände von Kohlhaas, sondern begann mit ihrer Arbeit. Nachdem sie die Ärmel von Jacke und Hemd abgetrennt hatte, reinigte sie den Arm vom Blut, bis nur noch die klaffende Schusswunde zu sehen war. „Gesa, hol mal die grüne Flasche aus meinem Kontor", wies sie eines der Küchenmädchen an und drückte ihr zugleich einen Schlüssel in die Hand.

„Braucht Ihr ein Beißholz, Kohlhaas? Gleich könnte es etwas schmerzhaft werden. Du kannst von Glück sprechen, dass nicht die Kugel noch irgendwo stecken geblieben ist."

Der Forstmeister schüttelte mit zusammengepressten Lippen den Kopf.

Magda öffnete mit einem beherzten Griff die Flasche, die Gesa ihr gebracht hatte, und schüttete einen Teil des Inhalts auf die Wunde. Kohlhaas zuckte nur kurz und biss die Zähne zusammen.

„So, jetzt nehmt ruhig einen kräftigen Schluck aus der Flasche."

Kohlhaas ergriff mit der Linken die Flasche und trank. Als er die Flasche absetzte, holte er tief Luft. Ihm traten Schweißperlen auf die Stirn. „Mein Gott, Magda, willst du mich vergiften. Was ist das denn für eine Teufelsbrühe?"

„Keine abfälligen Bemerkungen über meine Wundermedizin. Du wirst ihr noch dankbar sein. Jetzt noch Nadel und Faden, dann bist du fast wieder hergestellt."

Mit geschickten Handgriffen und wenigen Stichen verschloss Magda die Wunde. Kohlhaas hielt still und malte mit den Zähnen. Anschließend verband die Köchin den Arm. „Schick morgen Marietta mal zu mir. Ich werde ihr dann sagen, welche Kräuter deiner Wunde guttun."

Die Begrüßung im Forsthaus hatte sich Kohlhaas nach dem erfolgreichen Überfall auf die Schweden etwas anders vorgestellt. Als er gemeinsam mit Klingbeil die Küche betrat, sprang Marietta entsetzt auf. „Oh, mein

Gott, Kohlhaas, was ist dir denn passiert?"

„Nicht der Rede wert, Marietta. Nur ein Kratzer. Kein Grund zur Aufregung", wiegelte Kohlhaas ab.

„Erzähl doch keinen Scheiß, Kohlhaas. Deine ganze Kleidung ist doch voller Blut."

„Schenk uns man erst einmal ein Bier ein, Marietta", versuchte der Schmied, die Wogen zu glätten. Die beiden Männer setzten sich an den Küchentisch. Marietta schüttelte den Kopf, aber machte sich dann doch daran, zwei Krüge mit Bier zu füllen.

„So, nun erzählt endlich, was war los?", drängte Marietta die beiden, nachdem sie ihnen die Bierkrüge gebracht und sich gesetzt hatte.

„Wir leben ohne Not, ist der Schwede tot!", ließ Klingbeil einen Trinkspruch los und hob seinen Krug. Beide Männer stießen an und tranken.

Der Schmied wischte sich den Schaum mit dem Ärmel vom Mund. „Da ist gar nicht viel zu erzählen, Marietta. Unser Plan ist vollkommen aufgegangen. Wir haben die Schweden überrascht und ihnen alle Wagen abgenommen. Die sind jetzt auf dem Weg zum Gut und kommen in den nächsten Stunden hier an. Dann wissen wir auch genauer, was wir erbeutet haben ..."

„Das will ich gar nicht so genau wissen", unterbrach Marietta den Schmied. „Was ist mit dir passiert, Kohlhaas?"

„Na ja, es war ja nun kein Nachmittagsausflug eines Nonnenklosters. Und die Schweden haben uns ihre Wagen ja auch nicht freiwillig übergeben. Da habe ich eben eine Pistolenkugel am Arm abbekommen. Alles nicht so schlimm. Es ist ja wahrhaftig nun nicht meine erste Schramme."

„Und wieso ist deine Jacke so zerfetzt?" Marietta ließ nicht locker.

„Der Rittmeister wollte unbedingt, dass Magda mich verarztet. Die hat dann Jacke und Hemd zerschnitten, um den Arm verbinden zu können." Kohlhaas trank. Ihm war deutlich anzusehen, dass ihn Mariettas Beharrlichkeit nervte.

„Dann hat Magda deinen lieben Kohlhaas auch gleich zugenäht wie einen ausgenommenen Truthahn", ergänzte Klingbeil lachend.

„Ich finde das gar nicht zum Lachen", begehrte Marietta auf.

Der Gutsschmied nahm noch einen kräftigen Schluck aus seinem Krug und stand dann auf. „Ihr könnt ja noch eine Weile die allgemeine Kriegslage erörtern. Bevor wir es vergessen, Du sollst übrigens morgen einmal bei Magda hereinschauen, Marietta. Die hat noch irgendwelche Wunderkräuter für den Arm deines Liebsten."

Kaum hatte der Schmied die Küche im Forsthaus verlassen, fiel Marietta erneut über Kohlhaas her. „Kohlhaas, war es nicht genau das, was wir nicht mehr wollten? Gefahr laufen, dass wir jemals wieder in die Nähe der Schweden und in irgendwelche Kriegshandlungen geraten? Geschweige denn auch noch verletzt werden."

„Marietta, nun hör doch auf. Wir waren uns doch einig, dass wir nicht einfach die Hände in den Schoß legen können, wenn die Schweden rundherum wie wilde Tiere wüten."

„Ich habe diesem Wahnsinn mit den Freien Knechten nie zugestimmt. Das weißt du ganz genau", widersprach Marietta erbost.

Kohlhaas schwieg. Nach einer Weile hob er den Kopf und sah Marietta an. „Ich weiß, dass du dir Sorgen machst, Marietta. Aber wir leben nun einmal in einer Zeit, in der man sich entscheiden muss. Ich habe mich entschieden. Für dich, aber auch gegen Knechtschaft, Unterdrückung und Brutalität durch die Schweden."

Marietta schüttelte verzweifelt den Kopf. Tränen liefen ihr über die Wangen. Kohlhaas stand auf und ging um den Tisch herum. Liebevoll umarmte er Marietta.

Nach dem ereignisreichen und eigentlich erfolgreichen Tag wollte bei Georg am Abend kein befriedigendes Gefühl aufkommen. Eine innere Unruhe hatte ihn erfasst, die er nicht erklären konnte. Ausgestreckt auf einem Diwan in seinen Räumen im Torhaus versuchte er sich mit einem Glas Wein zu entspannen. Der Überfall auf die Schweden war verlaufen, wie sie es geplant hatten. Der eine oder andere Schnapphahn hatte ein paar harmlose Blessuren davongetragen. Die Schweden mussten allerdings zwei Tote beklagen. Die anderen saßen derweil in Ulzburg sicher hinter Schloss und Riegel. Was sie erbeutet hatten, würde Georg am nächsten Morgen erfahren, wenn die Wagen ihr Versteck in der Scheune auf dem Gut erreicht hatten.

Plötzlich schoss ihm die Erinnerung in den Kopf, an das, was Kohlhaas ihm von seinen Beobachtungen in Leezen berichtet hatte. Was könnte das bedeuten? Die Gräfin und die Schweden zusammen? War es nur Zufall? Hatte sich Kohlhaas geirrt? Auf der anderen Seite war Kohlhaas der Letzte, der nur vage unbegründete Verdächtigungen aussprechen würde. Auf ihn war Verlass. Was hatte die Gräfin vor? Drohte aus dieser Ecke unerwartete Gefahr? Bei ihrem unverhohlenen Hass auf Georg und seine Mutter wäre ihr alles zuzutrauen. Allein der hinterhältige Versuch, seinen Großvater zu vergiften, musste ihr zugeschrieben werden. Auch wenn es dafür bisher keinen eindeutigen Beweis gab.

Georg betrachtete das funkelnde Rot des Weines in seinem Glas. Wer und was war er gegenwärtig? Ein eben geduldeter Stallmeister, der sich den Attacken einer missgünstigen Gutsherrin ausgesetzt fühlte. Der sich zudem um die Gesundheit seines Großvaters und seiner Mutter sorgen musste. Ein ehemaliger Rittmeister, der sich gemeinsam mit Bauernsöhnen und Knechten gegen die Schweden stellte. Schnapphähne. Wegelagerer, was waren sie mehr? Was würde die Zukunft bringen? Ein Leben mit Caroline? Wo und wie sollte das aussehen?

Georg schüttelte den Kopf, als wollte er sich von seinen trüben Gedanken befreien. Etwas schwerfällig erhob er sich von dem Diwan. Unvermittelt hielt er inne, als sein Blick auf die Kuriertasche fiel. Er hatte sie nach seiner

Ankunft im Torhaus auf seinen Schreibtisch geworfen. Wegen der Sehnsucht nach einem Bad und frischer Kleidung, sowie einem Glas Wein hatte er die Tasche vergessen. Außerdem war er danach von seinen grüblerischen Gedanken gefangen genommen. Doch jetzt gewann seine Neugier die Oberhand. Was verbarg die Kuriertasche, die der schwedische Leutnant so tapfer verteidigen wollte?

Georg öffnete die Tasche und zog mehrere Umschläge heraus. Erstaunt blickte er auf die Siegel. Sie trugen das schwedisch königliche Wappen. Georg erbrach eines der Siegel und entfaltete den Brief.

„Donnerwetter!", entfuhr es ihm, als er den Inhalt las. Nacheinander öffnete er die weiteren Dokumente und studierte sie. Kein Wunder, dass der Leutnant die Kuriertasche in dieser Intensität verteidigt hatte. Es waren detaillierte Weisungen des schwedischen Königshauses an General Torstensson. Er wurde angewiesen, welche Städte er in Dänemark einnehmen und welche Gebiete er erobern sollte. Die Dokumente enthielten genaue Marsch- und Zeitpläne. Auch Einzelheiten über die Truppenstärke sowie die Versorgung der Armee mit Munition, Waffen und Pferden wurden festgelegt.

Als ehemaliger Offizier wusste Georg sehr genau, welche hochbrisanten Geheimunterlagen er in der Hand hielt. Er musste sie so schnell wie möglich den Dänen zuspielen. Aber wie?

Am nächsten Morgen führte Georgs Weg als Erstes in die Scheune, in der sie die erbeuteten Wagen der Schweden verstecken wollten. Kaum hatte er das schwere Tor hinter sich wieder geschlossen, trat ihm der Gutsschmied Klingbeil aufgeregt entgegen. „Ihr glaubt es nicht, Rittmeister, was wir alles den von uns ach so geliebten Schweden abgeluchst haben. Seht Euch das einmal an."

Klingbeil ging voran. Die Schnapphähne hatten die Wagen entladen und die Gegenstände ordentlich sortiert davor abgelegt. Georg traute seinen Augen nicht.

„Um es Euch ein wenig leichter zu machen, Rittmeister, hat Kohlhaas schon mal 'ne Liste erstellt", erklärte Klingbeil eifrig.

Georg entdeckte dann auch den Forstmeister und begrüßte ihn. „Was macht Euer Arm, Kohlhaas?"

„Alles nicht so schlimm. Magda hat mich gut versorgt. Was sagt Ihr zu unserer Ausbeute?"

Georg schüttelte immer noch erstaunt den Kopf beim Anblick der unterschiedlichen Beutestücke.

„Ich gebe Euch einmal ein paar Zahlen", Rittmeister." Kohlhaas warf einen Blick auf seine Liste. „Das, was Ihr dort seht, sind allein 150 Sättel und ebenso viele Paar Stiefel. Die Fässer dort hinten sind voller Pulver. Und daneben allein 100 Pistolen. Die kleineren Fässer sind voller Wein, und in den Truhen daneben befindet sich wertvoller Schmuck."

„Äußerst beeindruckend", stellte Georg fest. „Wie Ihr wisst, habe ich dem schwedischen Leutnant doch Kuriertasche abgejagt. Sie enthielt auf eine gewisse Weise auch Sprengstoff."

„Nun macht Ihr uns aber neugierig, Rittmeister", horchte der Gutsschmied auf.

„Es sind aufschlussreiche Weisungen des schwedischen Königshauses an General Torstensson mit äußerst interessanten Details. Für die Dänen eine einmalige Informationsquelle."

„Donnerwetter, da haben wir tatsächlich einen richtigen Glücksgriff gehabt", bemerkten Kohlhaas und Klingbeil fast zeitgleich.

„Glücksgriff hin oder her, Männer. Wir müssen uns jetzt aber auch zügig Gedanken darüber machen, wo wir mit unserer Beute bleiben", warf Georg bedenklich ein.

„Ein Teil vom Pulver und einige Pistolen sollten wir behalten", schlug Kohlhaas vor.

„Das sehe ich auch so", bestätigte Georg. „Schmuck und Wein bleiben auch erst einmal bei uns. Für die Sättel haben wir gegenwärtig keine Verwendung. Und wenn unsere Männer sich mit guten Stiefeln versorgt haben, kann der Rest auch weg."

„Also verkaufen wir die übrigen Waren wie seinerzeit die Ochsen, oder?", wollte Kohlhaas wissen.

„Das macht Sinn, aber damit hätten wir auch ein neues Problem", warf Klingbeil ein.

„Und das wäre?", hakte Georg nach.

„Als wir einst die Ochsen in Glückstadt verkauft haben, waren die Wege noch frei. Aber seit geraumer Zeit belagern die Schweden die Stadt. Sie sollen auch schon mehrmals versucht haben, in Glückstadt einzudringen.

Bisher aber ohne Erfolg", berichtete der Gutsschmied.

„Das ist fürwahr ein Problem", dachte Georg laut. „Ich hatte eigentlich auch vor, diese brisanten Dokumente dem Festungskommandanten in Glückstadt zukommen zu lassen. Bloß, wie kommen wir in die Stadt?"

Georg und Kohlhaas sahen Klingbeil fragend an, als dieser kaum verständlich etwas vor sich hin brummte.

„Was ist los, Klingbeil, was knurrst du so?" Kohlhaas ging auf den Schmied zu.

„Können wir kurz in Euer Kontor, Rittmeister?" Klingbeil blickte in die Runde. „Zu viele Ohren hier."

Georg nickte. „Natürlich, gehen wir."

„Die Schnapphähne sind zwar alles zuverlässige Kerle, aber bestimmte Dinge sind nicht unbedingt für alle Ohren vorgesehen", erklärte Klingbeil entschuldigend, nachdem die drei sich in Georgs Kontor gesetzt hatten.

„Alles in Ordnung, Klingbeil. Aber ich vermute, Ihr habt einen Plan."

„Wie schon gesagt, sind die normalen Zugänge nach Glückstadt durch die Schweden versperrt. Allerdings gibt es einen Bereich, der nicht durch einfache Landstreitkräfte so leicht zu sichern ist", wusste Klingbeil zu berichten.

„Du meinst die Wasserseite und den Hafen, oder?", fragte Kohlhaas nach.

Der Schmied nickte.

„Als ich bei dem Holzhändler Haferkamp beschäftigt war, wurde sehr intensiv an der Befestigung von Glückstadt gearbeitet", fuhr Kohlhaas fort. „Die

Wasserseite zur Elbe und das Sumpfgelände südlich des Hafens hat man dabei kaum berücksichtigt, da das Gebiet als natürliches Hindernis gesehen wurde, das nicht so mühelos zu überbrücken ist."

Georg runzelte die Stirn. „Und wieso seid Ihr der Meinung, dass das für unser Vorhaben von Vorteil wäre?"

„Die Schweden werden nicht in der Lage sein, den angesprochenen Bereich lückenlos zu kontrollieren. Dazu fehlen ihnen die Kräfte."

„Genauso ist es", bestätigte Klingbeil. „Und jetzt kommt mein Schwager Lambrecht ins Spiel. Das ist der Mann von meiner Schwester Klara und der ist Elbfischer. Was meint ihr denn, wer die belagerten Glückstädter regelmäßig an den Schweden vorbei mit Fisch versorgt?"

„Dein Schwager kennt einen geheimen Weg in die Stadt?", wollte Kohlhaas wissen.

„Joo. Die Waren können wir erst nach Glückstadt bringen, um sie zu verkaufen, wenn die Schweden abgezogen sind, aber um die Dokumente zum Festungskommandanten zu bringen, könnte mein Schwager euch genau auf diesem Weg nach Glückstadt hineinschmuggeln."

Kapitel 17

In der Gutsküche ging es trotz der Aufregungen der vergangenen Tage weiterhin routiniert zu. Magda hatte ihre Mädels fest im Griff. Wobei die resolute Köchin nicht frei von sorgenvollen Gedanken war. Der angegriffene Gesundheitszustand des alten Barons und der fürchterliche Verdacht einer möglichen Vergiftung beunruhigte sie sehr. Ohnehin missfiel ihr die bedrückte Stimmung im Herrenhaus, seitdem die Gräfin mit ihren Kindern hier eingezogen war. Auch der herrschsüchtige Gutsdiener Hektor war ihr ein Dorn im Auge. Der einzige Lichtblick, den Magda erkannte, war Georg, der Rittmeister. Er erinnerte sie so sehr an Siegfried, den zweiten Sohn, des alten Barons, Georgs Vater. Erst die Beinbrüche des einstigen Forstmeisters und dann die Schusswunde von Kohlhaas brachten Magdas Alltag auf ungewollte Weise durcheinander. Die drohende Gefahr, dass die Schweden irgendwann einmal auch das Gut Leonthal überfallen könnten, sorgte obendrein nicht für Magdas Seelenruhe. Zumal der Gutsschmied Klingbeil sie erst kürzlich darauf hingewiesen hatte, dass die alten Zugänge zu dem Tunnelsystem unter der Gutsanlage wieder geöffnet werden, um sich vor anrückenden Feinden verstecken zu können. Magda wusste, dass von ihrem Kontor aus hinter dem Schrank seinerzeit eine Tür zugemauert worden war. Klingbeil hatte diesen Tunnelzugang inzwischen wieder öffnen lassen und Magda die Verantwortung dafür übertragen, die Personen des Herrenhauses im Notfall in den Tunnel zu führen.

Doch was nützte es, sich in trüben Gedanken zu verlieren, die Arbeit musste getan werden. Die Herrschaften wollten ordentlich verpflegt werden. Eine

Aufgabe, der Magda stets gewissenhaft nachgekommen war. Und das sollte sich auch in Zukunft nicht ändern. Entschlossen ergriff die Köchin den Federkiel, um die Speisefolge der kommenden Woche zu notieren. Ein zartes Klopfen an der Tür unterbrach die Tätigkeit der Köchin. „Was gibt es, Gesa?"

Das Küchenmädchen vollzog andeutungsweise einen Knicks. „Es tut mir leid, dass ich Euch stören muss, Mamsell, aber da draußen steht ein kleiner Junge, der zu Euch will. Er scheint vollkommen verwirrt zu sein."

Die Köchin schüttelte den Kopf und erhob sich schwerfällig. Als sie in die Küche trat, sah sie vor der Hintertür einen Jungen stehen. Magda trat näher. Vor ihr stand ein etwa achtjähriger Knabe, der sie aus großen dunklen Augen ansah. Seine wirr vom Kopf abstehenden blonden Haare waren dreckverkrustet. Das Hemd hing wie ein zerrissener Lumpen an seinem mageren Körper. Aus der verschlissenen Hose ragten spindeldürre Beine hervor. Auch Schuhe trug er nicht. Eine bemitleidenswerte Kreatur.

„Was willst du, mein Junge? Möchtest du etwas zu essen haben?"

Der Junge schüttelte den Kopf. „Seid Ihr die Gutsköchin Magda?

„Ja, die bin ich und wer bist du?"

„Ich heiße Hartwig und ich bin ein Neffe von Meister Papenfuß."

„Dem Goldschmied aus Leezen?", fragte Magda skeptisch nach.

„Ja und ich soll Euch Grüße von meinem Onkel bestellen und Euch das hier bringen." Dabei fummelte der Junge in seiner Hosentasche herum und holte eine zerknitterte Papiertüte hervor, die vorher wohl einmal ein Briefkuvert war, und überreichte es der Köchin.

Magda sah den Jungen immer noch ein wenig zweifelnd an. Behutsam öffnete sie das einstige Kuvert. Doch vergeblich suchte sie nach einem Brief, lediglich ein goldenes Herz an einem Lederband fiel heraus.

„Hat dein Onkel dir denn noch etwas mit auf den Weg gegeben, was du mir ausrichten sollst?" Magda starrte immer noch verwundert auf das Herz in ihren Händen.

„Nein, er musste sich ja vor den Schweden verstecken." Im ersten Augenblick wusste Magda nicht mehr weiter. „So, Junge, jetzt kommst du erst einmal herein. Du hast sicherlich Hunger. Setzt dich hierhin."

„Mädchen, gebt dem Jungen Brot und einen Teller Suppe", befahl die Köchin. Anschließend setzte sich Magda dem Jungen gegenüber. „So, Junge, nun erzähl einmal. Warum musste sich denn dein Onkel vor den Schweden verstecken?"

„Die haben alles kaputt gemacht. Überall war Feuer. Der Onkel hat gesagt, das sind böse Menschen."

Magda sah, dass der Junge gierig auf das Brot und die Suppe sah, als die Mädchen die Speisen vor ihm hinstellten. „Dann iss erst einmal."

Der Junge ergriff den Holzlöffel und schaufelte die Suppe in sich hinein. In die   Linke hatte er das Brot genommen, von dem er zwischendurch immer wieder abbiss. Er muss tagelang nichts gegessen haben. Innerhalb kurzer Zeit waren Brot und Suppe vertilgt.

„Es sieht so aus, als ob du noch Hunger hast, oder?", fragte Magda schmunzelnd nach.

Hartwig nickte eifrig. Erneut füllten die Mädchen den Suppenteller auf und legten auch Brot dazu.

„Gesa, lauf zum Marstall rüber und sag Meister Fretwurst, ich brauche einen Wagen. Ich muss dem Forsthaus einen Besuch abstatten", ordnete die Köchin an, während der Junge ebenso emsig wie vorher Brot und Suppe vertilgte.

Gesa sah die Köchin verwundert an. Es kam fast nie vor, dass Magda das Herrenhaus verließ. Aber sie machte sich kommentarlos auf den Weg zum Marstall. Nach kurzer Zeit kehrte sie mit einem offenen Kutschwagen zurück, dessen Pferd von einem Stallburschen gelenkt wurde.

„So, junger Mann, jetzt machen wir einen kleinen Ausflug", bemerkte Magda und kletterte ein wenig mühsam auf den Kutschwagen. Der Junge folgte ihr zögernd. Es schien, dass er sich nur ungern von der köstlichen Speise trennen wollte. Doch letztlich setzte er sich doch neben die Köchin.

Als Magda mit dem Jungen nach einer Weile am Forsthaus ankam, steuerte sie direkt auf die Küche zu.

„Das ist ja eine große Überraschung", wurde sie von Marietta empfangen. „Magda, welche Sensationen treiben dich denn aus deinem Heiligtum heraus?"

„Und welche kleine Filzlaus hast du uns noch mitgebracht?", stellte Kohlhaas amüsiert fest, als er den

Jungen in Magdas Schlepptau erblickte.

„Eins nach dem anderen", erwiderte die Köchin und ließ sich ächzend auf der Küchenbank nieder.

„Trine, schenk unseren beiden Gästen erst einmal ein Bier ein", forderte Marietta ihr Hausmädchen auf, das bisher geschäftig am Herd werkelte.

„Dieser Kleine heißt Hartwig und ist der Neffe vom alten Goldschmied Papenfuß aus Leezen. Wie er mir gerade erzählt hat, haben die Schweden wohl das ganze Dorf niedergebrannt", berichtete die Köchin, nachdem Trine ihnen zwei Krüge Dünnbier gebracht hatte.

„Mein Gott", stieß Marietta hervor. „Und wo ist dein Onkel jetzt?"

„Das weiß ich nicht", antwortet Hartwig nach einem hastigen Schluck aus dem Krug, an dem er sich fast verschluckt hätte.

„Wie Hartwig erzählt hat, musste sich der Onkel verstecken", ergänzte Magda. „Und ich dachte mir, bis der wieder auftaucht, könntet ihr den Jungen eine Weile unter eure Fittiche nehmen. Für mich ist das im Herrenhaus ja etwas problematisch, wie ihr euch vorstellen könnt."

„Ist gut, Magda. Dann werden wir den Jungen erst einmal ein wenig herausputzen müssen. Dazu gehen wir am besten in die Waschküche. Trine, heize den Waschkessel an." Marietta stand auf und nahm Hartwig an die Hand.

Kaum hatten die drei die Küche verlassen, fummelte Magda den zerknitterten Umschlag aus ihren Röcken heraus und legt ihn auf den Tisch. „Deswegen ist der Bengel den langen Weg von Leezen hierhergelaufen. Stell dir das einmal vor."

Kohlhaas ergriff das Kuvert und öffnete es. Das goldene Herz mit dem Lederband fiel auf den Tisch. Andachtsvoll nahm Kohlhaas das Schmuckstück in die Hand und betrachtete es gedankenverloren.

„Marietta wird sich freuen, Kohlhaas", beteuerte Magda lächelnd. „Aber ich muss dann wieder. Ich kann die Mädchen nicht so lange alleine lassen."

Kaum hatte Magda die Küche verlassen, als Marietta zurückkehrte. Kohlhaas konnte gerade noch das Herz und den Umschlag in seiner Hosentasche verschwinden lassen.

„Der arme Junge starrte ja nur so vor Dreck. Trine hat genug mit ihm zu tun", berichtete Marietta lachend und setzte sich Kohlhaas gegenüber. „Hast du Probleme damit, wenn der Kleine eine Weile bei uns wohnt?"

Kohlhaas blickte Marietta erstaunt an. „Nein, in keiner Weise. Wie kommst du darauf?"

Marietta schmunzelte. „Na ja, Kohlhaas, du kennst dich mit Kindern ja nicht so gut aus."

Kohlhaas sah Marietta eine Weile schweigend an.

„Was ist los, Kohlhaas? Du guckst so komisch."

Kohlhaas holte tief Luft. „Marietta, du weißt, ich bin in solchen Sachen ungeübt. Mit Gefühlen und so. Ich weiß auch nicht, wie man so etwas am besten sagt. Das heißt aber nicht, dass ich das nicht will …"

Marietta ergriff über den Tisch die Hände von

Kohlhaas. „Was möchtest du mir denn sagen, du alter Brummbär?"

Kohlhaas löste langsam seine Rechte unter Mariettas Händen, griff in die Hosentasche und legte das Herz mit dem Band auf den Tisch. Marietta nahm das Schmuckstück auf und bewunderte es mit offenem Mund.

„Auch wenn man es nicht immer merkt. Ich mag dich Marietta. Du bist meine Frau ..."

Weiter kam Kohlhaas nicht. Marietta sprang auf, rannte um den Tisch herum und fiel Kohlhaas um den Hals. Tränen liefen ihr über die Wangen. Mit beiden Händen ergriff sie seinen Kopf und küsste ihn unaufhörlich.

„Ich ergebe mich", stieß Kohlhaas mit erhobenen Händen hervor, nachdem Marietta sich etwas beruhigt hatte. „Komm, ich hänge dir das Herz um."

„Du glaubst gar nicht, welche große Freude du mir damit bereitest. Ich weiß doch genau, dass hinter deiner rauen Schale ein gutes Herz schlägt."

„Jetzt ist ja gut, Marietta. Nun erkläre mich man nicht zum Weichei. Sonst nehme ich dir das Herz gleich wieder weg."

Beide lachten voller Inbrunst. Erschrocken drehten sie sich um, als sie ein kurzes Husten hörten. In der Küchentür standen Trine und der Junge.

„Wer ist das denn, Trine, den du da mitgebracht hast?", fragte Kohlhaas lachend.

„Das ist der saubere Hartwig, Meister Kohlhaas."

Kapitel 18

Georg wusste, dass es nicht ungefährlich war, mit der erbeuteten Kuriertasche durch das Gelände zu reiten, das von den Schweden besetzt war. Durch die vergangenen erfolgreichen und störenden Überfälle der Schnapphähne reagierten die schwedischen Soldaten mit größerer Wachsamkeit. Ihre Patrouillen wurden erhöht. Ihre Offiziere empfanden die Nadelstiche, die die daher-gelaufenen Bauerntölpel ihrer gut organisierten Truppe zuführten als Schmach. Folglich waren auch ihre Maßnahmen gegen die Bevölkerung unberechenbar.

Auf welchem Weg der Schmied seinen Schwager an der Elbe über ihre Absichten informiert hatte, wusste Georg nicht. Klingbeil teilte ihm lediglich mit, dass sie sich am nächsten Abend auf den Weg machen müssten. Georg, Kohlhaas und der Schmied nutzten ihre Ortskenntnisse und vermieden die Hauptwege. Aufgrund ihrer militärischen Ausbildung konnten sie auch die vermutlichen Kontrollpunkte der Schweden gut einschätzen. Das dicht bewaldete Gelände bot ihnen außerdem eine gewisse Sicherheit. Sehr schnell konnten sich dort bei Gefahr Ross und Reiter zwischen Gebüsch und Bäumen verstecken. Zudem nutzten sie nur die Nacht und die Dämmerung für ihr Vorankommen. Am zweiten Tag hatten sie die Elbe erreicht. Als sie eine Weile am Ufersaum des Flusses gen Westen geritten waren, kamen sie zu einer kleinen Ansiedlung, die nur aus fünf reetgedeckten Katen bestand. In zwei von ihnen brannte Licht.

Klingbeil hob den Arm. „Ich erforsche erst einmal die Lage. Wartet hier."

Er saß ab und gab Kohlhaas die Zügel seines Pferdes in die Hand. Innerhalb von Sekunden war er in der Dunkelheit verschwunden. Nur das Plätschern des Wassers am Elbufer war zu hören.

Nach rund zehn Minuten tauchte Klingbeil wie aus dem Nichts wieder auf. „Die Luft ist rein. Wir müssen uns beeilen. Mein Schwager sagt, es muss heute Abend noch losgehen. Aber leise. Seit einigen Tagen tauchen die Schweden auch am Elbufer auf. Vielleicht haben sie Verdacht geschöpft, dass die Glückstädter über den Wasserweg versorgt werden."

Georg und Kohlhaas saßen ab und folgten Klingbeil. Am ersten Haus öffnete der Schmied einen Schuppen und führte sein Pferd hinein. „Die Pferde bleiben hier. Lasst sie so, wie sie sind, mein Neffe kümmert sich um sie."

In der Kate, die sie anschließend betraten, brannte nur eine Kerze. Am Tisch saß ein älterer Mann, der sich als der Schwager von Klingbeil herausstellte. Von seiner Frau und seinen Kindern war niemand zu sehen. Erst beim näheren Hinsehen war erkennbar, dass es nur sein grauer Bart war, der den Fischer älter aussehen ließ. Sie nickten sich schweigend zu.

„Nur so viel vorab", brummte Klingbeils Schwager. „Kein Wort unterwegs. Töne fliegen über Wasser weit."

„Ich bleibe, wie besprochen, hier", erklärte Klingbeil anschließend. „Wenn ihr morgen tagsüber beim Festungskommandanten wart, holt euch Lambrecht in der Nacht wieder ab. Wo genau, zeigt er euch, wenn ihr da seid."

„Nun los! Genug gequasselt", knurrte der Fischer und stand auf.

Wenige Meter von der Kate entfernt, hinter einem kleinen Deich konnte man ein Ruderboot im fahlen Mondlicht erkennen. Mit gekonnten Griffen schob der Fischer das Boot vom Ufer ins Wasser. „Los, einsteigen! Und flach auf den Boden legen."

Georg und Kohlhaas kletterten über die Bordwand und legten sich auf die Bodenbretter. Ein penetranter Fischgeruch stieg ihnen in die Nase. Das Boot fing an zu schaukeln, als auch der Fischer einstieg und die Ruder ergriff. Mit kräftigen Schlägen lenkte er das Boot vom Ufer fort, anschließend ließ er es von der Elbe treiben, lediglich mit kleinen Ruderschlägen korrigierte er den Abstand zum Ufer. Erschrocken blickten Georg und Kohlhaas zum Fischer auf, als dieser plötzlich mit voller Kraft das linke Ruder tief ins Wasser tauchte und durchzog. Das Boot machte eine heftige Bewegung nach rechts zur Mitte des Elbwassers. Nach fünf weiteren kraftvollen Ruderschlägen hielt der Fischer inne und lauschte. „Sauschweden am Ufer!", grummelte er vor sich hin. Georg und Kohlhaas fühlten sich in ihrer Lage, zur Passivität verdammt, auf dem Boden des stinkenden Fischerbootes äußerst unwohl.

Wenig später ruderte der Fischer wieder näher zum Ufer. Es schien, dass sie sehr bald in etwas ruhigeres Gewässer kamen. Die Wellen der Elbe hatten das Boot weitaus mehr tanzen lassen. Georg wagte ein Blick über die Bordwand, was dem Fischer nicht verborgen blieb. In der Ferne sah er einzelne flackernde Lichter. „Das sind die Feuer der Wachmannschaften auf der Stadtmauer", flüsterte der Fischer, während er in gleichmäßigen Zügen das Boot durchs Wasser trieb. Eine Zeit lang fuhren sie auf einem verzweigten Kanal, bis zu ihrer Linken eine gemauerte Uferbefestigung auftauchte. „Die erste Hafenbastion", brummte der Fischer. „Wir sind gleich da." Anschließend musste er sich bücken, als er das Boot durch die tief hängenden Äste einer Trauerweide steuerte. Noch zwei Ruderschläge und sie stießen an die Uferkante. „Raus hier!", kam vom Fischer. Georg und Kohlhaas erhoben sich und verließen das schwankende Gefährt, während der Fischer das Boot vertäute. Eng aufgeschlossen folgten sie Klingbeils Schwager den Ufersaum entlang. Zu ihrer Linken war eine hohe Mauer zu sehen. Vermutlich schon die Stadtmauer. Hinter einem Vorsprung blieb der Fischer stehen. Ein schmaler Durchgang führte in die Mauer hinein. Hier war es stockdunkel. Langsam tasteten sie sich an der Wand entlang. „Stopp!", zischte der Fischer. Dann hörten Georg und Kohlhaas, ein Klopfzeichen gegen eine Holztür. Nach einer Weile knarrte es und ein trüber Lichtschein fiel in den Gang. Alle drei huschten schnell durch die Tür, die hinter ihnen sofort wieder geschlossen wurde.

Georg und Kohlhaas blinzelten anfangs ins Licht, bis sie einen Jungen von etwa zwölf Jahren erkannten.

„Lukas, sag deinem Vater, das sind die Herrschaften über die wir gesprochen haben. Bringe sie jetzt nach oben. Er muss sich nicht weiter um sie kümmern, sie kennen sich in der Stadt aus. Morgen Nacht hole ich sie wieder ab", erklärte der Fischer dem Jungen.

Der Junge nickte. „Ist gut, Meister, das werde ich meinem Vater bestellen." Dann wandte er sich an Georg und Kohlhaas. „Folgt mir bitte."

Über eine steile Treppe, die mit Fackeln beleuchtet war, stiegen sie nach oben. Wie es schien, befanden sie sich innerhalb der Stadtmauer. Immer wieder gingen Gänge von der Stiege ab. Die Treppe endete in einem Raum, der vermutlich als Ruheplatz für die Wachen genutzt wurde, wofür Liegen mit Wolldecken und gebrauchte Essnäpfe auf dem Tisch sprachen.

„Wenn Ihr durch diese Tür geht, landet Ihr direkt am Provianthaus", erklärte der Junge.

Kohlhaas nickte wissend. „Dann weiß ich, wo wir sind, mein Junge."

Als sie die Tür öffneten, traten sie auf einen freien Platz. „Zum Haus von Haferkamp ist es nicht weit", bemerkte Kohlhaas. „Allerdings wird er nicht begeistert sein, wenn wir ihn mitten in der Nacht aus dem Bett holen."

Das große Gebäude neben dem Holzlager lag im Dunkeln. Kohlhaas betätigte den eisernen Türklopfer. Ein unüberhörbares Dröhnen schallte im Innern durch das Haus. Nach einer ganzen Weile wurde die Tür zögernd geöffnet. Die spitze Nase einer alten Frau guckte hervor.

„Was wollt Ihr so spät?", krächzte sie mit einer Fistelstimme.

„Wir müssen Meister Haferkamp unbedingt sprechen, werte Frau. Ich bin Rittmeister von Leonthal und das ist sein alter Mitarbeiter Kohlhaas", entgegnete Georg mit freundlicher Stimme.

Die alte Frau musterte die beiden und wusste anscheinend nicht, was sie machen sollte.

„Erkennt Ihr mich denn nicht mehr, Agathe? Ich bin es, Kohlhaas, der Euch immer die süßen Kuchen aus der Küche stibitzt hat."

Die Alte lächelte die beiden mit zahnlosem Mund an.

„Der Meister bringt mich um, wenn ich ihn jetzt wecke", meckerte sie vor sich hin, sperrte aber doch die Tür weiter auf. „Wartet hier."

Schlurfend zog sie davon. Wenig später hörten Georg und Kohlhaas die polternde Stimme des Holzhändlers. Wie die alte Agathe vermutet hatte, schimpfte er unaufhaltsam, weil sie ihn aus seinen Träumen gerissen hatte.

Mit einer Laterne in der Hand tauchte er kurze Zeit später auf. Agathe im Schlepptau. Er hatte es anscheinend nicht für nötig gehalten, sich ein Kleidungsstück überzuwerfen. Nur mit einer Schlafmütze und einem Nachthemd bekleidet blieb er vor Georg und Kohlhaas stehen.

„Ihr seid ja wohl von allen guten Geistern verlassen,

mich mitten in der Nacht aus dem Bett zu locken", giftete er seine beiden Besucher an.

„Es tut uns aufrichtig leid, Meister Haferkamp, aber wir benötigen Eure Hilfe in einer dringenden Angelegenheit", entschuldigte sich Georg.

„Das ist mir vollkommen egal. Ich brauche meinen Schlaf". Haferkamp zögerte kurz. „Was stinkt denn hier so? Seid ihr das etwa? Das ist ja widerlich. Agathe, sieh zu, dass die Herrschaften saubere Klamotten ankriegen, bevor sie noch das ganze Haus verpesten. Und irgendwo im Gesindehaus ist sicherlich auch noch ein Schlafplatz für sie. Morgen um acht beim Frühstück könnt Ihr mir dann erzählen, was so dringend ist." Meister Haferkamp drehte sich um und strebte wieder seinem Bett zu.

Am nächsten Morgen wurden Georg und Kohlhaas bereits früh geweckt, als die Arbeiter des Holzlagers aufstanden. Agathe hatte ihnen ihre stinkende Kleidung abgenommen, mit dem Versprechen, es zu reinigen. Als Ersatz konnte sie ihnen jedoch nur derbe Kittel und Hosen bieten. Jene Kluft, die auch die Arbeiter trugen. Die einfachen Strohsäcke im Gesindehaus als Schlafgelegenheit störten Georg und Kohlhaas nicht. Als Soldaten hatten sie schon weitaus unbequemer geschlafen.

Kurz vor acht begaben Georg und Kohlhaas sich in das Haupthaus, wo sie auch Meister Haferkamp antrafen. Er saß bereits am Frühstückstisch und begrüßte die beiden lautstark. „Auch wenn ich euch eigentlich wegen der nächtlichen Störung böse sein müsste, freue ich mich doch, einmal nicht alleine frühstücken zu müssen. Nehmt Platz und greift zu."

„So, nun berichtet einmal genau, Rittmeister, wo Euch der Schuh drückt und wo ich helfen kann", forderte Meister Haferkamp Georg auf, nachdem sie sich gesetzt hatten.

„Ich will es kurz machen, Meister Haferkamp. Wir müssen unbedingt den Festungskommandanten sprechen. Uns sind Papiere der Schweden in die Hände gefallen, die für die Dänen von äußerster Bedeutung sein könnten", erklärte Georg.

„Und da der Festungskommandant sich aufgrund seiner verwandtschaftlichen Verhältnisse zum dänischen Königshaus etwas einbildet und ein arroganter Sack ist, meint Ihr, ich könnte für Euch die Tür zu ihm öffnen?", folgerte der Holzhändler treffsicher.

„Besser hätte ich es auch nicht sagen können", warf Kohlhaas grinsend ein.

„Wie mir Kohlhaas berichtete, habt Ihr doch wegen der Bauarbeiten an den Festungsmauern täglich mit ihm zu tun. Und bevor wir als Spione der Schweden verhaftet werden, kann es sicherlich nicht verkehrt sein, einen Fürsprecher zu haben", beschrieb Georg ihre Situation.

„Das sehe ich genauso. Ich muss ohnehin heute noch ins Palais und dem Grafen von Pentz meine Berechnungspläne vorlegen. Lasst uns möglichst gleich nach dem Frühstück aufbrechen, dann haben wir noch die Chance den hochgelobten Festungskommandanten weitestgehend nüchtern anzutreffen."

Georg hatte die Kuriertasche in einen einfachen Leinensack gesteckt, um nicht mit dem königlich schwedischen Wappen aufzufallen. Noch am Vormittag machten sie sich auf den Weg zum Palais des Festungskommandanten.

Vor dem Portal versperrten zwei Wachsoldaten ihnen den Weg. Einer von ihnen trat vor. „Was wollt Ihr hier?"

„Das geht dich einen Scheißdreck an", pfiff der Holzhändler den Soldaten an. „Der Kommandant möchte uns sehen."

„Das glaubt Ihr doch selbst nicht. So wie Ihr ausseht." Dabei musterte er Georg und Kohlhaas, die in ihren schlichten Arbeiterkitteln nicht sehr vertrauenswürdig aussahen. Agathe brauchte für die Reinigung ihrer stinkenden Kleidung noch etwas länger, hatte sie am Morgen versichert.

„Guter Mann, ich bin Meister Haferkamp, der hier täglich ein und aus geht, um mit dem Kommandanten die Pläne für den Festungsbau zu besprechen. Hast du keine Augen im Kopf?"

Der zweite Soldat stieß seinen Kameraden von hinten an. „Das stimmt. Das ist Meister Haferkamp. Die anderen beiden kenne ich aber auch nicht."

„Das sind meine Experten, die den Kommandanten in speziellen Fragen beraten müssen. Und nun macht endlich Platz."

Zögernd traten die beiden Soldaten zur Seite. In der Eingangshalle unterhielten sich einige dänische Offiziere angeregt. Haferkamp steuerte auf einen Tisch zu, hinter dem ein dänischer Oberst saß. Der blickte auf, als er die drei auf sich zukommen sah. „Ah, Meister Haferkamp, Ihr seid früh heute. Aber das passt hervorragend. In einer Stunde hat der Graf die Offiziere zur Stabsbesprechung zusammengetrommelt. Da weiß man nie, wie lange die dauert. Wen habt Ihr denn heute mitgebracht?"

„Auch wenn meine beiden Begleiter gegenwärtig nicht standesgemäß gekleidet sind, sollte Euch das nicht irritieren, Oberst Dahlheim. Das sind Rittmeister Georg Baron von Leonthal und sein Forstmeister Kohlhaas, die ein ganz besonderes Anliegen haben und unbedingt den Grafen sprechen müssen."

„Und um welches besondere Anliegen handelt es sich?"

Haferkamp nickte Georg zu.

„Wir haben hier Dokumente." Dabei schlug Georg auf den Leinensack, den er unter seinem linken Arm trug. „Die Papiere könnten für die dänische Armee äußerst aufschlussreich sein."

„Dürfte ich die einmal sehen?", forderte der Oberst Georg auf. Doch der zögerte. „Ich denke, Herr Oberst, die Brisanz der Dokumente bedürfen einer gewissen Geheimhaltung." Georg blickte bei seinen Worten einmal um sich, um auf die Anwesenheit der anderen Offiziere hinzuweisen.

„Nun macht Ihr mich aber neugierig, Baron. Was für geheimnisvolle Papiere sollen das denn sein?"

Georg drehte sich so zu dem Oberst, sodass sein Körper den Leinensack vor den Blicken der anderen verdeckte. Dann zog er langsam die Kuriertasche hervor. Das schwedisch königliche Wappen war deutlich zu erkennen.

Der Oberst holte tief Luft und blies die Backen auf. Anschließend erhob er sich. „Folgt mir."

Nach einem längeren Gang öffnete Oberst Dahlheim eine Tür, ohne anzuklopfen, und trat ein. „Durchlaucht, hier sind drei Herren, denen Ihr Eure besondere Aufmerksamkeit schenken solltet", verkündete der Oberst ein wenig respektlos. Offensichtlich kannte man sich schon länger. Der Oberst machte einen Schritt zur Seite und ließ die drei eintreten. In einem weitläufigen Saal thronte hinter einem protzigen Schreibtisch der Festungskommandant Christian Reichsgraf von Pentz. Ein Mann mit einer wallenden Perücke, die bis zu den Schultern reichte, und auf dessen Brust der dänische Elefantenorden hervorsprang.

„Haferkamp, heute mit Begleitschutz? Wie darf ich das verstehen?", begrüßte er die drei Gäste.

Der Oberst stellte Georg und Kohlhaas vor, dann wandte er sich Georg zu. „Nun zeigt uns einmal Euren geheimnisvollen Schatz, Baron."

Georg holte die Kuriertasche aus dem Leinensack hervor, öffnete sie und legte die Papiere auf den Schreibtisch. Der Kommandant und der Oberst erkannten sofort das schwedisch königliche Siegel. Graf von Pentz ergriff das erste Dokument und überflog den Text. Ungläubig blickte er Georg an. „Woher habt Ihr das? Das sind Geheimdokumente des schwedischen Königshauses. Die liegen ja nicht so einfach auf den

Wegen herum. Wer dazu Zugang hat, hat auch direkten Kontakt zu den Schweden. Wer seid Ihr?"

Georg sah Kohlhaas an und schüttelte lächelnd den Kopf. Bevor er etwas antworten konnte, stieß Kohlhaas hämisch lachend hervor: „Ihr habt uns ertappt, Herr Festungskommandant. Wir sind schwedische Spione, die Euch schwedische Marschpläne bringen und jetzt bitte verhaftet werden wollen. Mein Gott, denkt doch einmal nach, Euer Hochwohlgeboren."

Georg sah aus den Augenwinkeln, dass Haferkamp kaum das Lachen unterdrücken konnte. Auch Oberst Dahlheim schien sich zu amüsieren. Nur der Festungskommandant benötigte eine Weile, um die respektlose und zynische Bemerkung von Kohlhaas richtig zu deuten. „Ihr wisst anscheinend nicht, wen Ihr vor Euch habt. Zwei dahergelaufene Lumpensammler und Tagediebe präsentieren mir sogenannte Geheimdokumente. Woher soll ich wissen, dass Ihr aufrechte Absichten verfolgt? Seht Euch selbst einmal im Spiegel an."

„Durchlaucht, jetzt beleidigt Ihr nicht nur den Baron und seinen Forstmeister, sondern auch mich", entrüstet sich Meister Haferkamp. „Ich lege meine Hand für die beiden Männer ins Feuer. Glaubt Ihr ernsthaft, dass ich sie zu Euch führen würde, wenn ich nur den geringsten Zweifel an ihren ehrenvollen Absichten gehabt hätte?"

Bevor der Festungskommandant sich weiter aufregen konnte, schaltete sich der Oberst ein. „Ich schlage vor, Durchlaucht, dass wir die Dokumente erst einmal in

Ruhe sichten. Erst dann können wir auch ihren wahren Wert einschätzen. Was mich allerdings schon interessieren würde, Baron, woher habt Ihr diese Papiere?"

„Ich nehme an, Oberst, auch Ihr habt inzwischen erfahren, dass es in Holstein mittlerweile Kräfte gibt, die die grausamen Taten der Schweden nicht vorbehaltlos über sich ergehen lassen."

Oberst Dahlheim wurde hellhörig. „Ihr meint die Freien Knechte, wie sie sich nennen, die den Schweden erst kürzlich die Ochsen in großer Zahl entwendet und an uns verkauft haben?"

„Und nicht nur das. Neben diesen Dokumenten, die ein schwedischer Leutnant bei sich trug, könnten wir Euch in Kürze auch noch Sättel, Stiefel und Pistolen liefern, wenn die Schweden irgendwann einmal ihre Belagerung von Glückstadt aufgeben."

„Wollt Ihr damit sagen, dass Ihr als Baron Euch gemeinsam macht mit diesen ominösen Freien Knechten?", fragte der Graf von Pentz entrüstet nach.

„Die Schweden nennen uns Schnapphähne. Was so viel wie Wegelagerer und Straßenräuber bedeutet. Ich nehme an, das ist ganz in Eurem Sinne und entspricht annähernd Eurer Denkungsart, Euer Gnaden." Kohlhaas konnte sich einfach nicht zurückhalten. Er drehte sich um und verließ den Saal.

„Durchlaucht, ich darf mich empfehlen, in der Hoffnung, der dänischen Armee einen Dienst erwiesen zu haben", verabschiedete sich auch Georg.

Der Festungskommandant sah irritiert von einem zum anderen, während der Oberst die Dokumente zusammennahm und wieder in die Kuriertasche steckte. „Ich gehe davon aus, Durchlaucht, dass Ihr noch einiges mit Meister Haferkamp zu besprechen habt." Anschließend folgte er Georg und verließ ebenfalls den Saal.

„Tut mir leid, Baron, unser Kommandant hat gute und schlechte Tage. Heute war, wie Ihr gemerkt habt, nicht einer seiner besten. Trotzdem Dank für die Papiere. Das, was ich eben nur flüchtig gesehen habe, scheint wirklich äußerst bemerkenswert zu sein. Wir werden es peinlichst genau sichten und auswerten. Ist mein Eindruck richtig? Ihr erwartet dafür keine Gegenleistung von uns?"

„Nennt es Idiotie oder Idealismus, Oberst Dalheim, wie immer Ihr wollt."

Kapitel 19

Der Start in den Tag konnte für Georg an diesem Morgen nicht schöner sein. Zu seiner Überraschung traf er Caroline im Frühstücksraum des Torhauses an, die sich bereits mit seiner Mutter angeregt unterhielt. Er begrüßte beide mit einem Kuss auf die Wange, was seine Mutter mit einem amüsierten Wohlgefallen registrierte.

„Mutter, Ihr nehmt es mir nicht übel. Das Frühstück mit Euch gehört zu den Höhepunkten meines morgendlichen Daseins. Aber wenn es zusätzlich noch mit der Anwesenheit von Caroline verziert wird, steht meinem Glück für den Tag nichts mehr im Weg."

Georgs Mutter fing an, zu lachen. „Caroline, Ihr bewirkt tatsächlich kleine Wunder. Normalerweise gehört Georg am Morgen nicht zu den mitteilungsfreudigen Menschen, geschweige denn, dass er gar poetische Ansätze zeigt."

„Mutter, ich bin entrüstet. Mich Caroline gegenüber als Morgenmuffel zu entblößen, erschüttert mich zutiefst", empörte sich Georg mit übertrieben beleidigter Miene.

„Vielleicht sollten wir es zur Gewohnheit werden lassen, dass Caroline uns zum Frühstück Gesellschaft leistet, damit deinem morgendlichen Glück nichts mehr im Wege steht", entgegnete Maria von Leonthal schmunzelnd.

„Eine vorzügliche Idee, Mutter ..."

„Besteht denn die Möglichkeit, dass ich zu diesem Thema auch gefragt werde?", unterbrach Caroline Georg.

Georg und seine Mutter sahen Caroline an.

„Nein!", erklärten beide zeitgleich. Alle drei prusteten los und fingen an zu lachen.

Der fröhliche Start in den Morgen sollte für Georg jedoch sehr bald ein jähes Ende nehmen. Kaum hatte er sein Kontor im Marstall erreicht, erhielt er Besuch von einem Schmiedegesellen. „Herr Rittmeister, Meister Klingbeil verlangt nach Euch. Er sagt, es sei eilig und wichtig."

Als Georg an der Gutsschmiede ankam, war kein Klingbeil zu sehen. Doch seine Gesellen zeigten auf das

Kabuff, wie sie das angrenzende Gemach des Schmieds stets nannten.

Georg trat, ohne anzuklopfen, ein. Neben dem Schmied saßen zwei weitere Personen an dem kleinen Behelfstisch in der Kammer, die er nicht kannte.

„Mein Gott, was ist passiert?", stieß Georg hervor, als er sah, dass einer von ihnen einen blutigen Verband um den Kopf trug und sich kaum aufrecht halten konnte. Auch das Gesicht des anderen war voller verkrusteter Schrammen. Ihre Kleidung starrte vor Dreck.

„Schön, Rittmeister, dass Ihr gleich kommen konntet", begrüßte Klingbeil Georg. „Das sind Frank Dammer und Heinz Mehrhoff. Sie gehören zu der fünften Rotte der Schnapphähne. Aber sie sollten lieber selbst erzählen."

Mit einem Kopfnicken forderte der Schmied die beiden Männer auf.

„Wir hatten erfahren, dass die Schweden in der Nähe von Quickborn wieder Ochsen zusammengetrieben hatten. Wir wollten sie ihnen wie beim letzten Mal abjagen", erklärte Frank Dammer, der Mann mit dem verschrammten Gesicht, stockend. „Aber es war eine Falle. Die Schweden haben uns aufgelauert. Sie sind über uns mit Säbeln und Pistolen hergefallen wie die Teufel. Die meisten von uns waren sofort tot. Einige haben sie auch gefangen genommen."

Heinz Mehrhoff, der Schnapphahn mit dem Kopfverband, begleitete die Worte seines Kameraden mit einem ständigen Stöhnen

„Und wie konntet ihr entkommen?, fragte Georg nach.

„Wir haben uns versteckt und anfangs tot gestellt. Als die Schweden mit dem Fesseln der Gefangenen beschäftigt waren, konnten wir uns ungesehen davonschleichen."

„Und ihr meint, die gesamte Rotte existiert nicht mehr?", bemerkte Georg ungläubig. „Euch beide ausgenommen."

„Das Leben der gefangenen Schnapphähne ist doch keinen Pfifferling mehr wert, wenn die Schweden sie erst einmal in die Mangel nehmen. Ihre bestialischen Foltermethoden sind ja landläufig bekannt", wusste Klingbeil zu berichten.

„Und ihr geht wirklich davon aus, dass ihr verraten worden seid?", wollte Georg genau wissen.

Der Schmied fing an, hämisch zu lachen. „Jetzt haltet Euch fest, Rittmeister. Ihr werdet es nicht glauben. Erzähl weiter, Kamerad."

„Zu unserer Rotte gehörte auch dieser Tobias von … Ich weiß nicht, wie er weiter heißt. Der hier von Eurem Gut kommt. Und der hat uns verraten."

Georg sah den Schnapphahn stirnrunzelnd an. „Wie kommt Ihr darauf, dass er der Verräter war?"

„Wir haben es beide gesehen. Bevor wir uns wegschleichen konnten, stand er mit zwei schwedischen Offizieren zusammen und unterhielt sich mit ihnen, als ob sie sich schon jahrelang kennen würden."

„Diese hinterhältig Drecksau …", brachte der zweite Schnapphahn stöhnend hervor.

Georg schüttelte ungläubig den Kopf. „Klingbeil, sorgt

dafür, dass die Männer verarztet werden und zur Ruhe kommen. Notfalls muss Magda wieder ran. Wir sehen uns in einer halben Stunde bei mir im Kontor. Ich werde einen meiner Jungs losjagen, um auch Kohlhaas zu holen."

Als Kohlhaas eintraf, saßen Georg und Klingbeil bereits zusammen. „Euer Junge war ja ganz aufgeregt, Rittmeister. Wo brennt es denn?"

Kohlhaas setzte sich.

„Wir haben gerade erfahren, dass die fünfte Rotte in eine Falle der Schweden geraten ist", erklärte Georg und schilderte in kurzen Zügen die Ereignisse, die sie von den beiden geflohenen Schnapphähnen erfahren hatten.

„Und der Tobias soll wirklich der Verräter gewesen sein?" Auch Kohlhaas konnte kaum glauben, was er soeben gehört hatte.

„Davon müssen wir ausgehen. Doch grundsätzlich schwebt jetzt die Frage im Raum, was bedeutet das für die Zukunft der Schnapphähne." Georg blickte Klingbeil und Kohlhaas nacheinander an.

„Wie ich schon gesagt habe, die Schweden werden die gefangenen Kameraden durch den Fleischwolf drehen. Da können wir ganz sicher sein", warf der Gutsschmied knurrend ein.

„Und das hält keiner lange durch. Die werden sie so lange malträtieren, bis sie Namen nennen", setzte Kohlhaas die Gedanken von Klingbeil fort.

„Genau so wird es kommen. Das bedeutet höchste Gefahr für alle Schnapphähne", bestätigte Georg. „Die

Schweden werden in Kürze die Namen zumindest der Anführer kennen. Das heißt für die Schnapphähne, zeitnah keine Aktionen mehr und Auflösung aller bisherigen Verstecke."

Georg musste nicht lange überlegen. Die Bedrohung durch die Schweden wurde nur zu deutlich. Die vermuteten Machenschaften der Gräfin und ihres Sohnes ließen Georg nicht zur Ruhe kommen. Kurzentschlossen machte er sich auf den Weg zum Herrenhaus. Er musste unbedingt mit seinem Großvater sprechen.

„Ich sehe eine umwölkte Stirn, mein Junge", begrüßte der alte Baron seinen Enkel. „Daraus schließe ich, dass es sich nicht nur um einen Höflichkeitsbesuch handelt."

„Deinem scharfen Auge entgeht nichts, Großvater". Georg setzte sich. „Dass wir in schwierigen Zeiten leben, darüber müssen wir uns nicht unterhalten. Aber inzwischen sind Dinge eingetreten, die nach meiner Auffassung dringenden Handlungsbedarf erfordern."

Der alte Baron nickte zustimmend. „Werde konkret, Georg!"

„Deine Schwiegertochter und Tobias wurden kürzlich gemeinsam mit einem Offizier der schwedischen Armee im vertrauten Gespräch in einem Gasthaus in Leezen beobachtet."

Georgs Großvater hielt die Luft an. „Das glaube ich jetzt nicht. Das muss ein Irrtum sein."

„Leider nicht, denn auf die Beobachtungsgabe unseres neuen Forstmeisters Kohlhaas ist absolut Verlass.

Außerdem kannte er den schwedischen Offizier, obwohl der in zivil war, aus früheren Begegnungen."

Der alte Baron schüttelte immer wieder den Kopf. „Und was schließt du daraus?"

„Zunächst konnte ich mir keinen rechten Reim darauf machen, da der lieben Gräfin letztlich alles zuzutrauen ist. Doch nach der Katastrophe der letzten Tage wird ein erschreckendes Bild daraus", fuhr Georg fort.

„Katastrophe, welche?"

„Die Schnapphähne sind bei Quickborn in eine Falle der Schweden geraten. Die meisten von ihnen sind tot. Einige wurden gefangen genommen. Zwei konnten entkommen."

„Mein Gott. Das ist ja schrecklich. Eine Falle, wie konnte das sein?" Götz Baron von Leonthal war fassungslos.

„Die beiden Schnapphähne, die fliehen konnten, beteuern zweifelsfrei, dass Tobias sie verraten hat. Die Schweden haben ihm nichts getan. Im Gegenteil, sie haben sich nach dem Überfall freundlich mit ihm unterhalten."

Der alte Baron schwieg betreten. „Von wieviel Toten sprechen wir?"

„Die Schweden sollen vorbehaltlos gewütet haben. Die Schnapphähne waren rund dreißig Mann. Mehr als die Hälfte von ihnen ist tot. Mindestens zehn wurden gefangen genommen."

„Es ist einfach nicht zu fassen, Georg. Warum das Ganze? Welche Läuse hat sich Leopold mit dieser Heirat in den Pelz gesetzt? Ich begreife das nicht." Götz Baron von Leonthal wirkte völlig verwirrt.

„Ich möchte Euch ja nicht mehr als nötig aufregen, Großvater, aber ein weiterer Verdacht schwebt seit geraumer Zeit noch über Leonthal."

Der alte Baron sah Georg fragend an.

„Wir glauben den wahren Grund für Euer Unwohlsein vor einigen Wochen zu kennen. Der Verdacht liegt nahe, dass man Euch vergiften wollte."

„Jetzt machst du aber Witze, Georg. Wer sollte denn auf solche irrsinnige Idee kommen?"

„Die Frage ist berechtigt, aber die Antwort liegt eigentlich klar auf der Hand. Erlaubt mir eine Gegenfrage, Großvater. Wer versucht denn seit Mutters und meiner Anwesenheit, mit allen Mitteln das Gut an sich zu reißen?"

„Du meinst, Felicitas steckt auch dahinter?"

„Caroline hat durch Zufall beobachtet, wie während Eurer Abwesenheit dieser windige Hektor durch Eure Gemächer geschlichen ist. Tage später ging es Euch Tag für Tag immer schlechter. Am guten Essen von Magda konnte es nicht liegen. Als ich dann Euren Diener Albert gebeten habe, die Flasche mit Eurem Schlaftrunk gegen eine neue auszutauschen, habt Ihr Euch innerhalb kürzester Zeit wieder erholt."

Der alte Baron schwieg wieder eine ganze Weile. Dann schüttelte er den Kopf, als wollte er alle schlechten Gedanken verscheuchen. „Es nützt keinem, wenn wir jetzt anhaltend über die Abgründe des menschlichen

Charakters lamentieren, Georg. Es müssen Nägel mit Köpfen gemacht werden."

Georgs Großvater griff zur kleinen Glocke, die auf dem Tische neben seinem Sessel stand. Nach kurzer Zeit trat sein Diener ein. „Albert, sorge dafür, dass alle Familienmitglieder pünktlich in einer Stunde in der Bibliothek erscheinen. Georg, dich würde ich bitten, deine Mutter entsprechend zu informieren."

Als der alte Götz Baron von Leonthal eine Stunde später die Bibliothek betrat, waren alle Familienmitglieder versammelt. Selbst Tobias war zur Verwunderung aller erschienen.

„Kann ich einmal erfahren, was diese hastige Zusammenkunft zu bedeuten hat?", fuhr die Gräfin Georgs Großvater an, noch bevor der sich gesetzt hatte.

„Meine liebe Schwiegertochter, es sollte inzwischen auch in Eurer beschränkten Welt angekommen sein, dass es gute Tradition in diesem Haus ist, nicht vor dem Familienoberhaupt das Wort zu ergreifen. Also mäßigt Euch. Ihr werdet noch früh genug von der Notwendigkeit dieses Treffens erfahren."

Kaum hatte der alte Baron Platz genommen, wurde die Tür zur Bibliothek aufgerissen. Der Hausdiener Hektor trat einen Schritt in den Raum hinein und wollte gerade mit bedeutungsvoller Miene etwas sagen, als er von hinten gestoßen wurde und zur Seite taumelte.

Alle starrten Kohlhaas fassungslos an. Dieser wandte sich dem alten Baron zu. „Tut mir leid, Baron, aber wir haben keine Zeit. Die Schweden sind im Anmarsch."

Georg war der Erste, der reagierte. „Großvater, Ihr müsst Euch in Sicherheit bringen. Caroline weiß wohin." „Nimm Großvater und Mutter und geht zu Magda. Du kennst den Weg", wandte er sich anschließend Caroline zu.

„Kohlhaas, wir sehen uns unten. Ich muss noch einmal zum Marstall", flüsterte Georg dem Forstmeister zu. Noch bevor er die Bibliothek verließ, bemerkte er aus den Augenwinkeln, dass die Gräfin keine Anstalten machte, sich in Sicherheit zu bringen. Sie legte ihrem Mann, Georgs Onkel, beruhigend die Hand auf den Arm, als dieser aufspringen wollte. Auch Tobias zeigte sich ebenso wenig veranlasst, den Raum zu verlassen.

Georg vergewisserte sich, dass die Bereiter und Stalljungen bereits den Marstall verlassen und sich aufgrund der bevorstehenden Gefahr versteckt oder das Weite gesucht hatten. Trommelnde Pferdehufe und laute Befehle drangen von draußen in den Marstall. Georg warf einen Blick durch das Stallfenster. Kohlhaas hatte sie keine Minute zu früh gewarnt. Die ersten schwedischen Soldaten preschten auf den Gutshof. Georg rannte auf die Pferdebox 35 zu und verschwand innerhalb kürzester Zeit im Tunnel.

Als er den unterirdischen Gängen folgte, stellte er zu seiner Beruhigung fest, dass die meisten Personen des Gutes sich rechtzeitig in Sicherheit gebracht hatten. Ihre voraussehende Planung schien auch in der Praxis geklappt zu haben.

„Klingbeil, sorgt bitte dafür, dass es ruhig bleibt hier unten", wies er den Schmied an, den er wenig später traf. Bei seinem Weg durch die Gänge sprach er den einzelnen Mut zu.

Als er in einer Nische Caroline entdeckte, fiel ihm ein Stein vom Herzen. Ohne auf die verwunderten Blicke der Umstehenden zu achten, umarmten sich die beiden glücklich. „Wo sind Großvater und Mutter?"

„Im nächsten Gang. Beide sind sehr beunruhigt. Komm, ich bringe dich hin." Caroline nahm Georg an die Hand.

In einem kleinen Nebengemach saßen Maria und Götz von Leonthal nebeneinander auf einer Bank. Sie hielten sich an den Händen und unterhielten sich leise. Beide blickten auf, als Caroline und Georg eintraten.

„Mein Gott, Georg, bleibt uns denn gar nichts erspart? Wir können doch hier nicht wie die Maulwürfe leben." Georgs Großvater wirkte äußerst betroffen und hilflos.

„Mir tut es aufrichtig leid, Großvater, dass wir Euch solche Strapazen zumuten müssen. Aber nach meiner Auffassung war es die einzige Lösung, uns zunächst einmal aus der Gefahrenzone zu bringen. Nach allem, was wir bisher von den Schweden gehört haben, sollte jeder versuchen, ihnen aus dem Weg zu gehen. Sie sind unberechenbar."

Maria von Leonthal sah ihren Sohn verzweifelt an. „Wie soll es denn jetzt weitergehen?"

„Wir werden nicht darum herumkommen, uns hier eine Weile zu verstecken. Unser Ziel ist es, den Tunnel so früh wie möglich zu verlassen und nach Möglichkeit das sichere Hamburg zu erreichen. Das hängt aber von den Schweden ab, wie intensiv sie die Gegend kontrollieren. Im Tunnel gibt es kleine Vorratslager und auch genügend Strohlager, um zu ruhen. Es wird eine Tortur, aber es ist halt nicht zu ändern", beschrieb Georg die Lage.

„Rittmeister, wir haben ein Problem. Kommt Ihr bitte mal?" Kohlhaas war flüsternd hinter Georg getreten.

„Was gibt es?" Georg hatte sich kurz entschuldigt und war mit dem Forstmeister auf den Gang getreten.

„Magda hat mir gerade erzählt, dass sie nicht ganz sicher ist, ob sie den Tunnelzugang wieder richtig verschlossen hat. Irgendetwas soll geklemmt haben."

„Wenn die Schweden den Tunnel entdecken, gibt es eine Katastrophe. Kommt, Kohlhaas, das müssen wir uns ansehen."

In ruhigen Schritten bewegten die beiden sich auf den Bereich der Gutsküche zu, um keine Hektik zu verbreiten. An der unteren Stufe zum Küchenaufgang blieben sie stehen und lauschten nach oben. Es waren laute Stimmen und Fußstapfen zu hören. Vorsichtig tasteten sie sich die Stufen hoch. Als sie oben auf dem Absatz ankamen, der in Magdas Kontor führte, sahen sie mit Entsetzen, dass ein Lichtschein durch den Tunneleingang fiel. Er war, wie Magda vermutet hatte, nicht verschlossen. Georg drängte sich nach vorn und wagte einen flüchtigen Blick in das Kontor. So wie es aussah, waren die Schweden bislang nicht bis hierher vorgedrungen. Vermutlich waren sie zu sehr damit beschäftigt, die gefüllte Speiskammer zu plündern. Mit vereinten Kräften versuchten sie, den Schrank vorsichtig vor den Eingang zum Tunnel zu ziehen. Doch der rührte sich anfangs kaum, bis ein unüberhörbares Knirschen Georg und Kohlhaas erstarren ließ. Angespannt lauschten sie. Als von außen keine Reaktion zu vernehmen war, untersuchten sie den Schrank und entdeckten das Übel. Eine Fußleiste hatte sich gelöst und quergestellt, sodass der Schrank nicht in seine ursprüngliche Position rutschen konnte. Mit einem beherzten Griff brachte Kohlhaas das Holz wieder in seine alte Lage. Ohne Mühe konnten sie jetzt den Schrank geräuschlos wieder vor den Tunneleingang ziehen. Eine spezielle Sperrvorrichtung fixierte den Schrank an der Wand. Danach verschloss Georg die Tapetentür. Langsam gingen sie die Stufen zum Tunnel hinunter.

„Das hätte mächtig in die Hose gehen können", stellte Kohlhaas am Fuße der Treppe erleichtert fest.

„Das kann man wohl sagen. Ich wäre Euch dankbar, Kohlhaas, wenn Ihr mit Klingbeil zusammen noch einmal alle Zu- und Ausgänge überprüft. Danach müssen wir uns zur Lagebesprechung zusammensetzen."

„Das sieht nicht gut aus", murmelte Georg vor sich hin, während er mit dem Fernglas das Gut musterte. Er und Kohlhaas hatten am nächsten Morgen den Tunnel über einen entfernteren Ausgang verlassen, um die Lage zu erkunden. Bewusst hatten sie sich schäbige Kleidung übergeworfen, um sich ein Aussehen von einfachen

Bauern gegeben, falls sie trotz aller Vorsicht von den Schweden entdeckt werden würden. Aus sicherer Entfernung konnten sie von einer Erhebung aus das Gutsgelände einsehen. Von der Scheune, in der normalerweise Stroh und Heu gelagert wurden, standen nur noch schwarz verkohlte Grundmauern. Am Herrenhaus waren einige Scheiben eingeschlagen, aber die anderen Gebäuden schienen unbeschädigt zu sein. Das unmenschliche Treiben der schwedischen Soldaten auf dem Gutshof brachten Georg und Kohlhaas allerdings zur Weißglut.

Auch Kohlhaas beobachtete mit seinem Fernrohr das Geschehen mit Abscheu. Wie auch Georg zuvor sah er, wie die schwedischen Soldaten einen Knecht des Gutes bäuchlings auf einen Tisch geschnallt hatten. Ein Offizier schrie den Knecht an, was sie aufgrund der Entfernung aber nicht deutlich verstehen konnten. Im nächsten Augenblick gab der Offizier einem der Soldaten ein Zeichen, woraufhin der mit einer Reitgerte wild auf den Knecht einprügelte. Seine Schmerzensschreie erreichten die Ohren von Georg und Kohlhaas. Deutlich waren die roten Striemen auf dem Rücken des Knechts zu erkennen. „Ich hab' es befürchtet, Rittmeister. Was immer die Bestien auch aus dem Knecht heraus prügeln wollen, wir können im Tunnel nicht sicher sein."

„Ich verstehe nicht, wieso die Schweden noch Leute auf dem Gut angetroffen haben. Sie waren doch alle gewarnt. Entweder sie hatten sich aufgrund unserer Empfehlungen schon vorher zu Verwandten in der Umgebung abgesetzt oder sonst wo versteckt. Oder sie fanden Schutz im Tunnel." Georg schüttelte zornig den Kopf.

„Ihr wisst es doch, Rittmeister, Trantüten und Dumpfbacken gibt es überall. Ich will den armen Kerl da unten nicht in Schutz nehmen, aber wir wissen nicht, was er weiß. Wenn er Kenntnis vom Tunnelsystem hat, besteht die Gefahr, dass er sehr bald plaudert. Dann Gnade uns Gott."

Georg nickte zustimmend. „Was schlagt Ihr vor, Kohlhaas?"

„Es gibt nur zwei Möglichkeiten. Entweder wir erlösen den Knecht mit einer Musketenkugel von seinem Leiden und gleichzeitig von der Möglichkeit des Verrats oder wir müssen die Leute so schnell es geht aus dem Tunnel schaffen."

„Eure erste Variante halte ich zwar für wirkungsvoll aber auch für grausam. Außerdem birgt sie die Gefahr, dass wir die Schweden aufscheuchen und auf uns aufmerksam machen würden, da einer von uns für einen treffsicheren Schuss weitaus näher heran müsste. Ich denke, wir werden uns in der Nacht in kleinen Gruppen auf den Weg machen."

Noch am Abend teilte Georg die jeweiligen Gruppen ein, die den Tunnel nacheinander verlassen sollten.

„Hast du eine Vorstellung davon, wo Leopold und seine Frau geblieben sind? Hier im Tunnel sollen sie angeblich nicht sein", wollte Götz von Leonthal von seinem Enkel wissen.

„Es tut mir leid, Großvater, ich weiß nicht, ob meine Beobachtungen richtig waren, aber ich hatte den Eindruck, dass die Gräfin wenig interessiert daran war, sich wie wir in Sicherheit zu bringen", antwortete Georg zögernd.

„Wie meinst du das?"

„Nun, während wir nach der Information von Kohlhaas, dass die Schweden anrücken, eilig versuchten, uns zu verstecken, sah die Gräfin keine vergleichbare Notwendigkeit, das Herrenhaus zu verlassen. Im Gegenteil, sie hielt auch den Onkel zurück, als der entsprechende Anstalten machen wollte", erinnerte sich Georg.

„Äußerst eigenartig. Du willst damit unterstellen, dass sie bewusst die Begegnung mit den Schweden gesucht hat, weil für sie von denen keine Gefahr drohen würde?" Der alte Baron sah Georg ungläubig an. Auch Caroline schien fassungslos zu sein. „Glaubst du wirklich, Georg, dass meine Mutter so weit gehen würde?"

„Auch wenn es weh tut, Caroline, aber deine Mutter hat bereits oft genug bewiesen, dass ihr jedes Mittel recht ist, ihren persönlichen Vorteil zu nutzen. Ich bin fest davon überzeugt, dass sie mit den Schweden einen Handel vereinbart hat, der ihr für den Verrat an den Schnapphähnen persönlichen Schutz garantiert …"

„Rittmeister, die Herrschaften müssen los", unterbrach Kohlhaas Georg. „Der Kutscher wartet bereits."

Der alte Baron, Georgs Mutter und Caroline sollten mit einer Kutsche Hamburg erreichen. Zunächst war es nötig, den langen Gang zu dem Tunneleingang zurückzulegen, den der Schmied Georg seinerzeit gezeigt hatte. Dort standen in einer Kate Pferde und Kutsche bereit.

Es war vorgesehen, dass Kohlhaas, Marietta und der kleine Hartwig auf getrennten Wegen Hamburg erreichen sollten. Georg hatte vor, der Kutsche vorauszureiten, um einen sicheren Weg zu erkunden. Die Passierscheine des Onkels würden ihnen an den Hamburger Stadttoren voraussichtlich keine Probleme bereiten.

Der Gutsschmied Klingbeil hatte verkündet, dass er und seine Gesellen versuchen würden, Segeberg zu erreichen, um bei seinem Bruder Unterschlupf zu finden. Auch die Gutsköchin Magda wollte bei einer Nichte in einem nicht weit entfernten Dorf ihr Glück versuchen, ebenso wie ihre Küchenmädchen. Die meisten Bereiter und Stalljungen hatte sich schon selbst auf den Weg gemacht, um sich in der Nähe bei Verwandten zu verstecken. Der alte Stallmeister Fretwurst hingegen würde schon seinen Platz finden, wie er beteuert hatte. Georg glaubte allerdings, dass er das Gut nicht verlassen wollte.

Kapitel 20

Es waren trübe Tage in Hamburg. Die Ungewissheit nagte an den Nerven und bestimmte den Alltag. Die aufregende Flucht lag inzwischen Monate zurück. Doch auf abenteuerlichen Wegen waren sie letztlich doch wohlbehalten in Hamburg angekommen. Die Passierscheine des Onkels hatten ohne Mühe die Stadttore für sie geöffnet. Auch ihr jetziges Leben konnte durchaus als angenehm empfunden werden. Ihnen stand wiederum das Gästehaus des Onkels, einschließlich Personal zur Verfügung. Auch Kohlhaas, Marietta und der kleine Hartwig hatten eine Unterkunft in einem Nebenhaus gefunden.

Während Marietta ihre Kochkünste in die Dienste der Familie von Leonthal gestellt hatte und sie umfassend versorgte, fand Kohlhaas durch Vermittlung des Onkels sehr schnell Arbeit im Hafen. Dadurch, dass er anpackte und ihm keine Last zu schwer war, fiel er dem Vorarbeiter auf. Sehr bald wurden ihm verantwortungsvollere Aufgaben übertragen. Er überwachte das Be- und Entladen der Schiffe, kontrollierte die Lagerbestände und sorgte für die Sicherung der Lagerhäuser.

Wenn seine Zeit es erlaubte, verließ er zusammen mit Georg die Hansestadt, um zu erfahren, in welchem Umfang das Holsteinische noch von den Schweden besetzt war. In den meisten Fällen kehrten sie in der Vergangenheit schnell wieder zurück, da stets die Gefahr bestand, von schwedischen Soldaten kontrolliert oder gar verhaftet zu werden. Seit einiger Zeit jedoch mehrten sich die Nachrichten, dass die Schweden vor den Toren Hamburgs abgezogen waren. Es kursierte auch das Gerücht über einen Befehl des schwedischen Königshauses an General Torstensson, nachdem er mit seiner Armee Richtung Norden vordringen und Dänemark komplett besetzen sollte.

Erneut machten sich Georg und Kohlhaas auf den Weg. Stets begleitet von Carolines und Mariettas sorgenvollen Blicken. Mit einem gewissen Erstaunen stellten sie fest, dass die Schweden tatsächlich abgerückt sein mussten. Die bekannten Kontrollpunkte waren unbesetzt. Auch die Dorfbewohner, die sie befragten, berichteten, dass die verhassten Schweden schon seit Tagen nicht mehr gesehen wurden. Zielstrebig, aber doch aufmerksam ritten Georg und Kohlhaas voran. Als sie in die Nähe des Gutes Leonthal kamen, strebten sie der Höhe zu, von der aus sie einen Überblick über das Gelände hatten.

„Sieht alles ganz natürlich aus", bemerkte Kohlhaas und setzte sein Fernrohr ab.

„Stimmt. Keine Schweden weit und breit", bestätigte Georg, ohne sein Fernrohr vom Auge zu nehmen. „Es sieht sogar so aus, als ob der Gutsbetrieb ganz normal läuft. Habt Ihr das gesehen, Kohlhaas? Der Schlot der Schmiede raucht und auf der Koppel hinter dem Marstall grasen Pferde."

„Vielleicht sollten wir uns einmal ganz vorsichtig der Schmiede nähern", schlug Kohlhaas vor.

Sie banden ihre Pferde außerhalb des Gutsbereichs an einen Baum und näherten sich im Schutz der Scheunen ungesehen der Gutsschmiede. Nach dem Fauchen der Esse und den klingenden Hammerschlägen wurde dort intensiv gearbeitet. Ein Blick um die Mauerecke bewies die rege Tätigkeit. Ein Junge betätigte den Blasebalg, um das Feuer zu schüren, der Gutsschmied Klingbeil und ein Geselle beschlugen abwechselnd ein Eisen auf dem Amboss, während ein weiterer Geselle das Eisen ständig drehte.

„Äußerst fleißige Gesellen", rief Kohlhaas zwischen die Hammerschläge, als er zusammen mit Georg auf die arbeitenden Männer zutrat. Die stellten ihre Arbeit sofort ein und starrten die Ankömmlinge verwundert an.

„Rittmeister! Kohlhaas! Welch eine Überraschung!" Der Gutsschmied kam strahlend auf die beiden zu, umarmte Kohlhaas und schlug ihm kräftig auf den Rücken, dass der etwas atemlos husten musste. Dann ergriff er die Rechte des Rittmeisters und schüttelte sie voller Inbrunst. Mit Mühe konnte Georg den Gegendruck seiner Hand aufrechterhalten, um nicht durch Klingbeils Pranke zerdrückt zu werden. „Wo kommt ihr denn her?"

„Das ist eine lange Geschichte, Meister Klingbeil", antwortete Georg ausweichend. „Aber eine ganz andere Frage. Seit wann läuft denn die Arbeit auf dem Gut wieder?"

„Wir sind rund drei Wochen wieder hier. Aber lasst uns doch erst einmal in mein Kabuff gehen. Das muss doch begossen werden", schlug der Schmied vor.

Noch bevor er die Tür hinter sich schloss, drehte er sich noch einmal um. „Ferdi, lauf mal zum Marstall rüber und sag dem Stallmeister, dass ich ihn unbedingt sehen muss."

„Nun erzählt mal, Rittmeister, wie ist es Euch

ergangen?" Klingbeil setzte sich zu den beiden und holte eine Flasche trüben Inhalts unter dem Tisch hervor. Nachdem er drei verbeulte Zinnbecher gefüllt hatte, prostete er Georg und Kohlhaas zu. „Auf eine glückliche Heimkehr und eine friedvolle Zukunft."

„Oh, nee, Klingbeil, ist das immer noch dieses Rattengift von Magda, mit dem du uns vergiften willst?", stieß Kohlhaas schwer atmend hervor. Auch Georg holte nach dem Schluck mehrfach tief Luft.

„Ihr wisst ja, auf Magdas Medizin lasse ich nichts kommen." Klingbeil grinste seine beiden Gäste schelmisch an.

„Nun aber die Wahrheit auf den Tisch, Meister Klingbeil. Wieso läuft der Gutsbetrieb jetzt schon?", wollte Georg wissen.

„Ob Ihr es glaubt oder nicht, Rittmeister, die Gräfin führt hier jetzt das Zepter. Und als ich vor Wochen die Nachricht hörte, dass die Schweden weg sind und hier wieder alles seinen normalen Gang gehen würde, bin ich einfach hergekommen."

„Wieso die Gräfin, was ist denn mit dem Gutsherrn, dem jungen Baron?", hakte Kohlhaas ungläubig nach.

„Dem ist es unter den Schweden anscheinend nicht so gut ergangen. Genaues weiß man nicht. Aber angeblich sollen sie ihn wohl so richtig in die Mangel genommen haben, um zu erfahren, wo er all seine Schätze versteckt hat. Und darüber hat er es wohl im Kopf gekriegt. Man erzählt sich, dass er nur noch in seinem Sessel sitzt und teilnahmslos aus dem Fenster guckt."

Georg schüttelte ungläubig den Kopf. „Wo sind die Gräfin und der Gutsherr während der Anwesenheit der Schweden denn gewesen?"

„Das weiß keiner so genau …"

„Was ist los, Klingbeil?" In der Tür stand der alte Stallmeister Fretwurst. Verblüfft blickte er in die Runde. „Mein Gott, was sehe ich denn hier? Herr Rittmeister, Kohlhaas, welche Überraschung."

„Setz dich, du alter Hafersack, bevor du noch umkippst", forderte Klingbeil den alten Stallmeister auf. „Ich dachte mir, du kannst an deinem trübsinnigen Alltag auch ruhig ein bisschen Abwechslung gebrauchen."

„Wie ist es Euch ergangen, Fretwurst?", richtet sich Georg an seinen einstigen Stellvertreter.

„Ich kann nicht klagen, Herr Rittmeister. Als die Schweden kamen und Ihr das Gut verlassen hattet, hab' ich mich weiter im Tunnel versteckt. Das ging über Wochen so. Und als die Vorräte langsam knapp wurden, habe ich mich immer wieder einmal rausgeschlichen. Und als die Schweden von heute auf morgen fort waren, tauchte urplötzlich die Gräfin wieder auf. In ihrem Dunstkreis ihr verzogener Sohn und dieser arrogante Diener Hektor."

„Und auch der Gutsherr, oder?" Kohlhaas sah den Stallmeister fragend an.

„Ja, der ist auch wieder da. Aber der scheint wohl blöd geworden zu sein. Wie man sich so erzählt."

Alle schwiegen betreten eine ganze Weile, bis Klingbeil

die Stille unterbrach. „Übrigens, Rittmeister, habt Ihr schon gehört, dass die Schweden die Siegesburg in die Luft gejagt haben?"

Georg und Kohlhaas sahen sich ungläubig an.

„Was? Die Siegesburg? Wann das denn?"

„Das ist noch gar nicht so lange her", berichtete der Gutsschmied. „Ich war doch bei meinem Bruder Bruno untergekrochen. Sein Haus liegt unmittelbar unter der Siegesburg. Mitten in der Nacht wurden wir durch lautes Rumoren in der Stadt geweckt. Irgendjemand erzählte, die Schweden hätten die Stadttore aufgebrochen. Und wenig später erschütterte eine unbändige Explosion die Stadt. Ich hatte den Eindruck, dass gleich die Wände des Hauses meines Bruders einstürzen würden. Und dann sahen wir, dass die noch verbliebenen Mauern der Siegesburg in Flammen standen."

Georg verfolgte den Bericht des Schmieds mit offenem Mund. „Und was ist mit Amtmann und Schlossvogt geschehen?"

„Wie es scheint, sind die Bewohner der Burg gewarnt worden. Auf jeden Fall konnten sie rechtzeitig fliehen. Wir müssen davon ausgehen, dass einer der gefolterten Schnapphähne über die Unterstützung durch von Buchwaldt und von Hatten geplaudert hat. Das war eindeutig ein Racheakt der Schweden."

„Es ist einfach nicht zu glauben." Georg konnte es kaum fassen. „Doch lass uns zurückkehren zum Gut. Ihr sagt, Klingbeil, dass die Gräfin sich jetzt als die große Herrin des Gutes aufspielt. Wie äußert sich das?"

Klingbeil fing an, hämisch zu lachen. „Nun, sie hat einen neuen Gutsverwalter namens Volkmann eingestellt. Ein widerlicher Geselle. Herrschsüchtig und inkompetent wie seine Herrin. Und außerdem stolziert dieser Tobias über das Gut wie der Hahn unter den Hennen und ärgerte jeden, der ihm über den Weg läuft."

„Uns können sie ja grundsätzlich nicht viel anhaben", ergänzte der alte Stallmeister den Bericht des Schmieds. „Wir machen unsere Arbeit. Die Gräfin und ihre Vasallen haben ja keine Ahnung von der Pferdezucht. Ich konnte einige Bereiter und Stalljungen wieder zurückholen. Und wir haben auch einen Großteil der Pferde wieder eingefangen. Nur die guten Rösser, die sind immer noch in Glückstadt. Aber, Herr Rittmeister, erzählt doch einmal, wie ist es Euch, dem alte Baron und Eurer Frau Mutter ergangen?"

„Danke der Nachfrage, Fretwurst. Es geht allen gut. Wir haben seinerzeit Hamburg auf etwas abenteuerlichen Wegen, aber unbeschadet erreichen können. Mein Onkel, ein erfolgreicher Kaufmann, hat uns aufgenommen. Mein Großvater quält naturgemäß die Frage: Was geschieht mit meinem Gut? Auch meine Mutter und Caroline machen sich Sorgen über die ungewisse Zukunft."

Klingbeil horchte auf. „Die Tochter der Gräfin ist bei Euch?"

„So ist es, Klingbeil. Was verwundert Euch daran?"

„Nein, nein. Ist schon gut, Rittmeister. Ich hatte das ganz vergessen. Sie war ja bereits im Tunnel mit Eurer Familie ganz vertraut."

„So könnte man es auch nennen, Klingbeil", bemerkte Kohlhaas schmunzelnd. „Aber nun bringt man den Rittmeister nicht in Verlegenheit, sonst bekommt er auf seine alten Tage noch rote Ohren."

„Kohlhaas, Ihr wandelt auf ganz dünnem Eis. Aber ernsthaft, allem Anschein nach, glaubt sich die Gräfin offensichtlich an ihrem lang ersehnten Ziel. Sich nämlich das Gut Leonthal unter den Nagel reißen zu können. Da hat sie sich aber vollkommen verrechnet. Euch würde ich bitten, ganz ruhig den Gutsalltag ins Land gehen zu lassen. Kohlhaas und ich werden nach Hamburg zurückkehren und uns mit der Familie besprechen. Auf eines könnt Ihr Euch verlassen. Wir werden bald wieder hier sein und für Ordnung sorgen."

Kapitel 21

Georg hatte nichts anderes erwartet, als er der Familie nach seiner Rückkehr von den Ereignissen auf Leonthal erzählte. Ihr Entsetzen über die Unverfrorenheit der Gräfin war gleichermaßen groß, wie auch der eiserne Wille, diesem Treiben ein Ende zu setzen.

„Wir müssen diese impertinente Person in ihre Schranken weisen", verkündete Georgs Großvater voller Entrüstung. „Nicht nur, dass sie unsere Familie mehrfach hintergangen hat, wie es scheint, klebt auch indirekt Blut an ihren Händen. Denn der Verrat an den Schnapphähnen ist garantiert nicht alleine auf dem Mist von diesem windigen Tobias gewachsen. Dafür fehlt ihm genügend Hirn. Das ist offensichtlich, dass meine gerissene Schwiegertochter auch hier die Strippen in der Hand gehalten hat. In letzter Konsequenz muss auch ihr die Schuld an dem bedauernswerten Zustand von Leopold gegeben werden, wenn es stimmt, wie Georg berichtet hat, dass er nicht mehr bei Sinnen sein soll."

Georg sah, dass Caroline immer blasser wurde und ihr die Tränen in die Augen traten. Auch dem alten Baron war das nicht verborgen geblieben. „Es tut mir aufrichtig leid, Caroline, wenn ich mich in dieser Weise über deine Mutter und deinen Bruder erregen muss. Verwandtschaft kann man sich bekanntermaßen nicht aussuchen. Aber die Machenschaften der beiden sind für meine Familie unerträglich. Ihnen muss unbedingt Einhalt geboten werden. Die Leonthals sind die rechtmäßigen Eigentümer des Gutes, wie du weißt."

„Macht Euch um mich keine Sorgen, verehrter Baron", antwortete Caroline stockend. „Ich kenne meine Mutter und meinen Bruder nur zu gut und habe ebenfalls kein Verständnis für ihre verabscheuungswürdigen Eskapaden. Aber Ihr versteht sicherlich auch meine Betroffenheit und meine Scham."

Georgs Mutter legte ihren Arm um die nunmehr schluchzende Caroline. „Ich glaube, wir sollten jetzt die Männer alleinlassen. Es gibt sicherlich noch eine Menge zu besprechen."

„Was schlägst du vor, Georg?", wandte sich der alte Baron an seinen Enkel, nachdem die beiden Frauen das

Zimmer verlassen hatten.

„Für mich gibt es nur eine Lösung, Großvater. Das heißt Frontalangriff. Konkret, wir werden gemeinsam nach Leonthal fahren und die Gräfin zur Stellungnahme hinsichtlich ihrer Kontakte zu den Schweden auffordern. Es gibt zu viele Beweise und Zeugen für ihre verwerflichen Taten, einschließlich der ihres Sohnes."

„Sie wird alles abstreiten, wie wir sie kennen", wandte Georgs Großvater ein.

„Das vermute ich auch, doch das sollte uns nicht davon abhalten, Leonthal wieder zu übernehmen." Georg klang entschlossen.

Die bereits arbeitenden Menschen auf dem Gut Leonthal schauten sich erstaunt um, als am Nachmittag drei Kutschen auf das Herrenhaus zurollten. Als sie die zwei Reiter erkannten, die die Kutschen begleiteten, erklangen Hochrufe und Mützen wurden geschwungen.

„Rittmeister, es scheint, als würden wir willkommen sein", bemerkte Kohlhaas als sie vor dem Portal des Herrenhauses absaßen.

„Es sieht fast so aus", antwortete Georg lächelnd. „Mir wäre es ganz recht, Kohlhaas, wenn Ihr in erreichbarer Nähe bleibt."

Beide schritten auf die erste Kutsche zu und halfen dem alten Baron, Georgs Mutter und Caroline beim Aussteigen. Georg sprang die Stufen zum Eingangsportal hoch und öffnete die Tür. Kaum hatte er den Fuß in das Herrenhaus gesetzt, trat ihm der Diener Hektor in den

Weg, während Kohlhaas den folgenden Herrschaften die Tür aufhielt.

„Darf ich erfahren, was dieser unangemessene Auftritt bedeutet und was Euer Begehr ist?" Dabei musterte er Georg und seine Familie mit einem missbilligenden Gesichtsausdruck. Noch bevor Georg antworten konnte, schob sich Kohlhaas an ihm vorbei und verpasste dem Diener einen heftigen Faustschlag mitten ins Gesicht. Ein Blutstrom schoss aus seiner Hakennase. Wie ein gefällter Baum stürzte er auf den Boden und rührte sich nicht mehr.

„War das nötig?" Georg sah Kohlhaas fragend an.

„Ja, Rittmeister, das war es. Eine andere Sprache versteht dieser arrogante Kerl nämlich nicht. Vergesst bitte nicht, was er Eurem Großvater angetan hat."

Während die beiden Frauen dem Diener am Boden keine Beachtung schenkten und sich angewidert abwandten, klopfte der alte Baron Kohlhaas anerkennend auf die Schulter. „Ein wenig dramatisch, lieber Kohlhaas, aber ganz in meinem Sinne. Sorgt Ihr bitte dafür, dass die Sauerei hier sehr bald bereinigt wird."

Zielstrebig gingen sie auf die Bibliothek zu. Georg öffnete die Tür und ließ seinem Großvater den Vortritt.

Die Gräfin thronte hinter dem überdimensionierten Schreibtisch. Erschrocken fuhr sie auf, als sie sah, wer die Bibliothek betrat.

„Was soll das? Was fällt Euch ein?", stieß sie schrill hervor.

„Verehrte Schwiegertochter, ich habe mir gedacht, es ist

an der Zeit, Euch einen Besuch abzustatten", antwortete Götz Baron von Leonthal mit einem freundlichen Lächeln. „Behaltet ruhig Platz. Wir haben einiges zu bereden."

Dann entdeckte er seinen Sohn Leopold, der in einer Nische vor einem Panoramafenster zum Garten in einem Lehnstuhl saß. Ganz langsam hob er seinen Kopf, als der alte Baron auf ihn zutrat. „Wie geht es dir, mein Sohn?"

Über das Gesicht des einstigen Gutsherrn huschte ein erkennendes Lächeln.

„Vater, schön, Euch zu sehen. Gut, dass Ihr hier seid." Die Stimme von Leopold von Leonthal klang gebrochen und war nur mühsam zu verstehen. Der alte Baron legte beruhigend seine Hand auf Leopolds Schulter.

Felicitas von Leonthal, die Gräfin, schien in eine Starre verfallen zu sein. Wortlos verfolgte sie, wie die Familienmitglieder nacheinander eintraten und in der Bibliothek Platz nahmen. Voller Entsetzen starrte sie ihre Tochter Caroline an, die sie in der Gemeinschaft mit den Leonthals nicht erwartet hatte. Doch kurz darauf schien sie ihren ersten Schrecken überwunden zu haben.

„Ich werde Euch allesamt herauswerfen lassen. Ihr habt hier keine Existenzberechtigung mehr", begann die Gräfin zu geifern. Gleichzeitig ergriff sie eine Glocke und schüttelte sie energisch.

„Bemüht Euch nicht, meine Liebe. Es wird keiner kommen. Euer sonst so williger Hausknecht ist gegenwärtig zur Ruhe übergegangen." Der alte Baron schmunzelte und setzte sich ebenfalls. „Beantwortet mir doch zunächst einmal eine Frage. Was macht Ihr hier?"

„Die rechtliche Lage ist einwandfrei. Als Ehefrau des Gutsherrn, der gegenwärtig aus gesundheitlichen Gründen nicht in der Lage ist, sein Amt zu vollziehen, führe ich das Gut", betonte die Gräfin in dem ihr eigenen hochnäsigen Ton.

„Dafür bin ich Euch aufrichtig dankbar, verehrte Schwiegertochter. Doch sind mir so einige Nachrichten aus der Vergangenheit zu Ohren gekommen, die Eure Existenzberechtigung auf meinem Gut infrage stellen."

„Was immer Ihr mir auch unterstellen wollt, ich bin Euch in keiner Weise Rechenschaft schuldig …"

„Schluss jetzt!", unterbrach der alte Baron die Gräfin in scharfem Ton. Von seiner anfangs zur Schau gestellten Freundlichkeit war nichts mehr zu merken. „Wir sind nicht hier, um uns Eure blödsinnigen Allüren anzuhören. Falls Ihr es bisher nicht erkannt habt, es geht momentan ausschließlich um die Wahrheit. Also, welchen Kuhhandel habt Ihr mit den Schweden getrieben?"

Georg hatte den Eindruck, dass die Gräfin noch ein wenig blasser wurde.

„Ich weiß nicht, was Ihr meint?", kam die schnippische Antwort.

„Dann will ich Euch auf die Sprünge helfen. Zeugen haben Euch in einem Gasthaus in Leezen gemeinsam mit Eurem Sohn in einem vertrauten Gespräch mit dem Major Magnusson gesehen. Einem Offizier des schwedischen Generalstabs. Könnt Ihr uns das einmal erklären?"

„Ich kenne keine schwedischen Offiziere. Das ist eine Lüge ..."

Der alte Baron hob die Hand und sah Georg an. „Habe ich ihre Reaktion nicht vorausgesagt?" Dann wandte er sich erneut der Gräfin zu. „Ich habe noch weitere Fragen an Euch. Wer hat die Schnapphähne verraten und in eine schwedische Falle tappen lassen? Euer verzogener Sohn allein kann es nicht gewesen sein, dazu fehlt ihm die Intelligenz. Die Menschen, die dort gestorben und grausam gefoltert worden sind, habt Ihr auf dem Gewissen ..."

„Das muss ich mir nicht anhören", kreischte die Gräfin los und sprang auf. Doch bevor sie Anstalten machen konnte, die Bibliothek zu verlassen, stellte sich Georg ihr mit der Hand auf dem Degengriff in den Weg. „Ihr solltet Euch ganz schnell wieder setzen. Großvater ist noch nicht fertig mit Euch."

Ängstlich wich die Gräfin zurück und ließ sich wieder in ihren Sessel fallen.

„Eure Niedertracht fand allerdings seinen Höhepunkt darin, dass Ihr mir persönlich nach dem Leben getrachtet habt. Dass Verleumdung, Hinterlist und Heuchelei zu Eurem Repertoire gehört, war selbst mir landläufig bekannt, dass Ihr Euch allerdings auch zur Giftmischerin aufschwingen würdet, hätte ich mir in meinen größten Albträumen nicht vorstellen können. Da hatte ich mich wohl geirrt."

„Das ist doch alles erlogen. Wer behauptet denn so etwas Irrwitziges? Ihr wollt doch nur meine Reputation beschädigen ..."

Der alte Baron fing lautstark an zu lachen. „Das Wort Reputation aus Eurem Mund? Das ist schon ein Anachronismus in sich ..."

Ein lautes Rumoren vor der Bibliothek unterbrach den alten Baron. Im selben Augenblick wurde die Tür aufgerissen und eine Person hineingestoßen, die heulend auf den Boden stürzte und dort jammernd liegen blieb. In der Tür stand der Gutsschmied Klingbeil. „Ich habe da auf dem Gutshof so eine jämmerliche Kreatur aufgelesen. Ich nehme an, dass sie hier ganz willkommen ist."

Die Gräfin schoss von ihrem Sessel hoch und stürzte auf die Person auf dem Boden zu.

„Tobias. Oh, Tobias", stammelte sie, behutsam hob sie seinen Kopf und strich ihm die Haare aus dem Gesicht. Ein ohrenbetäubendes Kreischen entwich ihrer Kehle. Auch alle Anwesenden blickten mit Entsetzen auf das Gesicht des Sohnes der Gräfin. Auf seiner Stirn leuchtete eine feuerrotes Brandmal. Ein „V" für Verräter.

Georg beobachtete, dass sein Onkel Leopold versuchte, seine Fassungslosigkeit in Worte zu fassen. Doch er brachte keinen Ton hervor. Immerhin war die Gräfin seine Ehefrau, deren abgrundtiefe Niedertracht ihm soeben vor Augen geführt worden war. Die er in der Vergangenheit nicht sehen wollte oder einfach ignoriert hatte.

„Ich glaube, es ist der richtige Zeitpunkt, diese unliebsame Geschichte zu Ende zu bringen, Großvater", stellte Georg nüchtern fest.

„Was habt Ihr getan, Ihr Satansbrut? Das werdet Ihr bereuen", begann die Gräfin erneut an, zu zetern. Dann wandte sie sich ihrer Tochter zu, die die gesamte Szene mit starrem Gesichtsausdruck verfolgt hatte. „Und du, Caroline, verbündest dich mit diesem Abschaum gegen deine eigene Mutter. Du solltest dich schämen."

„Ihr habt recht, Mutter, ich schäme mich. Ich schäme mich für Euch und für meinen Bruder und Euer unmenschliches Verhalten. Ihr seid nicht mehr meine Mutter." Caroline kämpfte mit den Tränen. Die Nähe von Georgs Mutter, die tröstend ihre Hand hielt, schien ihr Kraft zu geben.

„Hört genau zu, Schwiegertochter", ergriff nunmehr der alte Baron wieder das Wort. „Ihr werdet jetzt zusammen mit Eurem Sohn und diesem Diener Hektor das Gut für immer verlassen. In einer halben Stunde steht dafür ein Gefährt bereit, dass Euch fortbringen wird. Ich will Euch hier nie wieder sehen."

„Ihr habt kein Recht dazu. Das Gut gehört mir. Ihr habt es durch Eure Flucht vor den Schweden verwirkt." Die Gräfin hatte sich wieder erhoben. Tobias lag immer noch wimmernd auf dem Boden.

„Wenn Ihr darauf besteht, kann ich Euch auch den Dänen übergeben", bemerkte Götz von Leonthal zynisch. „Wie wäre es mit dem Festungskommandanten von Glückstadt? Der und seine Soldaten werden ihre helle Freude daran haben, sich in ihren Kerkern mit einer Person beschäftigen zu dürfen, die sich mit den Schweden bestens verstanden hat."

Mit einer hastigen Bewegung ergriff die Gräfin urplötzlich einen Brieföffner vom Schreibtisch und stürzte mit erhobenem Arm auf den alten Baron zu. Doch Georg war schneller. Mit einem beherzten Sprung stellte er sich zwischen die beiden, erfasste ihren Arm und entwand ihr den Brieföffner.

„Schluss jetzt mit dieser Farce", entrüstete sich der alte Baron. „Sperrt sie in irgendeine Besenkammer, bis das Gefährt bereitsteht."

Georg führte die Gräfin am Arm aus der Bibliothek. Wie es aussah, war ihre gesamte Energie von einer Sekunde auf die andere verpufft. Völlig apathisch ließ sie sich abführen.

„Klingbeil, holt den Gezeichneten aus der Bibliothek und sorgt bitte anschließend für ein angemessenes Gefährt", wandte sich Georg an den Schmied, der zusammen mit Kohlhaas vor der Bibliothek stand. „Und ihr, Kohlhaas, lasst die ganze Sippschaft nicht aus den Augen."

Georg platzierte die Gräfin auf einen Stuhl im Foyer des Herrenhauses, gleich neben ihren Diener Hektor, der auf dem Boden kauerte und seine immer noch blutende Nase mit einem Spitzentuch betupfte.

Es dauert keine halbe Stunde, als Klingbeil mit einem der Bereiter als Kutscher mit einem Leiterwagen und zwei Pferden vor dem Herrenhaus vorfuhren. Verwundert sah Georg den Schmied an, als er sah, dass eine Person leblos auf dem Stroh des Wagens lag. „Wer ist das denn?"

„Wisst Ihr, Rittmeister, das ist der neue Gutsverwalter

der Gräfin. Der lief Fretwurst und mir gerade über den Weg, als ich den Wagen holen wollte. Und wir waren beide der Meinung, dass der gar nicht gut hierher passt, weil das so ein aufgeblasener Sack ist. Allerdings war er unseren Argumenten gegenüber nicht zugänglich. Deswegen musste ich ein wenig nachhelfen", berichtete der Schmied grinsend.

Georg sah sich den Mann auf dem Leiterwagen genauer an. Er schien zu schlafen. Lediglich ein blau unterlaufenes linkes Auge verunzierte sein Gesicht.

Georg schüttelte nur den Kopf und ging zurück ins Herrenhaus. „Kohlhaas, raus mit der Bagage. Die Kutsche steht bereit."

Als die Gräfin den Leiterwagen erblickte, schreckte sie für einen Moment zurück. Doch dann erklomm sie über einen bereitgestellten Tritt ohne Widerspruch das Gefährt und setzte sich. Auch Tobias, der weiterhin vor sich hin wimmerte, und der Diener Hektor bestiegen den Leiterwagen und setzten sich ins Stroh.

„Ich werde die Herrschaften dann mal begleiten, wenn es Euch recht ist, Rittmeister. Damit auch alles seinen ordnungsgemäßen Weg geht", schlug der Gutsschmied Klingbeil vor und schwang sich neben den Kutscher auf den Bock, nachdem Georg ihm zugenickt hatte.

Ein leichter Wind ließ die Zweige der Trauerweide rauschen. Das Wasser im Weiher kräuselte sich. Libellen flatterten durch das Schilf.

„Warum kann die Welt nicht immer so friedlich sein,

wie dieser verträumte Platz hier?" Caroline legte ihren Kopf auf Georgs Brust und seufzte tief. Es war das erste Mal, dass sie nach den Tagen des Trubels auf dem Gutshof wieder ihren Lieblingsplatz am Weiher aufgesucht hatten. Entspannt lagen sie im Gras und genossen die Ruhe der Idylle.

„Du weißt nur zu gut, dass Wirklichkeit und Traum nur selten zusammenpassen, meine Liebe. Auch an unsrem kleinen Glück müssen wir noch fleißig arbeiten."

„Du bist gemein, Georg. Du zerstörst gerade mein malerisches Bild unserer Zukunft."

„Es tut mir ja leid, aber die Realität holt uns mit ganz banalen Dingen ein."

„Und die wären?"

„Um dein Glücksgefühl nicht gänzlich zu zerstören, mag die Nachricht über Kohlhaas und Marietta dir sicherlich gefallen. Beide haben vor, den kleinen Hartwig für immer zu sich zu nehmen. Magda, die, wie du weißt, auch wieder zu uns gefunden hat, konnte bedauerlicherweise erfahren, dass der Onkel des Jungen, der Goldschmied Papenfuß, inzwischen verstorben ist. Andere Verwandte hat er nicht. Ich glaube, dass dieses pfiffige Kerlchen bei Kohlhaas und Marietta im Forsthaus ganz gut aufgehoben ist.

„Das hört sich wahrhaftig sehr erfreulich an."

„Aber es gibt noch genug zu tun. Als Gutsherr muss ich mich um einen neuen Stallmeister kümmern. Ob wir den alten Gutsverwalter Reichenbach wieder auftreiben können, steht auch noch in den Sternen. Die edlen Rösser müssen aus Glückstadt geholt und auch die Strohscheune muss aufgebaut werden …"

„Ist ja gut, du viel beschäftigter Gutsherr", unterbrach Caroline Georg und setzte sich auf. „Was mich viel mehr interessiert, ist die Frage, ob deine Mutter jetzt vom Torhaus ins Herrenhaus zieht, wie dein Großvater angeordnet hat."

Georg lachte. „Das ist eines der bedeutenden Probleme auf dem Gut Leonthal. Sie hat sich lange gesträubt, aber als Großvater ihr angedroht hat, dass sie in den Hühnerstall ziehen muss, wenn sie nicht folgsam ist, hat sie sich doch erweichen lassen."

„Das klingt ja dann doch ein wenig nach heiler Welt auf dem Gut", stellte Caroline schmunzelnd fest.

„Na, da bin ich mir noch nicht ganz sicher. Es fehlt nach meiner Auffassung noch ein entscheidender Punkt zum Glück auf Leonthal." Georg sah Caroline schelmisch lächelnd an.

„Und verrätst du mir dein Geheimnis?"

„Der Gutsherr hat mir unter dem Mantel der Verschwiegenheit verraten, dass er auf der Suche nach einem liebenden Weib ist."

Über das Gesicht von Caroline ging ein liebevolles Lächeln. Sie legte ihren Kopf wieder auf Georgs Brust. „Das ist fürwahr ein Problem, was nicht so leicht gelöst werden kann."

Wieder kräuselte sich das Wasser auf dem Weiher. Und die langen Äste der Trauerweide rauschten im Wind.

Dichtung und Wahrheit

Es liegt in der Natur eines historischen Romans, dass die Grenzen zwischen Realität und Fiktion gleitend sind. Was sind Fakten der Geschichte oder was ist der Fantasie des Autors entsprungen? Wer sich unterhalten lassen will und beim Lesen des Romans ein wenig von der Geschichte Schleswig-Holsteins erfahren möchte, der wird sich von dieser Frage nicht ablenken lassen. Und doch halte ich es für sinnvoll, dem interessierten Leser diesen kleinen Hinweis über Dichtung und Wahrheit in meinem Roman „Musketenfeuer" zu geben.

So viel bereits vorab. Das Gut Leonthal werden Sie vergeblich auf der Landkarte suchen. Demzufolge habe ich bei meinen Erzählungen auch nie eine genaue Ortsangabe gemacht, sondern das Gut irgendwo zwischen Hamburg und Segeberg angesiedelt. Erwähnte Orte wie Leezen, Kisdorf oder Ulzburg erlauben dem Leser, das fiktive Gut Leonthal gedanklich irgendwo in diese Gegend zu legen.

Wie das Gut Leonthal sind naturgemäß auch seine Protagonisten meiner Fantasie entsprungen. Ich habe sie erfinden müssen, um der erzählten Geschichte einen Rahmen zu geben, in den auch die historischen Gegebenheiten eingebettet werden konnten. So entstanden Charaktere, die sich -wie auch im wahren Leben- als menschliche Ungeheuer entpuppten oder als aufrichtige und liebenswerte Menschen zeigten.

Die „Freyen Holsteinischen Knechte", die von den Schweden abfällig „Schnapphähne" genannt wurden, hat es dagegen wirklich gegeben. Es waren knapp 200 Männer, die sich gegen die schwedische Armee erhoben. General Torstensson war 1643 von Mecklenburg aus in Holstein eingefallen, das derzeit zum dänischen Herrschaftsgebiet zählte. Die katastrophalen Zustände hinsichtlich der Besoldung und Verpflegung der Soldaten führte in der schwedischen Armee tatsächlich teilweise zur Meuterei. Die Schweden plünderten, raubten, vergewaltigten und brannten die Dörfer in Holstein nieder. Ein Zustand, den die Schnapphähne nicht tatenlos erdulden wollten. Waffen und Unterstützung erhielten sie vom Amtmann der Siegesburg (Segeberg), Caspar von Buchwaldt, und dem Schlossvogt der Siegesburg, Herrmann von Hatten, beides wahre historische Persönlichkeiten. Zur Realität der schleswig-holsteinischen Geschichte gehört auch, dass gefangene Schnapphähne unter Folter das Mitwirken von Amtmann und Schlossvogt verrieten. Was zur Folge hatte, dass General Torstensson 1644 die Siegesburg auf dem Kalkberg zerstören ließ.

Auch wenn sie für meine Geschichte nur Randfiguren darstellen, gehören sie doch für den geschichtlichen Ablauf jener Zeit zu bedeutungsvollen Personen. Wie beispielsweise der erwähnte dänische König Christian IV. Sein abgrundtiefer Hass gegen die Hamburger Kaufleute führte tatsächlich 1617 zur Gründung von Glückstadt an der Unterelbe. Auch der Umstand, dass es keiner Armee im Dreißigjährigen Krieg gelungen ist, das stark befestigte Glückstadt einzunehmen, entspricht der Wahrheit. Ebenso wie die Erwähnung des Festungskommandanten Christian Reichsgraf von Pentz, einer schillernden Figur jener Zeit.

Die Aktionen der Schnapphähne versetzten der schwedischen Armee schmerzliche Nadelstiche. Heute würde man ihre Angriffe als Guerillataktik bezeichnen. Die Beute von mehreren hundert Ochsen ist ebenso verbrieft wie auch der Raub von Stiefeln, Sätteln und Pistolen. Auch wichtige Dokumente wie Befehle für General Torstensson fielen in ihre Hände. Doch letztlich waren die tapferen Taten der Schnapphähne nicht mehr als nur kleine Strohfeuer. Den erfolgreichen Vormarsch der Schweden bis in den hohen Norden Jütlands konnten sie nicht verhindern. Gleichwohl war das mutige Aufbegehren der „Freyen Holsteinischen Knechte", der Schnapphähne, Ausdruck einer Geisteshaltung, die jede Art von Barbarei und Unterdrückung ablehnte. Eine Haltung, die bis in die heutige Zeit Anerkennung und Achtung verdient.

Jürgen Vogler

Anmerkung

Liebe Leser,

als Autor bin ich stets darum bemüht, Ihnen meine Bücher in einwandfreier deutscher Sprache zu präsentieren. Die Grundlage dafür bildet für mich die aktuelle Rechtschreibung. Jeder, der sich ein wenig mit dieser Materie auskennt, weiß, dass es im Deutschen ein generisches Maskulinum (alle Lehrer, viele Ärzte) gibt, das in keiner Form eine geschlechtsspezifische Aussage darstellt. Es umfasst als Allgemeinbegriff alle Geschlechter. Folglich wird es auch für Sie verständlich sein, dass ich mit „liebe Leser" niemanden ausgeschlossen habe.

Jürgen Vogler

Historisches von Jürgen Vogler

Die rechte Hand des Herzogs
Jürgen Vogler
ISBN 978-3-7562-3853-8
14,90 Euro   376 Seiten

Der Marquis von Lübeck
Jürgen Vogler
ISBN 978-3-7528-1512-2
14,90 Euro 448 Seiten

Historisches von Jürgen Vogler

Der Mohr von Plön
Jürgen Vogler
ISBN 978-3-7460-9597-4
14,90 Euro 484 Seiten

Der Narr von Eutin
Jürgen Vogler
ISBN 978-3-7528-1508-5
14,90 Euro 488 Seiten

Historisches von Jürgen Vogler

**Schleswig-Holstein
vor langer Zeit**
Jürgen Vogler
ISBN 978-3-7578-1571-4
16,90 Euro   208 Seiten

Schleswig-Holstein gestern
Jürgen Vogler
ISBN 978-3-7543-2752-2
15,90 Euro   244 Seiten

Historisches von Jürgen Vogler

Ostholstein gestern
Jürgen Vogler
ISBN 978-3-7386-5274-1
17,90 Euro   296 Seiten

Kriminelles von Jürgen Vogler

Verhängnisvolle Schatten
(Lindbergs 1. Buch)
Jürgen Vogler
ISBN 978-3-8042-1492-7
10,95 Euro   248 Seiten

Tödlicher Zorn
(Lindbergs 2. Buch)
Jürgen Vogler
ISBN 978-3-7481-1867-1
11,90 Euro   256 Seiten

Kriminelles von Jürgen Vogler

Blonde Verachtung
(Lindbergs 3. Buch)
Jürgen Vogler
ISBN 978-3-7519-6712-9
11,90 Euro   236 Seiten

Schwarzer Nebel
Jürgen Vogler
ISBN 978-3-7528-1521-4
12,90 Euro   244 Seiten

Kriminelles von Jürgen Vogler

Kopflos im Strandkorb

Jürgen Vogler

ISBN 978-3-8042-1506-

12,90 Euro   232 Seiten